CW00546209

M

Javier Ruescas

Prohibido creer
en historias de amor

Papel certificado por el Forest Stewardship Council®

Primera edición: marzo de 2018

© 2018, Javier Ruescas
© 2018, Penguin Random House Grupo Editorial, S. A. U.
Travessera de Gràcia, 47-49. 08021 Barcelona

Penguin Random House Grupo Editorial apoya la protección del *copyright*.
El *copyright* estimula la creatividad, defiende la diversidad en el ámbito de las ideas y el conocimiento,
promueve la libre expresión y favorece una cultura viva. Gracias por comprar una edición autorizada
de este libro y por respetar las leyes del *copyright* al no reproducir, escanear ni distribuir ninguna
parte de esta obra por ningún medio sin permiso. Al hacerlo está respaldando a los autores
y permitiendo que PRHGE continúe publicando libros para todos los lectores.
Diríjase a CEDRO (Centro Español de Derechos Reprográficos, http://www.cedro.org)
si necesita fotocopiar o escanear algún fragmento de esta obra.

Printed in Spain – Impreso en España

ISBN: 978-84-9043-779-7
Depósito legal: B-347-2018

Compuesto en Compaginem Llibres, S. L.

Impreso en Cayfosa
Santa Perpètua de Mogoda (Barcelona)

GT 3 7 7 9 7

Penguin
Random House
Grupo Editorial

A quienes cuentan historias
y a quienes evitan que se olviden

A Manu y María, que me señalaron el camino
cuando estaba perdido.
El primero, mostrándome cómo era el cine por dentro.
La segunda, con una canción

A Gemma, por insistirme en que siguiera buscando.
¡La encontré!

¿Para qué vivimos si el viento tras nuestros zapatos
ya se está llevando nuestras últimas huellas?

STEFAN ZWEIG, *Mendel el de los libros*

1

Hace tiempo que aprendimos a hacerlo. A hablar sin mirarnos a los ojos, me refiero.

Yo, la primera. Soy la hija pequeña y la que, por tanto, más cómoda debería sentirse con todo esto. Pero aun así, después de todo este tiempo, sigo sin saber hablar con mis padres sin un guion o unas directrices prestablecidas. Se me traba la voz, como ahora. Estoy tratando de explicarle a mi madre que no voy a poder acompañarles a un evento que hay esta noche mientras ella me apunta con una cámara con pantalla abatible.

—Le dije a Gerard que cenaría con él, no puedo cancelarlo —digo, y bajo la mirada hasta mis pies descalzos.

Se supone que debo mirar al objetivo cuando la cámara está encendida, aunque les hable a ellos. Es una manera de hacer que los suscriptores sientan que forman parte de nuestra historia, de nuestra vida.

—¿Y no quieres invitarle para que se venga con nosotros, Cali? —pregunta mi padre, desde el baño, donde se está peinando—. ¡Que mañana empezáis las clases y no vais a poder apuntaros a tantas cosas!

—Pues por eso —le replico—. Además, ya ha reservado. Pero muchas gracias.

Mi madre vuelve la cámara hacia mí y casi parece un policía tratando de intimidarme para que confiese. Yo me limito a encogerme de hombros sin dar mi brazo a torcer. Esta noche no. Esta noche es para nosotros y debe ser perfecta; libre de cámaras, interpretaciones ajenas o presiones para conseguir visitas.

Debe ser el final perfecto para unas vacaciones de verano en las que apenas he visto a mi novio.

—¡Pues nada, si no podemos convencerte, pasadlo muy bien! ¡Ay, el amor juvenil! —canturrea, y una parte de mí se muere de la vergüenza. Aunque no sé por qué me sonrojo, si debe quedar poca gente que aún no sepa que soy la novia de Gerard Silva.

Trato de que no se me note porque mañana el vídeo estará colgado en internet y nadie quiere tener pataletas delante de un millón de posibles espectadores.

—Qué pena que vayáis a perderos la apertura de uno de los restaurantes más selectos de...

Me pierdo el resto de la frase porque esto ya no me lo dice a mí. De hecho, ni siquiera me está mirando. Ha girado la cámara y se ha puesto a compartir las maravillas del local con los suscriptores, tal como se acordó con la agencia que los ha contratado para hacer la promo.

Mi padre sale en ese momento del baño, dice un par de palabras a la cámara, sonriendo, y en cuanto la cámara deja de enfocarle, su sonrisa se esfuma por completo hasta que me ve. Cuando la recompone, me parece más sincera, pero también más triste.

A veces pienso que no encajo en esta familia. Otras, que soy la única pieza que la mantiene unida.

De regreso a mi habitación, trato de recordar cuándo fue la última vez que vi a mis padres mirarse a los ojos sin que hubiera una cámara delante. También me pregunto si de verdad creyeron que la idea de montar un canal salvaría su matrimonio.

—Queremos empezar a subir vídeos en YouTube —nos dijeron hace tres años a mi hermana Néfer y a mí. Por entonces, ella tenía diecisiete y yo catorce.

También recuerdo nuestras caras: el escepticismo dibujado en los labios arrugados de Néfer y mis cejas alzadas, convencida de que nos estaban tomando el pelo. ¿Cómo iban mis padres a hacerse youtubers? ¿No hay un límite de edad?

—Es coña —aseguró mi hermana, tan directa como siempre.

—No lo es —contestó mi madre, y miró a mi padre para que nos lo confirmara.

Ahora entiendo realmente por qué lo hicieron, y en parte me alegro de que al menos lo intentaran. Pero creo que ninguno fue consciente del modo en que se condenarían a la larga. Nos convencieron de que sería una oportunidad genial para conocernos mejor, unirnos como familia y compartir con el mundo nuestros ideales, sueños y proyectos. Nos lo pintaron tan bonito que fue imposible negarnos.

Debo aclarar que mis padres nunca han sido como los de los demás. Vale, ya sé que en un momento u otro todos los hijos dicen lo mismo de los suyos, pero lo mío va *en serio*. Mi madre es sexóloga y mi padre cocinero profesional. Parecían hechos el uno para el otro: altos, guapos, jóvenes, y tan ansiosos por comerse el mundo que incluso olvidaban los modales al intentarlo. Sinceramente, no sé muy bien de dónde salí yo. Con esos perfiles y viendo a mi hermana, era fácil llegar a creerse las mentiras de Néfer cuando me aseguraba que a mí me habían adoptado.

Se conocieron cuando mi madre trabajaba en una empresa de marketing de la que estaba harta y mi padre en la cocina de una franquicia donde lo tenían sobrexplotado. Juntos decidieron darle una vuelta radical a sus vidas y en cuestión de un par de años lo lograron, como todo lo que se proponen. Mi madre acabó abriendo una consulta privada y mi padre empezó a trabajar de chef en un hotel cerca de casa. A veces pienso que hicieron un pacto con el diablo y que, visto lo visto, empezaron a pagar la deuda antes de tiempo.

Quizá se enamoraron demasiado jóvenes; quizá nunca lo estuvieron realmente. Yo qué sé. A lo mejor la fantasía de poder conquistar al otro fue suficiente para ellos. En cualquier caso, antes de que pudieran hacer nada, nació mi hermana y decidieron seguir construyendo una familia sobre unos cimientos poco seguros que al final cedieron doce años después de que naciera yo.

Aunque era muy pequeña para enterarme de nada, ya se encargaba Néfer de ponerme al día y descubrirme conceptos nuevos como «consejero matrimonial» o «custodia compartida». De ahí que nos sorprendiera tanto su propuesta de abrir un canal, cuando lo que en realidad esperábamos era que nos anunciaran su divorcio. No nos ocultaron la auténtica razón por la que querían iniciarlo, pero sí la maquillaron un poco. Y lo que al principio comenzó como un proyecto común y terapéutico para unirnos a los cuatro mientras ellos recuperaban la pasión por levantarse cada día ha terminado siendo una enorme carpa circense bajo la que esconder todo lo que ya no tiene solución entre ellos.

Ya fuera por las pocas familias que grababan su día a día, por sus perfiles profesionales, por el salero de Néfer para atraer al público joven o por mi inesperado sentido del humor (¿quién nos iba a decir que tenía uno?), terminamos gustando a la gente y en cuestión de dos años mis padres pudieron dejar sus respectivos trabajos y dedicarse exclusivamente a esto.

Y hemos aprendido bastante desde entonces, la verdad. Es cierto que a veces te hartas de tener que poner siempre buena cara o de cuidar los comentarios que haces, pero también aprendes a pensar dos veces lo que quieres decir y a ser más precavido. A cambio, tenemos lujos con los que muchos solo pueden soñar y oportunidades de vivir experiencias únicas sin gastar, en muchos casos, un solo céntimo. El problema es que a cambio pagamos un precio difícil de calcular porque no existe moneda para ello.

Y todo esto mientras lidio con las clases. *Yey!*

La media por vídeo ahora mismo está en casi quinientas mil reproducciones. Me cuesta imaginar a toda esa gente junta. Y eso que a veces los vídeos llegan a durar hasta cuarenta minutos. Suelen ser vlogs en los que contamos nuestro día, aunque a veces son recetas de mi padre, consejos sobre sexualidad de mi madre o un tutorial de maquillaje de Néfer. Yo trato de salir lo menos posible y me limito a editar los vídeos cuando los estudios me lo permiten. Me gusta esa parte del proceso. Mi padre dice que hago magia y que incluso de los que no hay nada que sacar consigo crear una historia que engancha a nuestros suscriptores. No creo que sea para tanto, pero me lo paso bien.

El truco está en señalar lo que no es a veces tan evidente. Los detalles. Los silencios. Lo que no dicen las palabras. Lo que queda fuera de foco, pero que ofrece el contexto exacto. Incluso las equivocaciones cuando grabamos dicen más de nosotros que cuando decimos algo de corrido. Igual lo pienso todo demasiado, no sé... Me encanta el cine. Y lo poco que he aprendido sobre narrativa audiovisual ha sido a base de inflarme a ver películas. Y no solo verlas, sino analizarlas y apuntar lo que más me gusta de cada una: su guion, su forma de colocar la cámara, el uso de la música... También por ellas he descubierto que las mejores historias se componen de momentos que se sienten, pero no se muestran a primera vista.

Por suerte para nosotros, en el último año contamos con la inestimable ayuda de Lukas, representante, productor y hado padrino nórdico, de ahí la «k» en su nombre. Él se encarga de gestionarnos la vida, literalmente. Nos consigue campañas, sube los vídeos, analiza la evolución de nuestra imagen, nos asesora cuando tenemos dudas y encima tiene un gusto exquisito para recomendarnos qué llevar y qué no. Es como un malabarista de la imagen personal. Creo que nunca le he visto sin el móvil en la mano.

Por desgracia, hoy está organizando la llegada de mis padres y mi hermana a la inauguración del restaurante. Así que me encuentro sola delante de mi armario, empapelado con decenas de fotos de mis amigos, sin tener ni idea de qué ponerme.

—Este no..., este tampoco... —mascullo mientras paso perchas de un lado a otro—. Eh, ni de coña... Pero ¿este no lo había regalado? —Las opciones se van amontonando sobre la silla según las voy descartando, hasta que al final me quedo sin perchas—. Genial.

Justo cuando me derrumbo sobre la cama y empiezo a valorar la opción de dejar plantado a Gerard, alguien llama a la puerta.

—¿Cariño? —Mi madre. Sin cámara—. ¿Cómo no nos has dicho antes que no venías? Ya habíamos anunciado que estaríamos los cuatro...

—Lukas me dijo que no hacía falta porque ya iba Néfer.

—Aun así, estas cosas prefiero que nos las digas antes de grabar.

—Mamá, Gerard me llamó ayer y hoy no te he visto en todo el día. —Es mentira, pero una chiquitita; en realidad, sé lo de esta noche desde hace días. Solo que no creía que fuera a hacerse realidad y prefería no gafarlo.

Ella suspira y levanta las manos, rendida porque me conoce.

—¿A qué hora llegaréis? —pregunto, con más ansia de la que pretendo, y creo que mi madre intuye algo.

—Sobre las doce o una, ¿por?

—Por nada.

—Muy bien.

—Sí.

Le aguanto la mirada hasta que parece quedarse tranquila y entonces advierte el desorden a mi alrededor.

—No se te ocurra salir de casa sin haber recogido todo esto.

Como digo, mi madre no es tan distinta de las demás cuando aparca la cámara.

2

Mi móvil comienza a vibrar en ese instante. Es Tesa, mi mejor amiga y, *además*, hermana de Gerard. Me ha mandado un audio para preguntarme si ya estoy lista:

«¿Estás nerviosa? Yo lo estaba. Pero era más joven e inconsciente. Así que tú no tienes razón para estarlo. ¡No lo estés! ¿Entendido? Va a ir todo geeenial. ¡Te quiero!».

Lo ha mandado por el grupo que tenemos con Silas, mi compañero de clase y único amigo en el colegio Víctor Hugo. Así que, por supuesto, al instante, tengo un segundo audio suyo. Porque sí, aquí la única que *escribe* mensajes soy yo.

«¡Por supuesto, Calimocho! Esta va a ser tu noche. Mañana en clase me cuentas.» Por el ruido de fondo imagino que estará en el estudio donde suele trabajar con sus amigos.

A él le respondo que era más feliz sin recordar que mañana empezamos el último curso de bachillerato, y le pido que deje de llamarme Calimocho si no quiere que empiece a utilizar su verdadero nombre. A Tesa le digo que estoy pensando cancelar la cita. La reacción inmediata de mi amiga, cómo no, es llamarme.

—¿Qué dices de cancelar nada? —me pregunta, con su habitual tono autoritario. También tiene canal, y creo que es de las pocas personas que delante de la cámara intensifica aún más ese rasgo suyo, en lugar de suavizarlo, algo que a sus seguidores les encanta.

—Es que no sé ni qué ponerme, y hace un calor horrible hoy, y...

—Excusas. Estás nerviosa y punto.

—Pues un poco —admito, tumbándome otra vez sobre la cama. Siento las miradas acusadoras de todos los actores y actrices que me observan desde los pósteres que tengo colgados en las paredes—. No sé si...

—¿Qué? ¿Si es el momento? ¿Si estáis listos para dar el siguiente paso? Cali, ¿cuánto tiempo lleváis preparando lo de esta noche? No, dime, ¿cuánto?

—Tres semanas.

—Exacto. Y va a ser perfecto. ¿Me oyes? Perfecto. En mi vida he visto a mi hermano más guapo y más nervioso. Y lo que más me molesta es que no vayas a poder contarme ni un solo detalle porque es mi hermano y, como comprenderás, prefiero no saber nada al respecto, gracias. Aunque, bueno, si se lo vas a contar a Silas, yo también quiero saberlo. Por ti haría el esfuerzo de escucharte y de controlar las ganas de vomitar imaginando que hablas de otra persona.

—¡Tía!

—¡¿Qué quieres que le haga?! —Se ríe—. Escucha: ponte ese vestido verde de tirantes que te regalaron en Divinidier y suéltate el pelo. ¿Sabes cuál te digo?

—Ese vestido me marca todo.

—¡Ese vestido te queda estupendo!

Discutir con Tesa es como tratar de detener un tren de mercancías. Ella no da sugerencias, ordena. Y he de reconocer que suele acertar bastante. Así que acabo prometiéndole que le haré caso y que esta noche la llamaré para contarle (casi) todo. No me perdonaría en la vida que hablara con Silas y no con ella.

Nos conocimos en el primer evento con otros creadores de contenido online al que asistí con mis padres. Siempre cuenta que se acercó para hablar conmigo porque me vio igual de perdida que ella. En su canal habla sobre mecánica y tecnología. Se graba cada día construyendo o destruyendo algún aparato y explicándoles a los suscriptores para qué sirve cada pieza. Siempre que la veo trabajar me quedo ensimismada. Es como ver a alguien hacer un puzle de nivel avanzado. Cuando comienza un nuevo proyecto, puede pasarse días sin salir de casa hasta terminarlo, como un profesor chiflado, pero con tipazo y pelo más corto que el mío, siempre peinado a la última. En su canal se pueden encontrar tutoriales para hacerte desde tu propia lámpara de noche hasta un par de walkies-talkies caseros.

Sin embargo, aquella noche en la que la conocí, ella estaba allí acompañando a su hermano Gerard, que ya por entonces empezaba a despuntar como una de las grandes *celebrities* digitales. Aburrida de no poder hablar con él porque siempre había otras personas a las que tenía que atender, Tesa estaba a punto de marcharse cuando se fijó en mí. Y menos mal que decidió acercarse para presentarse, porque al final acabó siendo una noche genial. Mis padres se quedaron hasta el final, y según se fue vaciando el lugar, Gerard también se unió a nosotras, y Tesa me lo presentó. Y hasta hoy.

Cuando estoy lista, salgo de mi cuarto para cruzarme con Néfer, que se ha engalanado para el evento como si ella fuera la actriz principal. Está espectacular, y a mí me hace sentir como el monstruo del pantano.

—Ya me ha dicho mamá que al final no vienes —dice mientras bajamos la escalera hacia el salón.

—He quedado con Gerard.

—Mira tú qué bien...

—¿El qué?

—Eso, hacer lo que te apetezca. Hoy no voy a esto, pero mañana sí a lo otro... Solo te digo que en estas cosas siempre hay gente a la que es interesante saludar para que no se olviden de tu cara.

«Para que no te olviden, primero tienen que recordarte», pienso. Y la gente a la que Néfer se refiere solo me sitúa cuando me ven al lado del resto de mi familia. En cuanto me separo, aunque sea un par de metros, siento sus miradas preguntándose quién es esa chica que se ha colado en el cóctel y que no deja pasar ni una sola bandeja sin probar porque, ¡eh, comida gratis! Pero lo llevo bien. Al menos hasta que me tengo que poner alguno de los muchos vestidos que nos regalan las marcas y que rara vez me sientan bien porque, sorpresa, tengo más curvas que un maniquí anoréxico. Como el de ahora.

Antes de salir de casa, le pregunto si cree que me queda bien el conjunto, aunque ya veo que no está de muy buen humor y me arriesgo a que me suelte cualquier lindeza. Se gira, me observa de arriba abajo como Meryl Streep en *El diablo viste de Prada* y suspira. Y ese suspiro sé, porque la conozco, que podría traducirse por un «A ver, para ser tú...».

—No está mal. El verde siempre ha sido el color que mejor te sienta.

Muchas veces pienso que para ella también debe de ser duro tenerme de hermana. El mío no es un cuerpo de modelo, como el suyo. Aunque las facciones de mi cara engañan y los pómulos altos, el pelo ondulado y los ojos grandes disimulan que tengo más caderas, pecho y culo de los que me gustaría. Según Tesa, me faltan años para apreciar esos regalos de la naturaleza y me sobran complejos. Claro, que ella me mira con ojos de mejor amiga mientras yo me engaño pensando que es cuestión de tiempo que pegue el estirón y todo lo que sobra se recoloque para moldear mi figura. Ja.

—Pasadlo bien esta noche —digo, abriendo la puerta.

—Lo haremos —responde ella, antes de marcharse en busca del complemento ideal.

Vivimos a las afueras, en una urbanización de chalets bajos que nos aísla por completo de la metrópolis, aun teniéndola al lado. Lo bueno es que estamos muy bien comunicados por transporte público, y desde hace años he podido moverme a mis anchas sin tener que depender de mis padres o de mi hermana. Es cierto que las posibilidades de que alguien te reconozca y te pida una foto son mayores que si vas en coche o taxi, pero ni la paga que me dan mis padres me da para eso, ni soy tan famosa como el resto de los miembros de mi familia. Como he dicho, si me alejo tres metros de ellos, tengo altas probabilidades de parecer invisible. Así que si me cubro un poco la cara con el pelo, suelo pasar bastante desapercibida. Incluso sin quererlo.

Creo que Gerard es el único chico de diecisiete años recién cumplidos que reserva antes de ir a cenar, pero en su caso es bastante comprensible y he de reconocer que tiene su encanto. No sé, le hace parecer más maduro. El restaurante en el que hemos quedado se encuentra en uno de los barrios más pintorescos, cerca del parque de El Retiro, uno de los pulmones verdes de la ciudad. Con los últimos coletazos del verano, aún hay bastante tráfico y transeúntes por la zona que aprovechan para tomarse algo en las terrazas o dar paseos a la sombra de los árboles. Por suerte, no está tan abarrotado como la zona centro, donde es imposible caminar dos pasos sin chocarte con alguien o esquivar un quiosco de helados. Cuando salgo, no quedan más que los vestigios del atardecer y ya se han iluminado todas las farolas. Confiada, feliz y un poco nerviosa, me encamino hacia el restaurante, convencida de que a partir de hoy nada volverá a ser lo mismo.

3

Gerard y yo llevamos saliendo ocho meses y veintiún días. Antes que pareja fuimos solo amigos y quizá por eso lo de salir con él fue una evolución casi natural. Vaya, a mí me gustó prácticamente desde aquella primera noche en que lo conocí, aunque no hubiera pasado nada de no ser por Tesa y sus habilidades de celestina.

La nuestra es una historia de las más comunes. De las de amigos que poco a poco se van haciendo más que amigos..., salvando el pequeño detalle de que Gerard es famoso. Pero famoso de verdad, no como yo. Y que en los últimos años tiene casi vetados algunos lugares del centro porque siempre que aparece en la calle se le abalanzan los fans. No exagero. Normalmente, tiene que intervenir hasta la policía. La última vez yo también me llevé unos cuantos golpes de algunas seguidoras descontroladas.

Como mi familia, él también suele grabar vídeos contando sus experiencias o sus reflexiones y es cierto que tiene algo de hipnótico cuando habla; ese no sé qué que le ha catapultado a la fama. Las marcas se lo rifan. Las empresas de YouTube también. Y por supuesto sus gerardinas lo idolatran. Ese es el nombre que se autoimpusieron sus fans y que exhiben con orgullo en todas las redes sociales, convirtiéndole en *trending topic* cada vez que se corta el pelo o se hace una foto sin camiseta.

Así que, vale, no, rectifico: la nuestra no es una relación al uso, pero lo llevamos bien. Sí. No es fácil recibir toda clase de insultos y amenazas de un montón de chicas solo porque ven que su ídolo está contigo y no con ellas, pero eso se soluciona no leyendo los mensajes que te dejan en todas las redes o ignorándolos. Y, además, también las hay que esperan que pasemos el resto de nuestra vida juntos y formemos una gran familia. Estas me caen mejor, lo reconozco, pero trato de no escuchar ni a unas ni a otras.

De todos modos, sabía a lo que me exponía si al final mi sueño se hacía realidad y acabábamos siendo novios, como ocurrió. Ahora me toca apechugar con las consecuencias, supongo. Por otro lado, como dice Tesa, no debo olvidar que, por mucho que sus fans me hagan creer lo contrario, nadie excepto nosotros sabemos lo que tenemos. Y eso es lo que debemos recordar siempre.

Sobre todo en días como el de hoy, cuando vamos a perder la virginidad.

¡¡Bam!! Lo sé. Es fuerte.

Aunque llevamos todo este tiempo juntos nunca nos hemos acostado. Hemos tenido pocos momentos, lugares, oportunidades, y demasiadas dudas, miedo y vértigo. Mi madre dice en sus vídeos que es lo normal. Digo en sus vídeos porque conmigo aún no ha tenido *esa* conversación. Y espero que nunca jamás la tenga. Por suerte, siempre está entretenida resolviendo las dudas sexuales de todos los que le dejan preguntas en los comentarios. Sé que con Néfer intentó hablar sobre el tema hace tiempo y que mi hermana desapareció de casa una semana y se fue a vivir con una amiga. Quizá tenga miedo de que yo haga lo mismo, o a lo mejor piensa que no necesito esa conversación. Que aún soy demasiado joven para pensar en estas cosas, mucho más para hacerlas. ¿Lo soy? Ni idea. Igual, simplemente mi madre piensa que de tanto editar también sus vídeos he aprendido suficiente al respecto.

El caso es que una tarde, viendo una película en casa de Gerard, surgió el tema sin venir a cuento, y de pronto nos encontramos buscando fecha, como quien organiza unas vacaciones o piensa en casarse, para ver cuándo nos venía bien a los dos. Porque para él también será la primera vez. Parece broma, pero no es tan fácil cuando tus padres no salen nunca, como es su caso, o siempre están fuera y quieren que tú los acompañes, como es el mío. Y a mí que me llamen rara, pero me daba palo el plan de alquilar una habitación de hotel solo para eso, no sé...

Elegimos el día de hoy porque sabía que mi casa se quedaría vacía y, para hacerlo un poco más especial, Gerard propuso cenar antes en nuestro restaurante favorito, La Dinapoli, y luego volver a casa. Lo sé, habría sido mejor esperar a que mis padres se fueran y pedir algo por teléfono en algún restaurante, pero ¿cuántas veces hay una primera vez? Pues eso.

Cuando se lo conté a Tesa, se rio de mí, pero me dio igual. Ella decía que le habíamos quitado al momento la magia de lo inesperado, de la incertidumbre, lo que ella llama la causalidad de la casualidad. Silas directamente puso los ojos en blanco, pero es que para él el sexo es algo superado y su fama de ligón se ha extendido por toda la escuela, cursos superiores incluidos.

Gerard ya está en la puerta del local cuando llego. Doy por hecho que ha venido en taxi y le noto ansioso por entrar hasta que me ve y se relaja un poco. ¿Está más guapo que nunca o soy yo, que le veo con mejores ojos? Se ha puesto unos pantalones caquis y la camisa azul de manga corta y cuadros que tanto me gusta. Apenas deja a la imaginación su cuerpo esbelto, los brazos definidos y el estómago plano que tan locas les (nos) vuelve a todas.

Sonríe al verme y, como siempre que está nervioso, se pasa la mano por el pelo corto antes de acercarse. Bajo la luz del farolillo de la entrada, el castaño se vuelve pelirrojo. Nos damos un fugaz beso en los labios, pero entonces recuerdo hacia dónde se dirige la noche y le sujeto la cara sin darle tiempo a separarse para plantarle un beso un poco más sentido en los labios. Que no se diga.

Sus ojos claros me miran un tanto desconcertados, pero, más que molestarme, me divierte. Siempre he sentido que soy yo quien lleva las riendas en nuestra relación, cosa que nadie diría al ver sus vídeos. Delante de la cámara, Gerard se crece, sonríe más, hace comentarios más ingeniosos, genera un magnetismo entre él y su audiencia que luego en persona no se apaga, pero sí se diluye un poco.

—¿Pasamos? —pregunta, tras aclararse la garganta.

En cuanto nos ve entrar, la camarera nos acompaña a un reservado con sillones enfrentados. Advierto inmediatamente que nos ha reconocido. O, más bien, que *le* ha reconocido. Es muy fácil darse cuenta de ello: de pronto las cejas están más alzadas, los dedos sujetan con más ahínco los menús y los ojos, aunque trata de controlarlos, regresan siempre a Gerard.

—Estaré por aquí si me necesitáis —dice en plural, mientras nos entrega las cartas. Aunque, bueno, en realidad solo se ha dirigido a mi novio.

Una vez sentados, me entran las dudas: ¿qué voy a cenar? No puedo pedirme la pizza de siempre porque lleva ajo, ni tampoco pasta porque dicen que es fatal por la noche, ¿no? Aunque se supone que después vamos a hacer ejercicio. ¿Eso cuenta? ¿Debería pensar en ello como hacer ejercicio? ¡Porque odio el ejercicio!

—¿Ya sabes qué pedir? —le pregunto.

—¿Eh? —responde, y advierto que está tan nervioso como yo, lo cual no ayuda.

—Decía que qué vas a pedirte.

—Creo que... unos espaguetis al pesto. ¿Y tú?

¡Yo no!

—Ensalada *caprese*.

La camarera aparece de pronto a nuestro lado y nos toma nota. Cuando le digo mi plato, siento que contiene la risa y que juzga pensando que seguro que mis caderas no están como están por ser una aficionada a las ensaladas. Quizá solo me lo esté imaginando, porque prefiere dedicar su tiempo a admirar a Gerard y guiñarle un ojo antes de marcharse.

—¿Y qué tal el día? —Espero, pero no hay respuesta—. ¿Gerard...?

—¿Dime? —Otra vez parece que le haya pillado desprevenido.

—Que qué tal todo.

—Ah, bien. Un poco cansado. He estado grabando toda la mañana. —No es la respuesta que esperaba, pero no pasa nada.

—Ya. Pues yo al final he tenido que decirle a mi madre que no iba a lo de esta noche para cenar contigo mientras me grababa, así que mañana tendrás unos cuantos tuits al respecto. Lo siento.

—Da igual. ¿Se han molestado tus padres?

—No. Creo.

—Vale.

Normalmente, tenemos conversaciones más profundas, pero de verdad que en estos momentos no puedo pensar en otra cosa que no sea mi habitación, mi cuarto, las cortinas echadas, la cama y los preservativos del cajón. ¿Estarán caducados? No, imposible. Los compré con Tesa hace menos de un mes.

Necesito que pase cuanto antes. Necesito dejar de sentir la presión de la primera vez y disfrutar de las siguientes. Lo sé: se supone que tiene que ser algo especial, ¡y lo va a ser!, pero también dicen siempre que es la peor y que duele y que...

—Entonces tus padres no llegan hasta las doce, ¿no?

—O la una. No sé si se alargará la fiesta después de la cena y querrán quedarse.

—Vale —responde, con la mirada clavada en su vaso. Como si estuviera haciendo cálculos matemáticos complicadísimos.

No hablamos mucho más. Ambos tenemos demasiado en la cabeza para digerir y temo que, si se lo contamos al otro, la noche podría acabar de una manera muy distinta. Así que disimulamos tratando de que no se nos note demasiado. Cuando llega la comida, la tensión se rebaja un poco porque al menos podemos entretenernos masticando, pero el silencio sigue siendo igual de pegajoso.

—¿Pedimos postre? —me pregunta cuando terminamos ambos platos.

—Estoy llena —contesto. He tenido que hacer un esfuerzo para tomarme cada bocado.

—Entonces ¿nada? ¿Nos... vamos ya?

—Creo que es lo que toca, sí —bromeo.

Gerard pide la cuenta y, mientras pagamos, la camarera trata de entablar conversación con él. No es paranoia; ya estoy acostumbrada a que chicos y chicas traten de llamar su atención de las maneras más absurdas. Del mismo modo, también he visto a Gerard ignorarlos a todos sin perder la amabilidad, pero sin dedicarles tampoco ni una segunda mirada.

Ya en la calle, propone que tomemos un taxi porque está promocionando una aplicación y a cambio de algún mensaje puntual en redes puede tomar los que quiera gratis. Las ventajas de ser extremadamente visible, supongo. Empiezo a sentir el estómago revuelto por los nervios y no quiero demorar más el momento. Cuanto antes lleguemos, antes pasará todo.

Una vez dentro del taxi, saco el móvil y veo que Tesa me ha escrito para preguntarme si va todo bien. Le contesto rápidamente que sí, que ya vamos hacia casa, y ella responde con un emoticono con cara de enfermo seguido de otro con la lengua fuera y un tercero con corazones en los ojos. De reojo descubro que Gerard está hablando con Román.

Encima es eso: que todos están enterados de lo que va a pasar hoy. Estaba claro que yo se lo iba a contar a Tesa y a Silas, y que Gerard iba a hablar con su mejor amigo. Todo el mundo tiene consejos que darte, opiniones, advertencias... Y del mismo modo que yo me he desahogado, él habrá hecho lo mismo. Ahora me pregunto qué le habrá contado a Román, qué le habrá preguntado... Y el otro, ¿qué le habrá respondido? No querría acabar sufriendo por culpa de los penosos consejos de alguien como Román...

Uf, será mejor que no piense más sobre el tema.

Quince minutos más tarde, nos apeamos delante de mi casa. Para asegurarme de que estamos solos, entro avisando a gritos de que ya he llegado y Gerard se ríe. Le pregunto si quiere tomar algo, pero responde que está bien y decidimos, sin mediar palabra, que es el momento de subir a mi cuarto.

4

Me sudan las manos. Creo que es la primera vez que me pasa, o al menos que soy consciente de ello. ¿Es así como tengo que sentirme? Estoy nerviosa, pero también impaciente, ilusionada. Me tranquiliza y me alegra que mi primera vez vaya a ser con Gerard, y solo espero estar a la altura. En sus vídeos, mi madre siempre dice que se agradece que uno de los dos sepa de qué va el asunto para guiar al otro. Por eso, que ninguno de los dos tenga experiencia me inquieta, aunque así al menos no tendrá con quién comparar. Algo es algo.

Tampoco sé por qué estoy pensando en mi madre en estos momentos. Argh.

Gerard se sienta al borde de la cama y yo me acerco para colocarme sobre su regazo. Comenzamos a besarnos y las dudas se disuelven con el roce de sus labios. Toda la inseguridad que pueda sentir se desvanece cuando me acuerdo de con quién estoy, de lo mucho que me gusta y de las ganas que he tenido siempre de acariciar su cuerpo desnudo. Durante el verano hemos estado tanto tiempo separados por culpa de los viajes o porque estuvimos quedando con el resto del grupo que no hemos podido compartir ni una sola tarde de piscina a solas.

Nos dejamos caer sobre el colchón y, sin parar de besarnos, reptamos hasta apoyar la cabeza en la almohada. Es entonces cuando me doy cuenta de que sigue nervioso. No sabría decir por qué, pero lo noto. La manera en la que me está tocando, su respiración... Es como siempre, pero no. Como si tuviera la cabeza en otro lugar. No es la primera vez que lo noto, pero sí la más evidente. Gerard tiende a distraerse con facilidad y a divagar más de la cuenta, pero eso que me parece encantador en muchos momentos, ahora mismo me está poniendo un poquito nerviosa.

Así que decido comenzar a desvestirle. Él puede estar en Babia si quiere, pero a cada segundo que pasa más imperiosa es mi necesidad de verlo, besarlo y tocarlo, y empieza a sobrarme hasta la última prenda de ropa. Ya sin camiseta, nos ponemos de rodillas uno frente al otro y Gerard me saca el vestido verde por la cabeza. Noto que el calor que siento por todo el cuerpo se acumula en mis mejillas. Como si acabara de desenmascararme y temiera un grito de sorpresa por su parte al descubrir a quién está besando realmente. Es la primera vez que un chico me ve en ropa interior y jamás había sido tan consciente de mi cuerpo, de cada curva, lunar y estría. ¿Oleré bien? ¿Habrá dado resultado la crema hidratante que me he echado después de ducharme? Lo atraigo hacia mí para seguir besándolo e impedir que se dé cuenta de que me he sonrojado.

Gerard desliza su boca hasta mi cuello y se me escapa un suspiro que suena demasiado alto en el silencio de la casa. Le ayudo a quitarse los pantalones. Es entonces cuando me doy cuenta de que algo no va *bien*. Que a mí me tiembla todo el cuerpo y que siento que estoy a cuarenta grados cuando la casa está climatizada..., pero que él no parece estar en lo que tiene que estar. Sus besos en el cuello son más apremiantes, pero también más mecánicos, incluso desesperados, como si creyera que con su lengua fuera a activar algún tipo de resorte interno que le permitiera pasar a la siguiente fase.

Cuando empiezo a sentir el cuello dolorido por tanto beso, decido tomar de nuevo la iniciativa y le meto la mano en el bóxer. Y él da tal respingo que me golpea en la mandíbula con la cabeza.

—¡Lo siento! —exclama, casi asustado.

—Nada —digo, riéndome. Pero cuando voy a volver a acercarme, se aparta.

—Da... dame un minuto —me pide, y salta de la cama cubierto solo por la ropa interior y se mete en mi cuarto de baño.

Me he montado en mi cabeza esta escena un millón de veces, y aunque he visto muchas similares en el cine y la televisión, puedo jurar que nunca habría imaginado que la mía iría así. ¿Qué he hecho mal? ¿He sido demasiado brusca? ¿Me he adelantado? ¿Le habré parecido horrible sin ropa?

—¿Gerard...? —pregunto, asustada, porque no sé qué puede estar pasando al otro lado de la puerta—. ¿Estás bien?

—¡Sí! —La voz le sale con un gallo que en cualquier otra circunstancia habría imitado, pero que ahora no me hace ni pizca de gracia.

El silencio que sigue me hace sentir ridícula, cubierta solo con las braguitas y el sujetador negros elegidos para la ocasión, y me tapo la tripa con los brazos mientras espero.

Entonces escucho el murmullo agitado de Gerard hablando solo. Me contengo para no levantarme y abrir la puerta sin más miramientos. ¿Y si escribo a Tesa? No. No debo. Esto es entre su hermano y yo. ¡Ni siquiera sabría qué decirle! Quizá a Silas...

La puerta se abre en ese preciso instante y recupero la esperanza de que la noche pueda aún enderezarse. Y entonces le veo la cara y el alma se me cae a los pies. Está llorando.

—Gerard, ¿qué pasa? —pregunto, aunque casi prefiero no saber la respuesta.

Él camina hasta la cama y se sienta en ella sin dejar de sollozar.

—Le... le pasa a todo el mundo. —Es lo único que se me ocurre en este momento—. En serio, si buscas en internet ya verás cómo es bastante frecuente. De hecho, mi madre tiene un vídeo sobre cómo recuperar la erección. Si quieres...

—Creo que debería marcharme —mascula, sin mirarme a los ojos.

—¿Tan pronto? —contesto yo, hundiéndome un poco más en la vergüenza.

¿He fracasado en la prueba de fuego? ¿No le atraigo? Igual es eso: se lo pasa bien conmigo, le gusta besarme, pero más allá de eso... Estoy tan consternada que ni advierto el sonido del coche aparcando en la calle ni escucho la puerta de casa abriéndose.

—¿Cali? ¡Ya estamos en casa! A tu padre le ha debido de sentar algo mal y hemos vuelto antes.

Gerard levanta la cabeza de golpe y se separa de mí.

—¡Tu madre!

Necesito que él lo diga para sacarme de la inopia.

Mi madre.

En casa.

Y lo que oigo son sus pasos por la escalera.

—¡Mierda!

—¿Cali? ¿Estás aquí, cariño?

Debo elegir entre cerrar la puerta o vestirme, y al final opto por abalanzarme sobre la ropa, pero ella es más rápida, y para cuando todo sucede, Gerard se está abrochando los botones del pantalón y yo le grito que no entre, aún con la cabeza enterrada en el vestido.

Tarde.

5

—¿Crees que nos ha visto?

La pregunta de Gerard me irrita tanto que no puedo contenerme.

—¿Haciendo *qué*, exactamente? —Pero enseguida me arrepiento y le pido disculpas—. Será mejor que te marches.

Una vez que nos hemos vestido, tomo aire y abro la puerta haciendo acopio de la poca dignidad que me queda. No hay ni rastro de mi madre cuando bajamos, y a mi padre lo oigo canturrear en la cocina, ajeno a lo que acaba de suceder. Mejor. Mucho mejor. Infinitamente mejor.

—Hablamos mañana —le digo a Gerard, ya en la puerta. Aún tiene las mejillas sonrojadas, pero asiente y se da media vuelta.

A pesar de la rutina de los últimos ocho meses, ni él trata de darme un beso de despedida ni yo lo espero. Pero cuando estoy a punto de cerrar la puerta, él se da la vuelta y me lo impide.

—Solo... una cosa —dice con la mirada clavada en el suelo—. Te agradecería mucho si no... eso, si no se lo contamos a nadie.

—Claro. Esto es algo... nuestro. —No me atrevo a mirarle cuando pronuncio la última palabra.

Pero justo cuando me voy a despedir, mi padre aparece con una infusión humeante y la cara un poco pálida.

—¡Hombre, Gerard, no sabía que estabas aquí! ¿Llegas o te marchas?

—Se marcha —contesto por él—. Buenas noches.

—Sí..., eh, buenas noches —dice. Y tras unos segundos de bloqueo, se acerca y me da el beso de despedida que antes nos habíamos ahorrado.

Cuando cierro la puerta, mi padre frunce el ceño.

—¿Está todo bien?

—Perfectamente.

—Cali, ¿puedes subir un momento, cariño? —Un escalofrío me recorre la espalda al escuchar la voz de mi madre.

—Que duermas bien —me desea mi padre, antes de darme un beso en la coronilla y meterse en el salón.

Subo los peldaños como un reo camino de la horca. Cualquier cosa sería mejor que lo que temo que me espera al final de la escalera, pero, aun así, obedezco. Porque soy buena hija. Tonta, sí, pero buena hija. En cuanto pongo un pie en la habitación de mi madre, veo que tiene la cámara en las manos.

—¡Cali! —dice, alternando la mirada entre la pantalla y mis ojos—. Les estaba contando que el sitio es fantástico y la comida estaba riquísima, que tienes que ir cuando puedas.

—Claro que sí —logro decir, y hasta consigo esbozar una sonrisa.

—Bueno, y tu noche *¿qué tal?*

No está pasando. Es lo primero que pienso. Me acaba de guiñar el ojo, pero no puede estar pasando. Luego entiendo que sí, que quiere hablar conmigo de lo que acaba de ocurrir... ¡delante de la cámara!

—Genial, tengo sueño. —Nueva sonrisa, un beso a la cámara y añado—: Hasta mañana.

—¡Cali! —Mi madre apaga el aparato y lo baja—. ¿No crees que tenemos que hablar?

—Contigo, puede. Con ellos, no —digo, señalando la cámara.

—Ven, siéntate.

La habitación de mis padres es enorme. Tanto que cabe una cama *king size*, un secreter, un silloncito orejero, las mesillas de noche y luego, aparte, el baño con jacuzzi y el ropero. Está increíblemente bien decorada, tanto que un profesional decidió hasta el color de las joyas que mi madre podía dejar fuera del joyero. Hace unos años me encantaba saltar en esa cama, pero en estos momentos me siento tan fuera de lugar como la ropa que acaba de quitarse mi madre y que ha dejado tirada en un rincón.

—Siento haber llegado tarde. —¿Tarde? ¡Si el problema es que habían llegado demasiado pronto! Entonces comprendo que no se refiere a esta noche, sino a La Charla, y yo no sé dónde meterme—. Debería haber hablado contigo hace mucho tiempo. Pero entre unas cosas y otras... —Me sujeta las manos y las palmea mientras me mira con cariño—. ¿Cómo ha ido? ¿Estás... feliz?

—¡Mamá! —La vergüenza se extiende por toda mi cara y siento cómo me voy poniendo roja por segundos.

—Cali, no puede darte vergüenza hablar de estos temas, ¡y menos conmigo! ¡El sexo es algo natural! ¡Es algo bonito! Habréis usado protección, ¿verdad?

Mi madre interpreta erróneamente mi silencio y añade:

—No es solo por los embarazos, cielo. Las enfermedades de transmisión sexual son muy peligrosas, aunque no se habla tanto de ellas. Creemos que no pasa nada, que son cosas que les suceden a otros, pero no. De hecho, tengo pensado subir un vídeo sobre el tema este mes. ¿Quizá podríamos grabarlo juntas? En fin, sé que Gerard es un cielo, pero todos debemos estar alerta y acostumbrarnos desde el principio a...

—Mamá, hemos usado preservativo. ¿Vale?

—Genial, fantástico —dice sonriendo—. ¿De qué marca? Porque eso también es importante...

—¡Mamá, por favor! —Esta vez me pongo de pie—. No vivimos aislados en mitad del bosque. Tengo amigas. Existe internet. He visto tus vídeos. Gracias.

Ella también se levanta y veo que le ha hecho ilusión el último comentario.

—Vale, cariño, solo quiero que sepas que estoy aquí, más allá de los vídeos. Que yo también soy tu amiga.

—Ya, ya. Si lo sé. Pero... pero por el momento no quiero compartirlo con nadie.

«Sobre todo porque no hay nada que compartir», añado mentalmente.

—Lo entiendo, cielo. Sé lo especial que es. Aún recuerdo mi primera vez: los nervios, las dudas, la emoción..., y después la sensación de que, en el fondo, no ha cambiado nada y, sin embargo, ha cambiado todo.

No, si cambiar, ha cambiado todo. Y eso que ni nos hemos acostado. Pero me ahorro este comentario también, porque es muy bonito todo lo que ha dicho. En otra vida, mi madre debió de ser poeta. En sus vídeos habla de esta manera tan elegante, tan delicada sin perder un ápice de sinceridad, y creo que por eso la ve tanta gente y la llaman para entrevistas y ponencias.

—Me voy a ir a dormir —digo, esperando que no quiera darme más consejos.

Me acerco para darle un beso. Pero ella me atrapa y me da un abrazo de lo más sentido.

—Te quiero muchísimo, Cali —añade—. Y estoy muy orgullosa de la mujer en la que te has convertido. Por eso me da pena sentirte últimamente tan... distante.

—¿Distante? No estoy distante —respondo, aún pegada a su pecho.

—Un poco sí, cariño. Hasta lo dicen los suscriptores. Parece que desaparezcas siempre que sacamos la cámara.

—Hay días que no me apetece salir.

—Ya lo sé, ¿crees que a mí no me pasa? Pero el canal es de todos. De los cuatro, y ahora con las clases va a ser aún más difícil que encuentres tiempo.

Me separo de ella y suspiro.

—Encontraré huecos. De todos modos, mi vida tampoco es tan interesante como las vuestras.

—¡Por supuesto que lo es! Además, no es tanto lo que hacemos, sino cómo lo contamos. Y tú en eso eres una artista.

Esta vez me sonrojo, agradecida por sus palabras.

—Así que si uno de estos días, cuando vuelvas de clase, te apetece que hablemos de todo esto para el canal...

Mi sonrisa se esfuma al instante. ¡Era una trampa! ¡Y he caído de pleno!

—Cali, no me pongas esa cara.

—¿Qué cara quieres que ponga? ¡¿Me estás pidiendo que le cuente a la gente cómo ha sido mi primera vez?!

—Por favor, no grites —me pide—. Piénsalo. Hay muchas chicas de tu edad, más jóvenes que tú, con dudas y sin amigas ni madres tan entregadas como la tuya para hablar sobre el tema. Les vendrá bien escuchar la opinión de alguien de su edad. Yo no llego a ellas tan rápido y de una manera tan natural como tú. Mira, te dejaría la cámara, que hace mucho que no la tienes a solas, y cuentas lo que quieras. ¿Te parece?

—Buenas noches, mamá —respondo, dando media vuelta y dirigiéndome a mi cuarto.

Pero mi hermana sale en ese momento de su habitación con el pijama puesto y una toallita desmaquilladora en la mano.

—¿Qué está pasando?

—¡Néfer, díselo tú! —exclama mi madre, asomándose desde su cuarto—. Cali ha perdido su virginidad hoy y la estoy animando a que cuente la experiencia a nuestras suscriptoras más jóvenes para ayudarlas a...

—¡¡Mamá!! —grito.

—¡¿Que qué?! —grita mi padre aún más fuerte desde el salón.

—¡Tú no te metas, Carlos, por favor!

Pero él sube la escalera como una bala y la cara roja.

—Dime que no es verdad.

—No lo es —digo.

—Claro que lo es —replica mi madre, con un ademán—. Son jóvenes, se gustan, se quieren. Y han usado protección. ¿Qué hay de malo?

—¿Que qué hay de malo? ¡¡Es solo una niña!! —Se vuelve hacia mí—. ¡Eres una niña!

—¿Por qué nadie está grabando todo esto? —interviene Néfer, y yo la fulmino con la mirada.

—Una niña de dieciocho años.

—*Diecisiete* por el momento.

—Carlos, por favor, no seas retrógrado.

—¡Perdona que no apruebe que mi hija le cuente al mundo entero cómo ha practicado sexo por primera vez!

—Entonces ¿el problema es hacerlo o contarlo?

—Ya está. Buenas noches —digo, apartando a todos de mi camino, y me encierro en mi habitación con un portazo.

—¡Hablar de sexo es algo natural! —insiste mi madre desde el pasillo.

Por respuesta, echo el pestillo y me tiro sobre la cama con el corazón bombeando desesperado en mi pecho.

6

Primer día de clase y llego tarde.

El despertador del móvil no ha sonado porque se quedó sin batería en mitad de la noche de tanto mantener la pantalla encendida esperando recibir un mensaje de Gerard que nunca llegó e ignorando los de su hermana por miedo y vergüenza. Me ducho, me visto, compruebo que me ha salido una espinilla en la frente y preparo la mochila en tiempo récord, pero aun así sé que no será suficiente.

Lo corroboro cuando llego a la parada de autobús y la encuentro vacía. En esta esquina, el autobús escolar nos recoge y deja todos los días a un grupo de alumnos que vivimos por las inmediaciones, pero lo he perdido.

—Mierda... —mascullo, sudando a pesar de la brisa mañanera de septiembre y enfadándome por el estúpido grano de la cara.

En ese momento, siento vibrar el móvil. «Gerard», pienso mientras lo saco y desenredo el cable de la batería portátil a la que está conectado. Pero al ver que se trata de Tesa, noto un vacío en el estómago que me hace sentir culpable. No me veo con fuerzas de cogerlo y tener que aguantar preguntas cuyas respuestas desconozco. Pero sé cómo se pondrá, y conociendo a mi amiga es capaz de aparecer en la puerta de mi colegio en cuestión de minutos, si es que no está ya allí esperando.

—¿Diga? —pregunto, descolgando.

—¿Cómo que diga? ¿Has borrado mi número o qué? Ayer no

respondiste a mis mensajes. ¿Qué ocurrió? Mi hermano llegó y se encerró en su cuarto. Quiero saberlo todo. Bueno, casi todo. A no ser que necesites contármelo todo. Cali, ¿estás ahí?

—Sí, es que me quedé sin batería. ¿Tú qué tal?

—¡¿Cómo que...?! Tía, déjate de rodeos y habla.

Tengo tantas ganas de decirle que no lo sé, que no entiendo qué pasó ni si hice algo mal que estoy a punto de echarme a llorar. Pero también siento que, si lo hago sin hablar antes con Gerard, voy a sentir que el problema se va a hacer más real; más grave. Y no me veo con fuerzas. No ahora, no con Tesa y sus interrogatorios, que tanto bien me hacen a veces y tanto miedo me dan otras.

—Perdona. Es que... me pillas a punto de meterme en el metro; llego tarde.

—¿Quieres que vaya a buscarte cuando terminemos las clases y merendamos juntas?

—Tengo cosas que hacer. Mis padres quieren grabar no sé qué conmigo —miento—. Pero nos vemos estos días con los demás, ¿vale?

—Sí. —Hace una pausa y casi puedo escuchar los engranajes de su mente tratando de descifrar mi actitud—. ¿Seguro que estás bien?

—Que sí... Un besito.

Sé que la dejo intranquila, pero me manda otro beso y colgamos.

Podría llamar a mi hermana para que me acercara en coche, pero prefiero enfrentarme a la dirección del colegio antes que a Néfer recién levantada. Al final me decanto por ir realmente en metro. El autobús de línea da mil vueltas, tarda el doble y encima me deja más lejos del colegio. Compruebo la hora. Ocho y cuarenta. Las clases empiezan a las nueve y calculo que yo no llegaré hasta las nueve y cuarto, como pronto. La he cagado.

El Víctor Hugo es uno de esos colegios modernos donde los profesores y la dirección tratan de ser cercanos e innovadores, pero que al final es solo en apariencia, porque están igual de atrapados por el sistema educativo como los demás. Se encuentra al norte de la ciudad, cerca del primer centro comercial que se abrió. Entré cuando tenía trece años, con el canal ya en marcha, y desde entonces no he conocido otra cosa. Mi hermana no tuvo tanta suerte, o no quiso beneficiarse de ella, más bien. A Néfer los cambios la ponen nerviosa. Siempre dice que, si uno no está absolutamente seguro de qué va a suceder, es mejor estarse quieto y dejar las cosas como están. Por eso, cuando nuestros padres nos ofrecieron cambiarnos al Víctor Hugo, ella dijo que ni loca empezaba de cero en un sitio nuevo, sin amigas y sin conocer a los profesores. Y yo se lo agradecí. Nunca me ha gustado que todo el mundo, desde la directora hasta la mujer que nos servía la comida, me dejaran claro que en algunas cosas era idéntica a mi hermana y, en otras, completamente distinta. Como si cultivara cada decisión o cada uno de mis rasgos basándome en los de Néfer. Lo bueno es que llevo tanto tiempo en el Víctor Hugo que, aunque los alumnos de otros cursos se sorprenden al verme en el recreo o en el comedor, mi grupo de clase me ignora y le da exactamente igual qué vídeo han subido o dejado de subir mis padres. Lo bueno de la rutina.

El metro está atestado de gente cuando me subo. Casi tengo que abrirme paso a codazos hasta una de las barras a las que sujetarme, y allí me quedo, en un rincón con la cabeza gacha y bostezando, parada tras parada, hasta que llego a la estación en la que debo hacer transbordo.

Cuando se abren las puertas, siento cómo el torrente de gente me arrastra fuera del tren y en dirección a los túneles de la otra línea. Me dejo llevar sin oponer resistencia hasta que de pronto la escucho.

Al principio es una vibración apenas perceptible que proviene de algún punto del largo pasillo y que poco a poco va tomando la forma de una canción. No la reconozco, pero la letra, la melodía, la manera en la que el músico la está interpretando hacen que sienta como si hubiera formado parte de mí siempre y la hubiera olvidado. Conforme me acerco a la esquina del túnel, más clara oigo la letra y la guitarra que la acompaña. Las palabras van calando en mí de una manera que me cuesta comprender, como si fuera consciente de que estoy escuchando mi canción favorita por primera vez. Y, de pronto, la letra empieza a tener un significado que me envuelve y al que me entrego, casi como si, realmente, se hubiera escrito para mí.

Cuando llego frente al chico que la está cantando, estoy tan conmovida que siento las lágrimas rodando por mis mejillas sin saber cuándo he empezado a llorar. ¿Qué me está pasando? Delante de él tiene el estuche de la guitarra española abierta con algunas monedas dentro. Su voz es grave, rota, y me sorprende lo mucho que transmite también con los ojos. Es alto, con el pelo tan negro como las alas de un cuervo y revuelto como si viniera de pelearse o se acabara de levantar. Sus ojos son rasgados y profundos, con unas cejas pobladas que se mueven al tiempo que la letra de la canción se escapa por sus labios gruesos. Desprende una atracción animal, salvaje, que solo la música parece contener. La gente camina a nuestro alrededor sin reparar en nosotros, pero él advierte mi presencia y canta los últimos versos con los ojos clavados en mí. Rasga por última vez la guitarra y hace una reverencia que solo yo veo.

En cuanto la música se detiene, salgo del extraño encantamiento y me seco las lágrimas a toda prisa, sintiéndome estúpida y vulnerable.

—Eh, ¿no vas a darme nada por esas lágrimas? —pregunta, guiñándome un ojo.

Al sonreír, se le marca la mandíbula y un hoyuelo en el lado izquierdo. Su manera de dirigirse a mí rompe el hechizo y me apresuro a sacar la cartera para echarle unas monedas. Pero en el proceso me pongo nerviosa y se me cae el bolso dentro de la funda de la guitarra.

Antes de que pueda inclinarme para recogerlo, el chico acerca con un pie el estuche hacia él y lo cierra de un puntapié. Durante un segundo pienso que está de broma, pero entonces se agacha, lo agarra por el asa y echa a correr.

—¡Lo siento! —añade, y sale disparado en dirección al metro que yo misma tengo que tomar.

Para cuando salgo de la inopia y empiezo a gritar y a correr tras él, me saca unos cuantos metros de ventaja. Resoplando, atravieso todo el pasillo, que en este momento está prácticamente vacío, hasta el andén donde está detenido el tren. Pero justo cuando veo al chico entrar en él, suena un pitido y las puertas se cierran de golpe.

—¡No! ¡Abran! ¡Abran! —grito sin éxito.

El metro se pone en marcha y yo comienzo a golpear con los puños las paredes. Cuando pasa delante de mí, el chico está sonriendo y se despide con un cariñoso saludo militar. Como si quisiera decirme que así es la vida. Lo único que puedo hacer es apartarme y, con toda mi impotencia, sacarle el dedo y ponerme a llorar. Esta vez con razón.

7

Me planteo volver a casa, pero al final opto por llegar al colegio, que está a dos paradas más y avisar desde allí a mis padres del robo porque tampoco tengo móvil. Como el portón principal ya lo han cerrado, tengo que entrar por recepción. Y basta con que ponga un pie dentro para que Rosa, la secretaria, levante los ojos de los papeles que tiene desperdigados por toda su mesa y me mire, sorprendida.

—Cali, ¿acabas de llegar? —pregunta, y revisa su reloj para comprobar la hora.

Es una mujer bajita y de mediana edad que siempre lleva el pelo recogido en un moño. Cuesta imaginarla fuera de su sitio; de hecho, cuesta imaginarla fuera del colegio, porque siempre es la primera en llegar y la última en marcharse, y aunque es un alma cándida que no se enfada por nada, también sabemos que su palabra es ley y no te conviene estar a malas con ella.

—Me... me han robado —digo, recuperando el aliento—. En el metro.

Mis palabras provocan el efecto deseado y al momento me veo arrastrada dentro del despacho que tiene tras la recepción para que llame a mis padres. Es mi madre quien coge la llamada, pero no me ayuda demasiado. De hecho, lo primero que me pregunta es si llevaba la cámara y si he podido grabar lo que ha sucedido. En el estado de nervios en el que me encuentro, me cuesta mucho no colgarle. Al final me dice que no me preocupe y que ellos se encargan de desactivar el teléfono y dar parte a la policía.

Cuando salgo de recepción, Rosa me prepara una nota para entregar a mi profesor y excusar el retraso antes de indicarme a qué aula debo dirigirme. Aún resuena en mi cabeza la melodía de la canción que me ha hecho sentir como una idiota mientras subo la escalera y me dirijo al fondo del pasillo del segundo piso. Mientras camino, los alumnos de las clases por las que paso se me quedan mirando a través de los cristales y los que me reconocen tratan de hacerme una foto sin que sus profesores les vean. Yo bajo la cabeza y acelero. Me apuesto lo que sea a que en menos de diez minutos tengo las redes sociales llenas de mensajes sobre mi impuntualidad.

Este colegio puede ser todo lo diferente que su directora quiera, pero los jóvenes seguimos siendo iguales.

Cuando llego a mi aula, llamo a la puerta y entro. El profesor que está al frente de la clase es joven, regordete y me sonríe como si fuera una niña perdida cuando entro. Le he visto alguna vez por los pasillos y el patio, pero nunca hemos hablado ni conozco su nombre. Mientras me disculpo, le entrego la nota de Rosa y miro de soslayo hacia el resto de los compañeros. Algunos han aprovechado para ponerse a charlar entre ellos y otros me miran con cejas alzadas y sonrisas torcidas. Solo cuando veo a Silas y me guiña un ojo, bajo un poco la guardia.

—Pues bienvenida... Calipso Ávalos. ¡Vaya, Calipso! —dice, leyendo mi nombre en voz alta—. Qué nombre tan original, como la hija del titán Atlas. Un mito fascinante que...

—Cali —le interrumpo, ignorando las risitas de algunos chicos que, después de cuatro años, siguen sin superar mi nombre—. Me gusta más Cali.

—Pues Cali será. Pasa y siéntate, por favor. Mi nombre es Teodoro, pero podéis llamarme Teo —añade, golpeando la pizarra donde ha escrito su nombre. Silas me hace un gesto para que me ponga a su

45

lado en el semicírculo que forman los pupitres, y yo me escurro hasta allí, feliz de verle.

Mientras Teodoro Teo continúa presentando las maravillas que descubriremos en su clase de Lengua y Literatura durante el curso, mi amigo se inclina hacia mí y me susurra:

—Tarde el primer día de clase. ¿Tan larga fue la noche de pasión que se te han pegado las sábanas?

Recordar la escena con Gerard me provoca un retortijón que debe reflejarse en mi cara porque Silas frunce el ceño y se retira.

—Luego hablamos —dice, y sé que no me está consultando, sino avisando.

Creo que nunca habría imaginado que alguien como él acabaría siendo uno de mis mejores amigos. Aparentemente, no tenemos nada en común. Y creo que eso es lo que más me gusta: que todo lo que tenemos de distinto es lo que nos permite mirar al otro a los ojos y saber lo que está pensando. Eso, y que es capaz de verme más allá de los suscriptores, los vídeos y las fotos en las redes sociales. Y lo hace de verdad. Tanto para bien como para mal.

Siempre digo que Silas tiene un don. Es de esas personas que realmente ve más allá de la apariencia física, que llega al alma, que sabe distinguir, en sus propias palabras, entre quienes comparten su luz con los demás y quienes son pozos que se nutren de la de los demás para sentir un sucedáneo de felicidad. Él dice que soy de las primeras. La verdad es que no lo tengo muy claro. Yo solo sé que el día que más sola me sentía y más lo necesitaba apareció de la nada y que, desde entonces, ha seguido a mi lado.

Él ya llevaba en el colegio años cuando yo entré. De hecho, sus padres lo matricularon con seis años. Por entonces ya llevaba el pelo por debajo de los hombros y su nombre seguía siendo Salvador Ignacio Lastre. Su nombre artístico, por el que todo el mundo acabaría conociéndole, llegaría más tarde, junto a las rastas y al moño imposible en el que se las suele recoger. Dada la libertad del colegio en cuanto a la vestimenta de sus alumnos, a nadie le llamaba la atención ni su peinado ni su estrambótica manera de combinar las prendas y los colores. De hecho, para mí era el adolescente menos preocupado por lo que pudieran pensar o decir los demás que existía, y eso le infería una especie de inmunidad que yo admiraba y envidiaba a partes iguales. Sin embargo, tuvo que pasar un año entero para que Silas y yo llegáramos a hablar y un poco más de tiempo para convertirnos en amigos.

Por entonces, el canal de mi familia estaba empezando a despegar, y aún no me había acostumbrado a que chicos y chicas, incluso de cursos superiores, se giraran al verme pasar. Nadie me había explicado cómo lidiar con ello y no sabía si sonreírles y saludarles o ignorarles y arriesgarme a que pensaran que me lo tenía creído. Nunca he sido una persona extremadamente social, y menos en un colegio en el que aún me consideraban todos «la nueva», pero había un grupo de chicas con quienes me lo pasaba bien y junto a las que me sentía cómoda. Un día, una de ellas me invitó a su fiesta de cumpleaños y yo no podía creerlo. El año anterior nadie, ni un solo compañero o compañera, me había dicho que fuera a alguna de sus fiestas.

Durante esa semana no pude casi pegar ojo pensando en qué me pondría, qué le llevaría de regalo y cómo saldría todo. A mis trece años ya había aprendido a la fuerza lo que era el escalafón social, y sabía que yo me encontraba en los últimos peldaños, al borde del precipicio. Nunca me había importado particularmente, pero aquella fiesta había puesto mis prioridades patas arriba.

Y llegó el día. Y yo me puse mi camiseta favorita y mis zapatillas nuevas. E hice que mi madre se recorriera media ciudad buscando un juego de manualidades que había visto anunciado en la tele y que servía para confeccionarte tus propias pulseras. Aún me sonrojo recordando cómo nos imaginaba a todas las del grupo llevando una de esas pulseras como miembros de un mismo club.

Mi madre me dejó en la puerta de la casa de mi amiga, me dio un beso y, cuando entré, se marchó. Estaba nerviosa, pero la madre de mi amiga me condujo con una sonrisa hasta el grupo de chicos y chicas de clase que ya estaban bebiendo y bailando al son de la canción del momento. Ilusionada, le di el regalo, pero ella se quedó con la caja en las manos, aguardando algo, sin yo saber muy bien qué era.

—¿No vas a grabarlo? —me preguntó de pronto, con una sonrisa cada vez más tensa—. Para tu canal, ¿no vas a grabar que has venido a mi fiesta o qué?

Al principio pensé que estaba de broma. Después, que se estaba burlando de mí. Para cuando me di cuenta de que hablaba en serio, la realidad se me atascó en la tráquea. Traté de explicarle que a mí no me dejaban aún llevarme la cámara, pero le dio igual.

—Pues graba con el móvil —insistió ella—. ¿O qué pasa, que no soy suficientemente importante para salir en tus vídeos?

Tuve que controlarme para no ponerme a llorar. Y entonces apareció mi héroe, con la cara llena de acné, una coleta que le llegaba hasta la mitad de la espalda, zapatillas naranjas fluorescentes, pantalón de chándal verde y una camiseta roja. De un tirón, le arrancó el regalo a la chica, me lo devolvió y después se giró para encararse a ella.

—No es que no seas importante para salir en sus vídeos, Sara —le dijo, con una seriedad que hizo que todo el mundo se callara, a pesar de su voz de pito—. Es que no eres suficientemente importante ni siquiera para formar parte de los recuerdos de ninguno de nosotros. Yo me largo, ¿te vienes, Cali?

Aún conmocionada, decidí seguirle y marcharme antes de que reapareciera la madre de la chica y tuviéramos que darle explicaciones de por qué su hija había empezado a llorar mientras los otros chicos estaban conteniendo las ganas de reírse. Si alguien piensa que después de aquello Silas perdió la admiración de nuestros compañeros o su amistad, está muy equivocado. Aunque, de haber sucedido, tampoco creo que le hubiera importado.

Huelga decir que Sara no volvió a hablarnos ni a invitarnos a ninguno de sus cumpleaños. Pero yo adquirí parte de la gracia de mi nuevo amigo y, si bien nunca he confraternizado con nadie más del colegio, al menos me han dejado tranquila.

Alguien llama a la puerta de la clase en ese momento y me saca de mis cavilaciones. Se trata de la directora de la escuela. Y antes incluso de que el profesor le abra, sé que viene a buscarme a mí.

—¿Puede salir Cali un momento? —pregunta, confirmando mis sospechas. Y por su gesto me temo que se trata de algo importante.

8

—Hemos encontrado tu bolso —dice la directora sonriente, y después echa a andar por el pasillo.

—¿Cómo que lo habéis encontrado? Pero ¡eso es... imposible! ¿Estás segura de que es el mío?

Por respuesta, se vuelve y me sonríe enigmáticamente.

—Lo tengo en el despacho.

Carola Mustonnen es la joven directora del Víctor Hugo. Mitad española, mitad finesa, tiene el cabello rubio y lacio y los ojos tan azules y claros que parecen ciegos. Mide un metro y medio escaso, algo que uno no advierte hasta que se fija en el tipo de calzado que lleva siempre, o más bien la altura de los tacones. Y aun así, cuando echa a andar, parece que está esprintando. Silas está convencido de que en su juventud debió de ganar varias carreras con tacones y que esconde los trofeos en los armarios de su despacho. De lejos, el tacóneo suena como si alguien estuviera machacando una máquina de escribir. Siempre lleva vestidos vaporosos, largos y cortos, porque nunca le parece que en España haga suficiente frío como para llevar pantalones o abrigos. El de hoy es multicolor y lleva las gafas de montura de pasta colgadas de su escote.

Acelero el paso con energías renovadas sin entender cómo ha sido posible semejante milagro. ¿Habrá traído mi bolso alguna alumna rezagada como yo? ¿Una profesora? ¿Un fan que lo ha encontrado en alguna papelera del metro y sabe dónde voy a clase? Descarto esa opción porque me da un poco de miedo que sea así. Pero entonces me asalta una nueva duda: ¿por qué me está llevando a su despacho para dármelo en lugar de traérmelo a clase? Como si me hubiera leído la mente, Carola dice de pronto:

—Hace unas semanas llegó a mis manos uno de tus trabajos del pasado año. —Cuando habla, lo hace despacio, como si tratara de dar con la palabra exacta antes de pronunciarla—. Un reportaje que escribiste para *El Flash*, ¿te acuerdas?

—¿El de la recogida de juguetes? —pregunto.

—¡Justo!

Solo duré un año en el periódico escolar, pero disfruté muchísimo redactando reportajes y noticias que se colgaban en la web del colegio y que se imprimían a comienzos de cada mes. Durante la Navidad se hizo una recogida de juguetes y libros para niños necesitados, y yo me ofrecí para redactar un artículo sobre cómo todo lo que se había regalado llegaba a su destino. Aún me emociona recordar lo feliz que me sentí escribiendo y advierto lo mucho que lo echo en falta.

—Recordaba que era bueno, pero cuando lo releí hace algunos días me volvió a impresionar. Enhorabuena —añade, girándose para mirarme sin dejar de caminar—. ¿Has oído hablar alguna vez del International Program for New Artists?

Tengo que traducir mentalmente el nombre para darme cuenta de que lo conozco porque algunos de mis guionistas, escritores, músicos y directores favoritos salieron de allí. El Programa Internacional para Nuevos Artistas.

—Es ese en el que eligen a chicos y chicas de todo el mundo interesados por el arte y les pagan una beca en una de sus academias, ¿no? —pregunto, por confirmar.

—Exacto. El IPNA es uno de los programas más exclusivos del mundo porque, de hecho, solo puedes formar parte de él si te eligen.

—¿No fue un chico del colegio el año pasado?

Ella asiente.

—Roberto Caprinni. Y estoy segura de que en cuestión de unos años podremos ver sus películas por todo el mundo. Bien, pues este año nos han vuelto a ofrecer la oportunidad de presentar a algún candidato para su programa de verano en alguna de sus escuelas, con la posibilidad de que su estancia se extienda durante todo el curso que viene completo. —Asiento sin saber muy bien qué tengo que ver yo con todo eso hasta que dice—: Antes de releer tu artículo ya había pensado en ti, pero después de leerlo lo tuve claro... ¿Te gustaría que presentásemos tu candidatura?

La noticia me deja perpleja y tardo en responder.

—¿Vais a mandar el reportaje de la recogida de juguetes?

—¿Qué? ¡No!

Suspiro aliviada. La mera perspectiva de ganar una de esas prestigiosas becas me vuelve loca, pero no creo que con esa historia pueda competir en nada fuera del colegio.

—Se debe presentar un proyecto original para optar a la beca. Hay varias categorías: audiovisual, escritura, danza, pintura, música... Y se tendría que entregar antes de que finalice el curso. ¿Cómo lo ves?

Difícil, por no decir imposible. A mi parecer, nunca he escrito nada sobresaliente para los estándares de cualquiera que no sea amigo o profesor. Y mucho menos bajo presión. Pero el mero hecho de que hayan pensado en mí y que me valoren por el texto del año pasado, en lugar de por algo relacionado con el canal de mi familia, me proporciona el valor que me falta para decir que quiero intentarlo.

—¡Fantástico! —exclama la directora—. Hay una cosa más que debes saber: aparte del proyecto que presentes, también necesitarás una carta de recomendación de la dirección, o sea, de mí, con ejemplos que demuestren tu interés por los estudios, tu capacidad para el trabajo en equipo, responsabilidad, etcétera.

Empiezo a sentir que hay gato encerrado cuando me mira para comprobar si estamos en la misma onda y se aclara la voz.

—Este año entra en nuestro colegio un alumno muy especial. Quiero decir, todos sois especiales, pero él lo es de una manera... distinta. —Se detiene cuando llegamos al pasillo donde se encuentra su despacho y me mira—. No todo el mundo lo tiene fácil en la vida, y a veces todos necesitamos una mano amable que nos recuerde que, a pesar de todo, aún quedan grandes cosas por vivir.

—Creo que me he perdido...

Ella añade:

—Se llama Héctor y lleva viviendo en una residencia para menores desde los doce años. Sus tutores temen que, si no se integra en este colegio, no lo hará en ninguno. Para facilitar su adaptación y puesto que va a entrar en tu curso, he pensado que estarías encantada de ayudarle con eso y también de echarle una mano con las materias que se le atraganten. ¿Cómo lo ves?

No es su petición lo que me da miedo, sino la estrategia que hay detrás. Ahora veo que lo de la beca es solo parte de una excusa y que he caído de lleno en su trampa.

—¿Quiere que sea la niñera de un alumno nuevo?

—No. Quiero que seas su amiga —me corrige con severidad—. Estoy convencida de que el órgano directivo del IPNA valorará enormemente este gesto de buena voluntad.

Fantástico: primero me roban el bolso, después llego tarde a clase y ahora mi directora trata de sobornarme para que cuide de un chico problemático al que no conozco de nada. Si a mi familia ya le iba a encantar que un proyecto propio me robara horas del canal, lo de tener que hacer de niñera les va a volver locos. ¿Cómo puede mejorar el día?

La respuesta llega cuando atravieso la puerta del despacho y me encuentro sentado de forma indolente, con el brazo sobre el respaldo y las piernas estiradas como si estuviera en la playa, al mismo chico que hace unas horas me ha robado el bolso.

9

Mi primer impulso es dar un paso hacia atrás, pero cuando él se gira, me ve y, tras un instante de sorpresa, se limita a sonreír, no puedo contener mi enfado.

—¡¿Qué hace aquí?! ¡Él ha sido quien me ha robado el bolso!

La señora Mustonnen se queda perpleja ante mi reacción, pero enseguida el otro se levanta con el bolso en una mano y la otra alzada en son de paz.

—Se te cayó cuando tropezaste y las puertas del tren se cerraron. El metro arrancó y te perdí la pista. Es un milagro que nos hayamos encontrado.

Encima mentiroso. Le arranco mi bolso de las manos de un tirón y lo escondo detrás de mi espalda. Parece tan endiabladamente sincero que, de no haber estado allí, hasta yo le habría creído.

—Me robó —insisto, dirigiéndome a la directora, pero parece que ella tampoco está dispuesta a creer mi versión.

—Yo no he hecho nada —dice él sin perder la sonrisa apaciguadora que alimenta mis ganas de estrangularle—. Además, te acabo de devolver el bolso.

—Vale. Bueno, Héctor, ella es Calipso.

—¡Cali! —me apresuro a decir, pero sé que ya es tarde.

—Sí, perdón. Cali, Héctor. Ella se encargará de enseñarte el colegio y de ayudarte con lo que necesites.

Ni siquiera he aceptado y ya tengo a este impresentable a mi cuidado. Esto es peor que una broma de mal gusto, pienso, mientras cambio el peso de una pierna a otra. Lo único que quiero es largarme de aquí y alejarme lo más posible de este... ¡delincuente!

—Cali es una de nuestras alumnas más brillantes —prosigue la directora, y yo solo puedo rezar por que no le cuente nada más sobre mí—. Todos los profesores la valoramos mucho y estamos seguros de que va a ser una estupenda guía y una gran amiga.

—¡Genial! —contesta Héctor. Pero cuando se acerca, retrocedo. Él se limita a mirarme de arriba abajo con tranquilidad antes de salir del despacho.

Está claro que no tiene ningunas ganas de quedarse en el Víctor Hugo, y no entiendo por qué no le dejan marcharse. Quiero salir detrás de él, pero la directora me pide que me quede un instante y, cuando estamos solas, añade:

—No ha sido el principio más prometedor, pero espero que podáis solucionar vuestras diferencias y seguir adelante. Creo que la recompensa merecerá la pena. —Y me tiende un panfleto del Programa Internacional de Jóvenes Artistas.

Me quedan pocas opciones aparte de asentir, darle las gracias y salir del despacho. Afuera, Héctor me espera con una sonrisa torcida.

—Oye, por mí estamos en paz. Ahora...

No llega a terminar la frase. Del bofetón que le meto, se le cambia la cara.

—Me robaste —le digo—. Lo hiciste. —Y le amenazo con el dedo por si piensa volver a mentirme. Él se limita a masajearse la mejilla y a mirarme con el ceño fruncido.

—Lo que tú digas.

—¿Y... y cómo has sabido que yo estaría aquí? —Empieza a sonreír, pero vuelvo a levantar el dedo—. Responde o grito y digo que me has hecho daño.

—No lo harás.

Acto seguido tomo aire para soltar un chillido, pero Héctor me lo impide tapándome la boca con la mano y mirando a ambos lados.

—¡Vale! ¡Vale! Tía, estás mal de la olla. —Me deshago de su mano mientras él añade—: Te vi pasar antes y supe que era cuestión de tiempo que nos cruzáramos en los pasillos del insti y que te chivaras. ¿Contenta? No llevabas más que un par de billetes de diez, y te lo he devuelto todo. Tampoco es para ponerse así.

Sus palabras no me calman. Al contrario, me ponen más furiosa.

—Como vuelvas a intentar algo parecido, llamo a la policía —digo, y me doy la vuelta. Pero su carcajada hace que me gire echando chispas.

—Pues para eso necesitarás esto... —comenta, sacando mi móvil de su bolsillo—. Por cierto, llama a tu amiga. Sabe que te pasa algo. Yo también, es evid...

De un tirón le arranco el móvil y él levanta las manos en señal de rendición.

—¡Hala, asunto zanjado! Y ahora tú por tu lado y yo por el mío. Vete a clase, que no quiero que te castiguen por mi culpa. —Su tono de broma hace que me sonroje—. Yo iré en un minuto.

Esta vez la que se ríe soy yo. Una cosa es que no quiera estar atada a este delincuente juvenil, y otra que por su culpa vaya a arruinar mis (ya de por sí pocas) posibilidades de conseguir la beca.

—Si te piensas que voy a dejar que te escapes por alguna ventana o por el patio, lo llevas claro. Vienes conmigo.

—No.

El chillido que meto retumba por todo el pasillo y enseguida la directora se asoma desde su despacho.

—Pero ¿qué pasa ahora? —pregunta, alarmada, una profesora de segundo que también ha salido de la sala de ordenadores.

—Nada, que me he tropezado —contesto, sin apartar los ojos de Héctor—. Pero ya nos íbamos a clase, ¿verdad?

Por respuesta, él bufa y echa a andar unos pasos por delante de mí. Teniendo en cuenta el caos en el que acaba de convertirse mi vida, aquello me sabe a dulce victoria.

10

Matricular a Héctor en una escuela como la nuestra ha sido como lanzar una piedra gigante en mitad de un estanque en calma. No solo ha perturbado la superficie, sino que ha espantado a los peces y aplastado las algas que había en el fondo. Los profesores han tratado de darle la bienvenida como a los demás, pero enseguida han comprendido que las sonrisas y los cumplidos no causan ningún efecto en el nuevo alumno.

El resto de los compañeros se han dedicado a cuchichear sobre él desde que le han visto llegar y las dos chicas junto a las que se ha sentado han apartado sus mochilas todo lo que han podido, sin dejar de mirarle. Es la primera vez que me planteo que personajes como Johnny Castle, el protagonista de *Dirty Dancing*, o Jim Stark, el de *Rebelde sin causa*, podían ser algo más que ficción. Y eso que Héctor solo se ha limitado a estirar las piernas, repantigarse en la silla y perder la vista en la pizarra. Pero está claro que no soy la única que percibe ese algo animal, esa aura de cazador bajo la sonrisa desdeñosa que le envuelve incluso cuando no está haciendo nada. Es su pose, su actitud, su manera de analizarlo todo, de mirarte fijamente, de sentirse por encima del bien, del mal y de nosotros y nuestras estúpidas preocupaciones. Como si alguien hubiera tratado de romperlo por dentro y hubiera estado a punto de conseguirlo. Como si conociera un secreto que nosotros no somos capaces ni de imaginar.

—¡Vaya un flipado el tío este. Me encanta! —dice Silas en cuanto terminan las primeras horas de clase y nos dejan salir al patio—. ¿De dónde ha salido?

Le cuento el robo en el metro, lo poco que me ha dicho la directora y después le pido que sea discreto.

—Vaya... —comenta cuando termino.

—¿Verdad que ya no te encanta tanto?

—Era una manera de hablar. Pero está claro que el tío es víctima de sus circunstancias.

—Lo que te gustan las causas perdidas... ¡Es solo un niñato!

—Un niñato que no lo ha tenido fácil, seguro.

—¿Y eso le da motivos para robarme?

—Claro que no. De todos modos, al final te ha devuelto el bolso.

Bufo tan fuerte que algunas chicas que caminan por delante de nosotros se giran y me miran.

—Me lo ha devuelto porque sabía que le iban a pillar —digo—. Pero, vamos, que sí, que me da igual ya. No quiero tener problemas con él. Voy a cumplir con el encargo y listo.

Silas va a añadir algo justo cuando aparece Héctor con las manos en los bolsillos y la mirada puesta en el cielo, como un recluso que viera la luz del sol después de semanas encerrado.

—Vaya un sitio más pijo —comenta, y después se gira para estudiar a Silas como hace con todo el mundo—. Me gustan tus rastas.

—Gracias —contesta él, y después le tiende la mano—. Silas.

Héctor, en lugar de darle un apretón, se limita a chocársela sin tan siquiera decirle su nombre, dando por hecho que a esas alturas ya debe conocerlo todo el mundo. Yo pongo los ojos en blanco y compruebo si Gerard me ha dejado algún mensaje en el móvil. Nada. Y empiezo a preocuparme, aunque no quiera. De quien sí tengo mensajes, como ya me avisó Héctor, es de Tesa, que me insiste en que le cuente todo lo que pasó ayer. Que sabe que estoy leyéndola, que no la ignore. Pero lo hago, sintiéndome la peor amiga del mundo, y vuelvo a guardar el móvil porque ahora mismo prefiero no lidiar con eso.

Cuando alzo la vista, Héctor ha desaparecido.

—¿Dónde está?

—Se acaba de marchar —contesta Silas, distraído con una caja de caramelos—. ¿Quieres uno?

—¿Adónde? ¿Al baño? —insisto, alarmada.

—Yo qué sé, ¿no has dicho que no ibas a preocuparte?

Echo a correr hacia la zona de los lavabos sin contestarle, pero de pronto me viene a la cabeza una posibilidad mucho más plausible y corro hasta las rejas del patio que dan a la calle. En efecto, cuando llego, veo la figura de un chico con el estuche de la guitarra a la espalda desapareciendo por la primera esquina.

Cuando Silas llega, suelta una carcajada de admiración.

—Mira el lado positivo: ya no es asunto tuyo.

El resto del día pasa sin pena ni gloria. Los profesores que no han conocido a Héctor no preguntan por él, y nuestros compañeros solo chismorrean sobre lo raro que parecía y las pocas ganas que tienen de volver a encontrárselo.

Y Gerard sigue sin escribirme.

De camino a la parada de autobús, Silas se toma otro caramelo de menta y me mira con la ceja alzada.

—Bueno, ¿qué? ¿Me vas a contar de una vez qué pasó anoche? Y no trates de decirme que todo fue bien, porque está claro que no —me advierte, adivinando mis intenciones.

No sé ni por dónde empezar. Trato de restarle importancia, pero mi preocupación me delata cuando empiezo a hablar. Para cuando llego al momento de la cama, me tiembla la voz de la vergüenza que siento.

—Calimocho, tranquila. No pasa nada —me asegura Silas, y su tono sincero me convence un poco de que tiene razón—. Son los nervios de la primera vez. Nada más.

—Pero ¿y si...? ¿Y si no le gusto?

—¡Anda ya! Se puso nervioso, y ya está. Ahora el pobre estará muerto de vergüenza. Por eso no te llama. Tú trata de quitarle hierro al asunto, escríbele otra vez, quedad como si no hubiera pasado nada, porque *no ha pasado nada*. Y ya verás como la siguiente vez va mejor. Estaría preocupado por que aparecieran tus padres, y en el fondo, menos mal... Imagínate que todo hubiera ido como esperabais, ¡os habrían pillado en mitad del polvo! Yo creo que era cosa del destino.

Le sonrío y me siento un poco más relajada y ligera. Le doy un abrazo justo cuando llega el autobús.

—¿Vienes?

—No, tengo que pasar por el almacén para preparar algunas cosas más para la exposición. Os he pillado invitaciones. Cuatro, ¿no?

—Sí. Allí estaremos. Te veo mañana —le digo, y le lanzo un beso antes de subirme.

Silas es al único de nosotros al que la palabra «artista» no se le queda grande. Aparte de triunfar con su cuenta de Instagram, desde hace dos años, se dedica a pintar instantes que saca de cámaras de seguridad: ha conseguido amigos en los controles de algunas de las que hay repartidas por la ciudad, en calles, centros comerciales, plazas... y le dejan que analice los fotogramas que más le interesan para después darles vida a color. Es su bonita manera de reivindicar nuestra falta de libertad. El lado romántico es que también piensa que cualquier persona, cualquier historia, merece la pena que quede para la posteridad y ahora una galería de arte se ha interesado por su trabajo.

En el viaje de autobús escribo y borro seis veces un mensaje para Gerard, y al final acabo por preguntarle qué tal su día.

Veo cómo se conecta... y cómo se desconecta sin responderme.

Noto cómo mi angustia se está convirtiendo en enfado y trato de calmarme, por si acaso hay alguien pendiente de mí. De manera automática, termino abriendo Twitter y veo que, en efecto, a lo largo del día muchas personas se han dedicado a compartir mi imagen caminando con la directora por los pasillos del colegio y preguntándose si tengo problemas o suponiendo que creo que estoy por encima de las normas y que por eso he llegado tarde.

Es el primer lunes del curso y me siento tan agotada como si fuera viernes. En casa, me encuentro a mi padre grabando el vídeo de hoy con mi hermana. Parece un reto en el que él tiene que intentar maquillarla con los ojos cerrados. Me quedo un rato a verles y no puedo contener la risa por mucho tiempo. Cuando me escucha, mi padre se quita la venda de los ojos, y aunque en un primer momento parece encantado de encontrarme allí, luego una sombra le cruza la mirada y de forma automática recuerdo la noche de ayer. Les saludo con un gesto y subo a mi habitación para que sigan grabando.

Me tiro sobre la cama como si fuera una lancha salvavidas y allí me quedo con el móvil en la mano, tratando de convencer mentalmente a Gerard para que me responda. Al menos Tesa ha dejado de insistir con el asunto, aunque no sé si eso es buena o mala señal. Sin nada mejor que hacer, opto por repasar lo poco que hemos hecho en clase a lo largo del día, pero cuando saco los cuadernos con los apuntes se cae al suelo el folleto de la IPNA.

Mientras lo recojo, siento el peso de la responsabilidad otra vez sobre mis espaldas. ¿Qué puedo preparar? ¿De verdad alguien cree que tengo suficiente talento como para intentarlo siquiera? Yo no soy como, no sé, Harlempic, mi fotógrafo favorito de todo el mundo, por ejemplo. O como Roberto Caprinni, que presentó un documental sobre el maltrato de los animales en zoológicos y ganó varios premios.

Si quiero que me escojan, tengo que destacar, pero no sé si voy a tener tiempo para preparar algo que sea lo suficientemente bueno. Igual debería olvidarme de lo de la beca y, de paso, liberarme del marrón de cuidar de Héctor. La tentación es fuerte, pero según voy pasando las páginas y leo los programas que ofrecen, los nombres de todos los que han pasado por allí, las instalaciones en los diferentes países, me acabo de convencer de que si no lo intento voy a arrepentirme toda la vida.

11

Gerard me escribe, al fin, por la mañana. Me pregunta que qué tal estoy y si podemos vernos antes de ir a la exposición de Silas. Mi enfado se esfuma. Me falta tiempo para responderle que sí, que claro, que dónde. Le echo de menos.

Quedamos por la tarde, cuando terminemos las clases. Y la mera perspectiva de verlo en un rato me mantiene de buen humor todo el día. Ni siquiera Héctor es capaz de agriarme el ánimo.

He de reconocer que me ha sorprendido verle llegar puntual a clase. Esta vez sin su guitarra.

—¿Hoy no has estado tocando en el metro? —le pregunto mientras esperamos al profesor.

Él sonríe antes de volverse hacia mí.

—No había ninguna chica guapa a la que hacer llorar con mi música.

—Ni a la que robar —replico, y Silas, a mi lado, suelta una risita por la nariz sin apartar la mirada de la pizarra en blanco.

Admiro la tenacidad y la paciencia de todos nuestros profesores. Siempre lo he hecho, pero creo que nunca he sido tan consciente de ello como hasta ahora. La cantidad de oportunidades que le ofrecen a Héctor, la agilidad con la que esquivan sus respuestas mordaces, sus miradas cargadas de petulancia, como si ellos y nosotros fuéramos los culpables de su situación... Más de una vez, Silas ha tenido que sujetarme para evitar que saltara sobre él después de una de sus contestaciones.

En el descanso entre clases, no me molesto ni en saber qué hace, y para cuando volvemos al aula, ha desaparecido una vez más. Y como en bachillerato los profesores tienen bastante manga ancha con la asistencia y no están acostumbrados a pasar lista constantemente, nadie dice nada. Aun así, tengo que ir con cuidado para que la directora no me vea por los pasillos y me pregunte por él.

Cuando terminan las clases, Silas me acompaña hasta el autobús, como siempre.

—Va a ir genial. Le va a encantar a todo el mundo la exposición —le aseguro, porque aunque no quiera reconocerlo, le noto nervioso.

—Lo sé. Y a ti también te va a ir genial —dice, y me da un abrazo. Cuando nos separamos, veo que me ha metido en el bolsillo del abrigo las cuatro invitaciones—. Os veo en unas horas.

De camino a casa, Tesa me envía varias fotos con el vestido que va a llevar esta noche para que le dé mi opinión y a esto sí que le respondo con todo el entusiasmo y las exclamaciones que logro reunir.

Cuando termino de arreglarme, paso por el cuarto de mi hermana para que me dé su opinión. Me la encuentro girando sobre su silla, con la mirada puesta en el techo mientras muerde el bolígrafo. Va sin maquillar, lleva unos pantalones de chándal, una camiseta de tirantes y gafas, y aun así sigue pareciendo una modelo lista para salir a la pasarela.

—No te queda mal —afirma cuando le pregunto cómo me ve, y trato de ignorar el hecho de que parece sorprendida—. Y ahora déjame, que estoy trabajando.

—¿En qué? —pregunto, y como Néfer ya se ha dado la vuelta tiene que volver a darse impulso para girarse mientras suspira.

—Tengo que mandarle a Lukas una propuesta para Sisters, la marca de maquillaje. Va a intentar que sea su embajadora este año.

Lo dice de la manera más triste y sarcástica que he oído nunca. Tanto que me preocupa. Parece cansada, y lo sorprendente es que no trata de ocultarlo; como si hubiera bajado las defensas.

—¿Néfer...?

—Oye —me interrumpe—, ¿por qué me preguntas siempre si te queda bien o no lo que llevas?

El comentario me pilla tan desprevenida que tardo en responder y, cuando lo hago, no sueno muy segura.

—Pues porque quiero tu opinión...

—Lo sé. Pero ¿por qué siempre? ¿Por qué no te vale con la tuya? Ya tienes edad para saber lo que te sienta bien y lo que... no te sienta tan bien. ¿Qué vas a hacer cuando yo no esté en casa?

—Pues, no sé. ¿Estás pensando en irte?

—No. O sí..., pero ese no es el caso. Lo que digo es que ya va siendo hora de que dejes de agobiarte tanto por lo que piensan los demás y empieces a valorarte tú solita.

Esta vez la que bufa, incrédula, soy yo.

—¿A qué viene esto? ¡Si te cansa que te pregunte, dímelo y ya está! Y si estás de mala leche, también me lo puedes decir y no te molesto más. Suerte con la propuesta —añado, y salgo del cuarto dando un portazo. Al momento me doy cuenta de que tengo los nervios a flor de piel y de que la única que ha levantado la voz ahí dentro he sido yo.

Llego la primera a la cafetería. Después de comprobar que Gerard no me ha escrito, elijo una mesita lejos de las ventanas para evitar llamar la atención. Es un local que está decorado como un chiringuito de playa, con las paredes pintadas de azul, banquitos de madera pintados, palés restaurados reconvertidos en mesas y redes colgando del techo. En verano sacan las mesas fuera y en invierno parece el único rincón de la ciudad en el que las estaciones no pasan. Creo que voy demasiado elegante para un sitio así, pero trato de entretenerme con el móvil para no fijarme en si alguien me está mirando.

Gerard aparece en bicicleta. Le veo ponerle el candado en la acera, cerca de la puerta, quitarse el casco y repeinarse. Él también va tan elegantemente informal como si acabara de grabar un anuncio para una marca de ropa joven. Camisa azul oscura, pantalones mostaza y una cazadora que se cuelga del brazo. Cuando entra, levanto la mano y, al verme, sonríe. Pero siento que lo hace solo con la boca y no con los ojos. Me levanto para darle un beso en los labios que acaba en su comisura porque ha girado la cabeza y no sé si ha sido un acto reflejo o lo ha hecho aposta. Intento no darle importancia, como me recomendó Silas.

—¿Qué tal las clases? —le pregunto.

—Bien —responde—. Por ahora bien. ¿Y tú?

—¡También! —exclamo, con más energía de la que parece convenir al tono de la conversación—. Pero no te vas a creer lo que me pasó ayer. Me robaron en el metro. Un chico. Bueno, pues la directora me llama a su despacho y resulta que...

—Cali...

—No, espera. Y cuando llego, ¿sabes qué me dice? Que hay un chico nuevo en mi clase: Héctor. Total, que tengo que ayudarle para que presenten mi candidatura a...

—¡Cali!

—¡¿Qué?! —estallo, y de repente me doy cuenta de que vuelvo a estar al borde de las lágrimas. Me obligo a respirar como antes, despacio. No pasa nada. No pasa nada—. Te estoy contando algo.

—Ya lo sé. Lo siento...

El camarero viene a tomarnos nota, y yo me pido una tila y Gerard un café con leche. Cuando se marcha, mi novio suspira y levanta la mirada de la superficie de la mesa.

—Tenemos que hablar.

—Ya lo estamos haciendo —contesto, con una risotada desesperada, porque no puedo ignorar más tiempo las señales—. Así que, si lo que quieres es romper conmigo, sería mejor que dijeras: tenemos que romper. No «tenemos que hablar». ¡Porque eso ya lo estamos haciendo!

Genial, ¿así es como mantengo la calma? Tengo la respiración acelerada y me siento arrepentida por el exabrupto, pero he visto suficientes películas como para saberme el guion que estamos interpretando ahora mismo.

—Cali, lo siento... —repite Gerard.

Y, de pronto, la impotencia que siento se convierte en furia contenida porque no me ha contradicho; porque estamos rompiendo.

Está rompiendo conmigo.

—¿Qué es lo que sientes?

—Todo. Esto... No sé... —se revuelve el pelo, nervioso; vuelve a no mirarme—. Creo que es lo mejor para los dos.

—¿El qué, Gerard? ¿El qué es lo mejor para los dos?

—Que rompamos.

Me quedo en silencio, mirándole y tratando de contener mis emociones para decir algo con sentido, porque es evidente que él no lo va a hacer.

—Gerard, todas las parejas tienen... baches. Mira mis padres. —Enseguida me arrepiento de la comparación—. Pero no por eso tiran la toalla a la primera. Gerard, por favor —le suplico, y le sujeto las manos para que me mire, a ver si así recuerda los meses tan maravillosos que hemos vivido, las tardes viendo películas, nuestros besos, las fotos que llenan la memoria de mi móvil, su fondo de pantalla, nuestros mensajes imaginando futuros juntos. ¡Algo!

Pero cuando nuestros ojos se cruzan, comprendo que ya ha tomado una decisión.

—Lo siento, Cali. No sé... —Se convulsiona en un sollozo tan fuerte que no me sale otra cosa que acariciarle el brazo y palmearle la mano. Es la primera vez que le veo llorar y no sé qué más hacer—. Pe... perdóname, Cali. Por favor.

Cuando vuelve el camarero, nos separamos como si hubiéramos recibido un chispazo y nos concentramos en remover nuestras bebidas como si no nos conociéramos de nada; como si hubiéramos entrado en este bar y estuviéramos sentados en mesas distintas y lo único que nos uniera fuera el falso verano que nos rodea.

Al cabo de unos minutos, sin dejar de marear la infusión con la cucharita, pregunto en un hilo de voz:

—¿Es por lo del otro día? ¿Hice algo que...?

—¡No! —me asegura, pero qué importa lo que diga si también me prometió que me quería—. Tú no hiciste nada. Es por mí. Siento que están cambiando muchas cosas, y tengo... tengo que poner en orden mi vida. Lo pienso desde hace tiempo y el otro día...

—¿Desde hace tiempo? ¿Y por qué no me lo habías dicho? —pregunto, incapaz de asimilar la situación. ¿En estos dos días se ha dado cuenta de que no me quiere? ¿De que nunca me ha querido? ¿De que no le gusto?

Pues sí. Y parece que soy la única que queda por aceptarlo.

—¿Lo... lo sabe Tesa? —pregunto.

—No. No lo sabe nadie... —dice, pero enseguida se aclara la voz y añade—: Bueno, Román. Pero ¡es que tenía que hablarlo con alguien!

Vuelvo a reírme por la nariz, pero esta vez con amargura e incredulidad.

—Y por supuesto te dijo que esto era lo mejor.

—Él no me dijo nada, solo me escuchó. Yo ya tenía las cosas bastante claras.

—¿Ah, sí? —Pongo cara de desconcierto—. Y entonces ¿por qué necesitabas confirmar con él que estabas haciendo lo correcto?

—¡Porque es mi amigo!

—¡Y yo tu novia! ¡Igual si lo hubieras hablado conmigo...!

—¿Qué? ¿Qué crees que habría pasado? Ya te he dicho que no es por ti. Es por mí, ¿vale? Y Román solo me escuchó.

Puedo imaginarme la conversación como si hubiera estado allí. Y conociendo a Román sé que no se limitó solo a escuchar. Al final lo ha conseguido. Ahora que se ha acabado lo nuestro, al único al que llamará cuando le ocurra algo, el único con el que quedará, al que llevará a todas las promos y viajes y conciertos, será a él. Como antes de que empezáramos a salir. Y eso es lo único que le importa a ese chico. Lo sé.

Apenas le doy un par de sorbos a la infusión cuando veo que ya es tarde y que Silas me espera. Al fin y al cabo, no hay nada más que discutir y estoy demasiado triste para seguir ahí. De hecho, si no fuera porque es la inauguración de la exposición de mi mejor amigo, me marcharía a casa inmediatamente.

—Deberíamos irnos ya —digo, conteniendo las lágrimas mientras recojo mis cosas.

Gerard se levanta también y se pone la cazadora. Él tampoco ha probado su café.

—Oye, Cali, si no quieres que vaya a la exposición lo entenderé...

—No vas por mí, vas por Silas, que también es tu amigo y querrá verte allí. Ya habrá tiempo de... —Pero no continúo porque creo que me va a doler menos verle que hacer como si los últimos ocho meses no hubieran sucedido.

—Está bien —contesta. Le dejo un par de monedas para que pague mi infusión y me dirijo al baño.

Una vez sola, frente al espejo, me derrumbo. Y me siento aún más ridícula, vestida con la misma camisa de gasa blanca y los pantalones negros de seda con los que he salido de casa y que ahora siento que me quedan fatal. Lo único que el cuerpo me pide es ponerme el pijama, meterme en la cama y dedicarme a ver un episodio tras otro de cualquier drama sobre abogados. Pienso en llamar a Néfer, pero al momento recuerdo cómo me he puesto con ella y cambio de opinión.

Al final, me retoco el escaso maquillaje que llevo y trato de sonreír, pero la mueca que me sale solo me recuerda lo triste que estoy. Por Silas y porque lo último que quiero es salir en alguna foto y que mis padres, o Lukas, o cualquiera de los desconocidos que opinan sobre todas las cosas en las que aparezco me recuerden lo mal que sienta una ruptura.

Cuando salgo, aprieto los dientes y dejo que el frío de la calle me despeje. Con la bicicleta a un lado, comenzamos a caminar hacia la galería.

—Déjame que sea yo quien se lo cuente a Tesa —le pido a Gerard.

—Claro, claro.

—Y... ¿las redes? —pregunto, con miedo. Porque de verdad que temo lo que pueda pasar en Twitter cuando la gente, en especial las gerardinas, se enteren de que ya no está conmigo, que es soltero, que no me quiere.

—Por el momento, creo que es mejor no decir nada.

—De acuerdo —convengo. Y es lo último que hablamos, porque necesito toda mi concentración para aguantar el tipo, por Silas y porque esta es su noche.

12

La galería está a rebosar cuando llegamos. En la entrada, damos nuestros nombres y pasamos, y en cuanto ponemos un pie dentro, una camarera con pajarita añil se nos acerca con bebidas. Me sirve el refresco que le pido y a Gerard una copa de vino. Luego nos adentramos en la sala en busca de nuestros amigos. Según sus mensajes, ya están allí.

Caminamos esquivando a periodistas e invitados, la mayoría de ellos adultos que nos doblan la edad y que comentan el trabajo de Silas en corrillo, hasta que, al fondo, veo a Román y Tesa, que se desternillan por algo que acaba de decir Silas.

—¡Por fin! —exclama ella en cuanto me ve, y corre a abrazarme. A duras penas logro evitar que se derrame el contenido de mi copa sobre su vestido cuando colisiona contra mí—. Estás guapísima, tía. Esto no te lo había visto.

—Muchas gracias —contesto, alisándome la camisa y forzando una sonrisa—. Tú también estás fabulosa. Te dije que te quedaba genial.

—¿Cómo va, parejita? —canturrea Román. Pero enseguida le ve la cara a Gerard y la sangre desaparece de sus mejillas hasta quedarse pálido. Quizá no esperaba que fuera a darse tanta prisa en cortar conmigo...

Román tiene una obsesión un tanto ridícula con mi ¿exnovio? Cuando Gerard se cortó el pelo, al día siguiente él se rapó. Cuando

Gerard comenzó a llevar cazadora de cuero, Román se compró una prácticamente igual. Y con el canal, lo mismo: vídeo que saca Gerard, vídeo nuevo que cuelga Román a la semana siguiente. Sin embargo, no podría haber dos personas más diferentes.

Ambos son guapos de formas distintas. Pero mientras que Gerard le saca tres dedos de altura y tiene los iris de un cielo despejado, Román tiene las espaldas de un toro fruto de todas las horas que pasa en el gimnasio y sus ojos son tan oscuros que casi parecen negros. Tesa siempre bromea con que cualquier día aparecerá con lentillas y tacones para lograr la altura de su hermano.

Tras él, llega Silas. Lleva un traje azul claro y una camiseta negra, y las rastas recogidas en una coleta como si fuera un príncipe hippy.

—Gracias por venir —dice, y se acerca para darme un sentido abrazo y dos besos, pero cuando se separa y me ve la cara se da cuenta de que me pasa algo. No hace falta ni que pregunte: frunce el ceño y después mira a Gerard, que está hablando con Román como si nada.

Le tengo que sujetar del brazo para que no diga ni haga nada.

—Por favor —le pido—. Hablamos luego.

—¿Qué ocurre? —pregunta Tesa, preocupada y sin entender nuestras miradas—. ¿Chicos...?

—Nada —contesto, y compongo una sonrisa para no aguarle la velada a nadie. He prometido que no voy a llorar, y pienso cumplirlo.

—Felicidades, Silas —dice Gerard, y sonríe con cierta tirantez cuando se dan la mano.

En ese instante aparece un fotógrafo y nos pide que posemos. Cuando se marcha, volvemos a cerrar el círculo. Silas es el único del grupo que no tiene canal de YouTube, pero sus peculiares obras de arte se han hecho famosas en las redes sociales y genera casi la misma expectación que nosotros. En ese momento se le acerca una mujer de pelo corto y tacones y le susurra algo al oído antes de volver a marcharse.

—La directora de la sala —dice, señalándola—. Ahora sí que os tengo que dejar, me esperan para una entrevista. Bebed y comed cuanto podáis, pero no se os ocurra marcharos sin avisarme —nos amenaza, señalándonos con el dedo. Después se da la vuelta y se aleja con las rastas zarandeándose a su espalda.

—Vaya éxito —dice Tesa, cazando un canapé según pasa una bandeja por delante de nosotros—. Ha venido hasta la televisión nacional. Pero el pobre me ha dicho que está un poco cansado: solo le preguntan por cómo obtiene las imágenes y su trabajo en redes, en lugar de por lo que quiere expresar con todo esto.

—Pues no entiendo por qué le cansa. Al final, todo es publicidad, ¿no? —dice Román, sin apenas ocultar lo mal que lleva no ser el centro de atención.

—Pues porque Silas piensa que no toda publicidad vale.

—Ya, pero es que no creo que tuviera el éxito que tiene si no hiciera los dibujos de ese tipo de fotos... ¿Qué? Es verdad. A mí me encanta lo que hace, pero todos sabemos que no es muy legal que use las imágenes de las cámaras de seguridad para pintar. Además, ¿de qué le iban a dejar exponer aquí si no supieran que con su movimiento en redes esto va a llenarse de fans día sí y día también? Y, ojo, que no lo critico, solo digo la verdad.

—A veces eres un poco capullo, Romanín —replica Tesa, sonriendo con sarcasmo—. Y, ojo, no es una crítica, solo digo la verdad.

—Bueno, ya, chavales —interviene Gerard, el único capaz de calmar a su hermana cuando se enciende con los comentarios insidiosos de Román—. ¿Damos una vuelta y disfrutamos del trabajo voyeur de nuestro colega?

El comentario me hace gracia, pero al momento recuerdo que acaba de romper conmigo y se me atraganta la risa.

—¡Cali! ¿Vienes o qué?

Tesa me sujeta del brazo para que les acompañe, con tan mala suerte que, al apartarme, piso sin querer al camarero que estaba pasando por detrás.

—¡Eh, cuidado! —exclama él, pero ya es tarde. Pierde el equilibrio y todas las copas que lleva en la bandeja se precipitan al suelo y estallan a nuestro alrededor.

—Me cago en la leche...

—¡Lo siento! —me disculpo mientras me agacho para ayudarle a recoger el estropicio.

—Quita, quita, no vayas encima a cortarte... —Y entonces me mira y me reconoce—. Venga ya. ¿Tú?

Mi cara de desconcierto también se transforma en una de sorpresa cuando descubro que el camarero es Héctor.

13

—Espera aquí —dice él, acercándome una silla.

Me ha traído a las cocinas de la galería. Nos encontramos rodeados por una vorágine de camareros y cocineros que no dejan de entrar y salir. Su jefe le ha ordenado que se esmere en tratar de limpiar las manchas de mi ropa y yo le he seguido sin demasiada convicción de que vayamos a poder hacer nada por la camisa. Aún me cuesta aceptar que sea él. Vestido con una camisa blanca, la pajarita azul, unos pantalones negros que le están un poco anchos y el cabello peinado con raya a un lado, parece la versión angelical del chico que me robó en el metro.

Cuando regresa, trae consigo un bote de quitamanchas.

—A ver, déjame —me pide, mientras agarra el borde de la tela con un atisbo de sonrisa que me hace sonrojar.

A continuación extiende la parte de la camisa donde han caído las gotas de vino y la rocía con el producto durante unos segundos.

—Muchas gracias —le digo, sintiéndome mal por la bronca que le ha caído por mi culpa, y hago un amago para levantarme, pero él me mira extrañado.

—¿Adónde vas? —pregunta.

—Afuera. ¿O hace falta que me quede aquí para que se seque?

Un compañero suyo pasa entre nosotros como una exhalación con una bandeja en alto.

—Mira, si sales ahora, yo también tendré que volver al curro, y ya que estamos aquí, había pensado descansar un poco porque nos tienen explotados desde hace horas.

—No ha sido aposta —digo.

—Lo imagino. Pero podemos aprovechar la coyuntura, ¿no? De todos modos me van a descontar parte del sueldo de esta noche... Y mientras estés aquí nadie me va a pedir que vuelva al trabajo. Así que vamos a hacer como que la cosa se ha complicado —dice, y vuelve a sujetar el borde de mi camisa para estudiar con atención la mancha. Me pilla tan desprevenida que mi primer impulso es apartarme—. Tranquila, que solo quiero ver cómo va. —Al cabo de unos segundos, dice—: Así que Calipso. Menudo nombrecito, ¿cuál es su historia? Porque está claro que debe de tenerla...

Sé que lo que debería hacer es levantarme y volver con mis amigos, pero acabo por responder.

—En su primer viaje juntos, mis padres fueron a París y allí asistieron a la exposición de un pintor que le encanta a mi madre: Arnold Böcklin. Tiene un cuadro que se llama *Ulises y Calipso* que, no sé, supongo que les conmovió o algo así, y cuando nací yo, les pareció buena idea recordar la pintura y el viaje de esta manera.

—A lo mejor se liaron por primera vez delante del cuadro —sugiere con una sonrisa burlona.

Ni siquiera me molesto en reprenderle por la broma. En mi cabeza vuelve a repetirse la escena con Gerard en la cafetería sin que yo lo haya pedido. Para no seguir pensando en ello, miro hacia los fuegos en los que un cocinero sazona una decena de pinchos de carne. Mi móvil vibra en ese momento: es Tesa preguntándome si me queda mucho, porque la sala se está llenando y están pensando en irse pronto. Que me dé prisa.

Le contesto que sigo en las cocinas, acabando de limpiar la mancha y que saldré enseguida. Pero en el fondo no quiero salir. En el fondo tengo miedo de enfrentarme a Gerard y a los demás y a la realidad. Aquí al menos nadie sabe lo que me ha ocurrido ni a nadie le importa.

—No eres muy habladora, ¿verdad? —Héctor chasquea los dedos delante de mí y yo se los aparto.

—¿A qué viene ahora tanta amabilidad cuando en clase no me diriges la palabra y encima desapareces sin avisar a nadie cuando te da la gana?

—No sabía que estabas tan pendiente de mis horarios —responde, con el mismo tono de burla—. ¿Qué puedo decir? Se me da fatal ser el nuevo.

—Eso, y elegir a quién robar.

Esta vez consigo que se ría, y su risa es tan sincera como contagiosa. Pero me contengo porque sigue sin parecerme divertido.

—¡Pensaba que habíamos superado ese bache! ¿No ves que ya he aprendido la lección y que me he reformado? ¡Ahora trabajo de camarero!

—Cuando no te escaqueas —añado, señalándonos.

—Bah, para lo que pagan... —contesta él, estirando los brazos por encima de la cabeza y bostezando. Pero se queda a mitad del bostezo cuando de pronto advierte que su jefe lo está observando desde la puerta de las cocinas con cara de pocos amigos.

—Esto es inaudito —dice el hombre, un tipo enorme y trajeado, con una perilla ridícula y la cara roja como un tomate. Cuando se acerca, me sonríe con tirantez—. Discúlpeme, señorita, pero tengo que hablar con mi empleado. Si no le importa...

—¿Conmigo? ¿Qué he hecho? —replica Héctor, antes de que me dé tiempo a levantarme—. ¡La he acompañado para limpiarle la mancha!

—Mira, chaval, no me gusta la gente que trata de escabullirse del trabajo —repone el hombretón, perdiendo todos los modales de golpe y dando un paso al frente, con aire agresivo—. Así que ahora mismo recoges tus cosas y te largas.

—Me largaré cuando me pagues la parte correspondiente —responde Héctor, y avanza un paso hacia él.

—Yo solo pago a la gente que trabaja. Ahora, fuera de mi cocina —dice. Lo agarra del brazo para arrastrarlo hacia la salida.

Pero Héctor, en un rápido movimiento, se deshace de él y lo empuja. Con tan mala suerte que el jefe se desestabiliza, bracea y sus manos golpean la bandeja que lleva una camarera, y todo acaba por los aires. En mitad del caos y del estruendo de gritos y platos estrellándose contra el suelo, advierto que Héctor corre a la caja registradora que hay en una esquina, agarra un puñado de billetes y sale corriendo por otra puerta.

14

—¡Tesa, espérame! —grito, acelerando el paso para alcanzarla.

Después de que el jefe del servicio me pidiera disculpas por el incidente, he vuelto con los demás para contarles lo que ha ocurrido, pero enseguida he notado que a mi amiga parece darle igual y que tiene una prisa exagerada por marcharse.

—¿Qué te pasa? —le pregunto.

—¿Como que qué me pasa? ¡¿Qué te pasa a ti?! —replica, sin dejar de andar—. Desde el domingo estás rarísima.

—Ya te he dicho que...

—Sí, que necesitas tiempo. Pues a lo mejor yo también lo necesito para saber qué he podido hacer mal para que ahora no podamos contárnoslo todo.

—Tesa... —Pero me callo porque no sé qué decir. Bueno, sí, y me quema. Pero no es el momento, con su hermano a unos pasos de nosotras y en mitad de la calle.

Detrás van los chicos. Silas se ha tenido que quedar a atender al resto de los invitados.

—Te lo dije cuando tú y Gerard empezasteis a salir —añade mi amiga, y a mí me duele un poco más el recuerdo—: pasara lo que pasara entre vosotros, no quería que afectara a nuestra amistad.

—¡Y no lo ha hecho!

—¿Estás segura? —me pregunta, esta vez mirándome fijamente.

—¡Sí! Lo que me ocurre es entre él y yo... de verdad.

Y de pronto me doy cuenta del error que he cometido al escoger esas palabras.

—O sea, que es verdad: vais a romper —augura, devastada—. Joder... Me lo temía desde el domingo. No me preguntes por qué, pero una parte de mí lo sabía y no quería creerlo. Madre, madre... —murmura para sí—. La que se va a liar en el grupo...

Esta vez soy yo la que se queda tan aturdida por su reacción que hasta dejo de caminar.

—¿Cómo que «la que se va a liar en el grupo»? ¿Eso es lo que te preocupa? —pregunto, mordiéndome la lengua para aguantar sin llorar. Me lo he propuesto y pienso cumplirlo.

—No, Cali...

Pero los chicos llegan hasta nosotras en ese momento y Gerard pregunta qué sucede.

—Nada, que yo me voy a pillar un taxi desde aquí.

—¿No íbamos a tomarnos algo? —dice Román.

—A mí se me han quitado las ganas —respondo, sin apartar la mirada de Tesa, que se mantiene en silencio. Y como si estuviera preparado, en ese instante pasa un taxi y yo me acerco al borde de la acera para pararlo. Antes de subir, añado—: Y no vamos a romper, Tesa. Ya hemos roto.

En cuanto el taxi se pone en marcha, entierro la cara en las manos y me doy cuenta de que estoy temblando. Y aunque estaría igual que Tesa si se hubiera comportado como yo estos días, su comentario me ha hecho daño de verdad. ¡Claro que me preocupa lo que pueda pasar con el grupo ahora que hemos roto! Pero ¿y yo? ¿Cómo cree que va a ser cada segundo que pase con ellos y tenga que contenerme para no darle un beso, tomarle de la mano o sentir que pasa a mi lado tratando de ignorarme? Pero, por supuesto, es mucho más importante qué harán los demás si tienen que dividirse o elegir entre uno de nosotros dos.

En ese momento me llega una notificación al móvil y pienso que es de Tesa, pero no. Es solo un aviso de que Harlempic ha subido una nueva foto a su cuenta de Instagram. Para distraerme, entro y me encuentro con una preciosa imagen de un colibrí batiendo las alas enjaulado. En la descripción, el artista explica cómo descubrió al pájaro en una tienda de animales y decidió comprarlo para llevárselo después a una reserva donde pronto lo liberarían en su hábitat natural.

Le doy «Me gusta» a la fotografía y le dedico, como siempre, un comentario con un corazón y el icono de la cámara de fotos. Llevo siguiéndolo desde hace cerca de dos años y en este tiempo aún nadie ha descubierto quién está detrás de esa cuenta. Creemos que es un hombre porque siempre se refiere a él en masculino, pero quizá sea una forma de engañar a sus seguidores. En cualquier caso, prefiere mantener el anonimato para no restarle importancia a su trabajo, según ha dicho alguna vez. Y es que a mí, como a sus tres millones de seguidores, no son solo las imágenes que cuelga lo que me fascina, sino sus textos, su manera de expresarse, la contundencia de sus mensajes, muchas veces reivindicativos. Él sí que merecería entrar en el IPNA, aunque no creo que lo necesite...

Da igual si saca un animal, como en este caso, un paisaje, una persona o una pila de platos sucios en el fregadero, siempre logra transmitir una historia con su mirada y llevarla más allá con su texto. Mi admiración por él es absoluta, y estoy deseando poder cruzarme con él en algún evento para agradecerle que comparta su trabajo con los demás.

—Oye, disculpa. —El taxista me mira a través del espejo retrovisor—. Sí, esto, perdona, ¿eh? A lo mejor me estoy equivocando, pero tú... tú sales en el YouTube, ¿no?

—Sí, a veces —contesto, intentando dibujar una sonrisa y poniéndome alerta, como cada vez que alguien me reconoce.

—Y tienes una hermana guapísima, ¿a que sí? —Cuando asiento, da un palmetazo al volante, entusiasmado—. ¡Mira que lo he pensado en cuanto te he visto! Es que mis hijas son fans. Alguna vez me han enseñado vídeos, y cuando te he visto, me he dicho: «Oye, esa es la chica que sale en el YouTube». Menudos viajes os pegáis, ¿eh?

—Ya, bueno... Es más cosa de mis padres. Pero dales las gracias a tus hijas por vernos.

—¿Te importa que nos hagamos una foto cuando lleguemos? Verás cómo alucinan —dice, y después silba observando los chalets que nos rodean en esos momentos—. ¿Qué?, ¿vivís por aquí? Menudos casoplones.

—No, de hecho vivimos en la otra punta de la ciudad —miento, porque ya hemos aprendido todos lo mucho que se puede complicar el asunto cuando descubren dónde está nuestra casa. Estoy segura de que el taxista es un hombre legal, pero es mejor no arriesgarse—. Voy a ver a unos amigos. Mmm... ¿Qué calle te he dicho? Porque creo que me he confundido.

Enseguida le digo el nombre de otra, cercana, y un número diferente. Cuando llegamos, le pago y me asomo entre los asientos. El tipo saca su móvil y nos hace una foto.

—¡Verás la cara que se les queda! Pues nada, pásatelo muy bien en tu cena.

Cuando le veo girar por la esquina de la calle, echo a andar. Me viene bien tomar el aire después de la noche que he tenido.

¿Cómo sería quedar con Héctor?, me descubro preguntándome de pronto, sin venir a cuento. Pero me dejo seducir por la absurda fantasía, por distraerme un poco. No en plan romántico, ni mucho menos. Como amigos. Solo como amigos. ¿Un desastre?, supongo que sí. Pero más allá de eso, ¿cómo sería hablar con alguien que no sabe absolutamente nada de mí ni de mi familia, que no ha visto ni uno solo de nuestros vídeos? Tampoco aquel del día en el que fuimos de excursión al campo y me vino la regla sin compresas a mano, y mi madre y mi hermana, por hacer la broma mientras mi padre grababa, me convencieron de que lo mejor era utilizar las hojas de un árbol cercano para luego decirme que no iban en serio y que saludara a la cámara...

En serio, ¿cómo sería estar con alguien que no me hubiera visto enfadarme como me enfadé ese día, o desternillarme de risa cuando fuimos al parque de atracciones, o emocionarme la primera vez que vi *Star Wars*? (Sí, la vi por primera vez con quince años.)

Desde hace tiempo, toda la gente que conozco sabe quién soy en cuanto oyen mi nombre o el apellido de mi familia. Un dato, solo uno, y de pronto muchos de mis recuerdos y momentos especiales quedan expuestos para quien quiera analizarlos y juzgarlos. Cuándo se me cayó el primer diente, cómo se llama el primer chico al que besé, cómo es mi habitación, qué bachillerato estoy estudiando, mi animal favorito, mi color favorito, mi comida favorita... Y lo más absurdo de todo es que en la mayoría de los casos he sido yo quien ha dado las respuestas a todas esas preguntas en los diferentes vídeos que he grabado con mi familia.

Por entonces era casi un juego privado entre mis padres, mi hermana y yo. Cuando empezamos a grabar, no esperaba que fuera a convertirse en lo que era ahora. De haberlo sabido, tal vez me hubiera reservado mucho más. Gerard ha sido el primer novio serio que he tenido. Incluso antes de que lo de YouTube cambiara nuestras vidas, y como el colibrí de la foto de Harlempic, no sé si seré capaz de desenvolverme fuera de esta burbuja que se ha creado a mi alrededor.

Por eso, ¿cómo sería estar con alguien que no me conoce en absoluto? Me daría miedo arruinarlo todo tratando de elegir qué parte de mí quiero mostrar y cuál mantener en secreto.

—Ya he llegado —anuncio cuando entro en casa.

Mis padres me preguntan qué tal ha ido desde el salón y, aguantándome las lágrimas, les digo que muy bien y les doy las buenas noches. Luego me meto en mi habitación, me preparo para dormir, programo la alarma para mañana y me acurruco de nuevo debajo de las sábanas, como si así pudiera protegerme de mi propia vida.

15

No sé ni cómo encuentro fuerzas al día siguiente para ir a clase, pero lo hago. Cuando llego, Silas me está esperando en la puerta del aula.

—No me cogiste las llamadas anoche.

—Buenos días para ti también.

—Cali, no estoy de broma. Tesa me dijo lo que había pasado y me dejó bastante rayado —dice, algo que puedo confirmar por su tono de voz y su ceño fruncido—. Quiero saber cómo estás.

—¡Estoy bien! —miento, y le esquivo para entrar en clase. Pero él me sigue hasta el pupitre—. En serio. Estoy bien —repito, y le hago un gesto con la cabeza para indicar que no estamos solos y que hablaremos más tarde.

En cuanto llega el profesor y empieza la clase, advierto que Héctor sigue sin aparecer y me da que no va a hacerlo en todo el día. Esta vez no dedico más tiempo a pensar en ello; él sabrá lo que hace, suficiente tengo con lo mío como para estar vigilándole. Pierda o no la beca del IPNA por el camino.

En el descanso, Silas me lleva a un lugar apartado del patio para que se lo cuente todo, y eso hago. Finalmente, sentados al final del porche de uno de los edificios, le pido disculpas si le arruiné la inauguración con mi cara larga.

—¡No digas tonterías! De haberlo sabido, me habría ido contigo. Te lo juro, Calimocho.

—No te lo habría permitido.

—Lo habría hecho de todos modos. —Y sé que no trata de impresionarme, que realmente lo habría hecho. Inclino la cabeza y me apoyo sobre su hombro. Cuánto había necesitado simplemente esto ayer—. Imagino que aún es temprano para decir que en el fondo, muy en el fondo, me alegro, ¿no?

—Lo es.

—Ya. Pues aun así, me alegro.

Sé que quiere que responda, pero no me veo con fuerzas. Si quiere decirme algo, que lo haga. Ni siquiera voy a intentar detenerle.

—Es porque me gustas, Calimocho.

—¡¿Qué?! —exclamo, y me incorporo tan deprisa que siento un leve mareo.

—No, es broma. —Y se desternilla—. Solo quería llamar tu atención. Y ahora que la tengo, escúchame: creo que vas a estar mejor sin Gerard.

Con un gruñido, vuelvo a mi posición anterior. El susto aún perdura mientras Silas se explica:

—No sé, tengo ese presentimiento. Me parece un buen colega, si no, no seríamos amigos, pero...

—No pegábamos juntos, ¿eso es lo que vas a decir? Porque no hace falta: ya me lo recuerdan sus fans cada mañana. Ya sé que él está demasiado bueno y es demasiado guapo para mí.

—Iba a decir que no te merece. Que es distinto. ¿Puedo ser franco?

—Creí que ya lo estabas siendo...

—Más. —No me queda más remedio que encogerme de hombros y dejar que continúe—. Desde que me lo presentaste y me dijiste que te gustaba, he creído que una parte de ti empezó a salir con él para sentirse protegida en un ambiente que te daba miedo.

—¿Qué dices? Le quería... —al momento me corrijo—: Le quiero, ¿vale? Por muchas cosas: porque me hace sentir bien, por su sonrisa, por su forma de hacer vídeos, por su creatividad, por su forma de reír y de hacerme reír. Porque me lo paso bien con él y, sí, también porque me parece guapo..., no porque sienta que vivo en una selva y él es mi Tarzán particular.

—En una selva, no. Pero entre tantos eventos y los vídeos y tal, que él se fijara en ti, creo que te dio el valor que te faltaba para enfrentarte a ello. A todo.

—¿Qué insinúas? ¿Que sin Gerard no estaría donde estoy?

—Calimocho, no te pongas así.

—¿Y cómo quieres que me ponga con lo que me estás diciendo? Anda, que entre tú y Tesa...

—Mira, da igual. Mejor lo dejamos.

—No, ahora no lo dejamos. Lo que tengas que decir, dímelo, porque está claro que te lo has estado guardando bastante tiempo.

Silas se palmea varias veces los muslos y suspira.

—Creo... que nunca le has querido. Te gusta, sí. Pero no le has querido. Ni él a ti.

Me muerdo la lengua para no gritarle. Debo recordar que he sido yo quien le ha pedido que siga hablando.

—Todas esas razones que me has dado por las que crees que estás enamorada solo me demuestran que te gustaba. Pero no que estabas enamorada.

—Una cosa va de la mano de la otra —replico, a la defensiva.

—Ese es el problema: que es muy fácil confundir ambos conceptos. Pero para querer no se necesitan razones. De hecho, se desconocen. Es instintivo. ¡A veces incluso se contradice con lo que aparentemente nos gusta! Por eso existe el arte. La poesía, la pintura, la música... Para explicar lo inexplicable.

Cuando termina, respira acaloradamente y no sé si tengo ganas de aplaudirle o de mandarle a la mierda.

—Para tener diecisiete años y ser alguien que jamás se ha enamorado, ¡ah!, y que se líe con una chica tras otra, te ha quedado un discurso precioso.

—Que haya estado con unas cuantas chicas en mi vida no significa que no me haya enamorado —me advierte—. O que no me haya hecho preguntas.

—Deberías grabarte un vídeo y subirlo. Fijo que se hace viral.

—No tendría que haberte dicho nada.

—No, no, en serio, ha sido... estimulante. —Asiento con la cabeza despacio—. Es duro darte cuenta de que los últimos meses de tu vida han sido una farsa, pero seguro que se me pasa. Total, como no estaba enamorada...

—Calimocho...

—¡Que no me llames así! —estallo, y él se disculpa—. No quiero hablar más del tema, ¿vale? Ya he tenido suficiente sinceridad por un día. Creo que más adelante te lo agradeceré, pero ahora mismo solo tengo ganas de romper algo y llorar. Es justo. Concédemelo sin juzgarme.

En ese momento resuena por todo el patio el timbre para volver a clase. De camino al edificio, añade:

—Deberías hablar con Tesa.

—Después de lo que me dijo ayer, no sé si tengo ganas.

—Se le pasará. Pero habla con ella. Ya conoces sus prontos. Estaba muy triste anoche.

De vuelta en el aula, confirmo que Héctor no ha dado señales de vida.

—Por cierto, ¿sabías que Héctor estaba en tu exposición? —le pregunto a Silas—. Era uno de los camareros del cáterin.

—¿En serio? No lo vi.

—O no te fijaste. Tuvo una pelea con el jefe y se largó cuando nosotros.

—¿Hablasteis?

—Un poco —digo—. Y casi me pareció un chico normal.

Las dos horas de la tarde se me pasan tan lentas como el resto del día. Inconscientemente, no dejo de sacarme el móvil del bolsillo para comprobar que no me hayan escrito Gerard o Tesa. A veces incluso creo sentir una vibración, pero son solo imaginaciones mías. Hasta que, justo cuando entro por la puerta de casa, compruebo que no es una ilusión: que tengo un mensaje de Gerard pidiéndome quedar. No sé cómo interpretarlo, y siento que me pongo nerviosa. ¿Se habrá arrepentido? ¿Quiere pedirme disculpas por lo que dijo ayer?

No llego a descubrirlo, porque en ese momento el móvil se queda sin batería y se apaga. Maldigo en silencio y, justo cuando voy a salir corriendo escaleras arriba para ponerlo a cargar, oigo a mi madre desde el salón:

—¡Por fin! ¡Cali, estamos aquí, ven!

—¡Un momento! —pido.

—¡Es importante! Te estábamos esperando.

Impaciente, dejo las llaves y el bolso en el perchero del recibidor y sigo su voz. Quiero decirles que esperen diez minutos cuando entro y me encuentro con mis padres, Néfer y hasta Lukas.

—¿Ha ocurrido algo? —pregunto, temiendo que se haya filtrado ya la noticia, o incluso que el taxista de anoche haya hecho algo con la primera dirección que le había dado.

—No pongas esa cara, está todo bien —me tranquiliza nuestro representante—. Solo estaba esperando a que llegaras para daros una noticia fabulosa.

16

—¡Enhorabuena, familia, sois finalistas de los Videonet Awards!

Mi madre tarda un segundo en asimilar la noticia de Lukas y después comienza a aplaudir emocionada hasta que mi padre la abraza y se dan un beso. De pronto parecen realmente enamorados.

—¡Toma ya! —exclama mi hermana.

—¿Alguien me puede explicar qué son esos premios? —pregunto, más impaciente por volver a mi cuarto que por saberlo, realmente.

—Los Videonet Awards son unos de los galardones más prestigiosos de la comunidad —dice Lukas, gesticulando con las manos como si estuviera dibujando en el aire sus palabras. Es tan delgado y tan alto que parece uno de esos muñecos de aire que se agitan a la entrada de algunos concesionarios. Su móvil, como siempre, bien sujeto en la mano derecha—. Son unos premios que entregan varias empresas privadas de comunicación a los mejores creadores audiovisuales de YouTube.

—Pero ¿no había ya unos así? Cada año salen más... —apunto yo, extrañada.

—Sí —responde mi madre—, los SubsChoice Awards y los premios PlayTube, pero estos son mucho más importantes porque dan un premio de mayor dotación, ¿no?

—Eso es, Gloria. Y además porque las empresas que lo respaldan (productoras, agencias, televisiones...) ofrecerán a los ganadores la oportunidad de trabajar con ellos y sacar adelante un proyecto colaborativo.

—¿Eso significa que vamos a salir en la tele? —exclama Néfer, entusiasmada.

—¿Quiénes son los demás finalistas? —pregunta mi padre.

—En la categoría de familias *youtubers*, estáis tres. Los primeros son una pareja de ancianos que cuidan de una veintena de gatos...

—Una pareja no es una familia —interviene mi madre, que lleva fatal las injusticias.

—Lo sé, pero se hacen llamar la Familia Gatuna y tratan a los animales como si fueran sus hijos.

—Gatos en internet..., ¡qué original! —añade ella.

Lukas se aclara la garganta y agrega, visiblemente incómodo:

—Ya, y los otros son los Del Valle, ¿verdad? —adivina mi padre, y se lleva las manos a la cabeza.

—¡¿Otra vez?! —vuelve a intervenir mi madre, en esta ocasión fuera de sí—. Pero ¡cuándo se va a dar cuenta la gente de que son un fraude! ¿Y desde cuándo tienen canal de YouTube con sus hijos?

Los Del Valle son un matrimonio con tres hijos adoptivos que se hicieron populares contando su experiencia por internet hasta lograr sus custodias. Lo que sé de ellos es de oídas, porque hace un año, con motivo precisamente de los Premios PlayTube, compitieron con mis padres en una categoría dedicada a matrimonios con canal.

Durante el período de votaciones se descubrió que los puntos que habían obtenido estaban amañados y se armó una bien gorda. Pero como luego se descubrió que en otras categorías había pasado lo mismo, los organizadores le echaron la culpa a sus sistemas internos de puntuación y al final no se les descalificó. Evidentemente, a mi madre esas excusas le dieron igual: habían tratado de ganarles haciendo trampas, y jamás se lo perdonaría. Lo curioso es que estoy convencida de que, si no fuera por todo lo de nuestros canales, serían buenos amigos.

—¿Cómo pueden siquiera tenerles en cuenta después de lo que

pasó en los PlayTube? Todo el mundo sabe que si no les descalificaron fue porque en el jurado había un primo de... de... ¿Cómo se llama?

—¿Lydia?

—¡Eso, Lydia con i griega, de la Grecia de mis ancestros! —se burla mi madre, poniendo la misma voz de pito que solía poner la otra mujer en sus vídeos—. Será lerda...

—Gloria... —le advierte mi padre, señalándonos a nosotras con la mirada.

—Hay una cosa más —añade Lukas, y esta vez nuestro querido agente se vuelve hacia mí y su mirada me hace temer lo peor—. Gerard está nominado en la categoría de mejor *youtuber* de entretenimiento.

Mi madre aplaude con igual fuerza, y se acerca para abrazarme.

—¡Eso es estupendo, cariño! ¡Si gana, los dos saldréis beneficiados!

En cuanto me suelta, comienzo a marearme y tengo que apoyar la cabeza en el sofá para que el mundo deje de dar vueltas. Esto no puede estar pasándome a mí...

—¿Y qué tenemos que hacer para ganar? —plantea mi padre, creo que para evitar pensar en mí y en Gerard juntos. Lo agradezco profundamente.

—En realidad, nada. Yo ya me he encargado de aceptar la candidatura por vosotros y enlazar vuestro canal a su web, para que se vayan subiendo automáticamente a su plataforma los vídeos que hagáis. La gente tendrá que verlos y votar. El número de visualizaciones se contarán desde YouTube y también desde su web, pero las votaciones tienen que hacerlas allí. No sirven de nada los «Me gusta» del canal.

Miro mi móvil muerto en la mano y dejo de sentirme tan ansiosa por cargarle la batería.

—¿No te ha dicho nada Gerard? —pregunta mi madre—. Deberías llamarlo inmediatamente y empezar a grabar juntos. Si hubiera una categoría a mejor pareja, estaríais nominados. Sois adorables, y todo el mundo lo piensa. ¿Verdad, Carlos?

Veo a Néfer poniendo los ojos en blanco desde el sofá, y cuando ella se excusa para marcharse a su cuarto, yo aprovecho y hago lo mismo.

Ya sola en mi habitación, conecto el teléfono al cargador y cuando se enciende recibo varios avisos de que Gerard ha tratado de llamarme en este rato. Me debato entre devolverle la llamada durante unos segundos cuando, de pronto, el teléfono comienza a vibrar: es él llamándome de nuevo.

—¿Diga? —respondo, después de varios tonos.

—Soy yo —dice, y se aclara la garganta—. ¿Có... cómo estás?

—Bien, ¿qué pasa?

—Nada. Solo quería hablar contigo de lo de ayer.

Asiento como si pudiera verme, sin decir nada.

—¿Cali?

—¿Qué? —pregunto, impaciente.

—Sé que no tengo ningún derecho a pedirte nada, pero... —le oigo tomar aire antes de continuar—. Te agradecería mucho si mantuviéramos en secreto... lo que hablamos. Excepto en el grupo, me refiero. ¿Te han dicho lo de los premios? Estoy nominado. Y tu familia también, ¿no? Felicidades.

—¿Y? —contesto con frialdad.

—Pues que creo que a ninguno nos ayudaría contar que hemos roto.

—Que *tú has roto* conmigo, querrás decir. Y que *a ti* no te ayudaría.

—Será solo un par de semanas, nada más. Ahora mismo, con todo lo que está pasando, no podría... Prefiero hacer como si todo siguiera igual para los suscriptores.

—Gerard, ¡aún no me he hecho a la idea de que lo nuestro se ha terminado! ¿Cómo puedes pensar en los suscriptores? —susurro, conteniendo las ganas de gritar desesperada y sin creerme que lo haya podido decir en voz alta. Una cosa es no contar nada, otra es fingir que va bien.

—No es solo por ellos. Es por ti y por mí. Estoy seguro de que tus padres estarán de acuerdo conmigo en que los dos podemos beneficiarnos de esto, ¿eh?

—Tengo que colgar, Gerard.

—Por favor, Cali. Al menos pién...

No termino de escuchar su frase porque he cortado. Me tiemblan las manos cuando dejo el móvil en la mesilla.

Aunque lo acabo de escuchar, no me creo que me haya pedido algo así. Que haya tenido el valor de suplicarme que finjamos para el resto del mundo que seguimos siendo novios, como si ayer no me hubiera partido el corazón, como si el otro día no hubiera sufrido la mayor de las humillaciones sin que se preocupara por mí. ¿Cómo puede ser alguien tan egoísta? ¿Y cómo no lo he visto hasta ahora? Me siento tan mal que paso el resto de la tarde en mi cuarto, viendo series, y ni siquiera bajo a cenar. Digo que tengo revuelto el estómago y mis padres tampoco preguntan mucho más.

Ya en la cama, me quedo un rato mirando la pantalla del móvil sin hacer nada, esperando simplemente a recibir un mensaje de Tesa disculpándose o dándome la noticia de que Gerard ha hablado con ella. Lo que sea con tal de que me dé pie para desahogarme y poder escuchar su opinión y sus palabras de tranquilidad. Pero al cabo de unos minutos me doy cuenta de que eso no va a pasar. Está claro que lo mejor que puedo hacer es tratar de dormir y esperar a que mañana sea un día mejor. Sin embargo, cuando estoy a punto de apagar la luz, alguien llama a la puerta de mi cuarto.

—¿Puedo pasar?

Es mi padre: el único que de verdad llama antes de entrar. Mi madre, si lo hace, es para entrar sin preguntar, y mi hermana jamás haría algo similar.

—Espero que no te haya despertado.

—No, aún no estaba dormida. ¿Ya se ha ido Lukas?

—Sí —responde, sentándose al borde de mi cama y contemplando mi habitación en silencio—. Quería... quería hablar contigo sobre lo de ayer.

—Papá, no hace falta...

—Sí que hace falta. Tu madre tiene razón. Ya no eres una niña, por mucho que yo me empeñe en creer lo contrario. Es una gran noticia lo de Gerard y tú. No la desaprovechéis. Aparte, si tú piensas que estás preparada para... para..., pues yo no soy nadie para impedírtelo. Pero, por favor, cariño, ten cuidado y...

—Papá...

—Nunca hagas nada que no quieras hacer solo porque...

—¡Papá!

—¡¿Qué?! —Al mirarme parece salir del trance y parpadea varias veces.

—Que soy virgen —le digo, tragándome la vergüenza.

Entonces frunce el ceño y veo una luz en sus ojos.

—¿Y lo de ayer con Gerard...?

—Un malentendido —respondo, y esta vez soy yo quien baja la mirada—. Íbamos a... a hacerlo, pero en el último momento él...

De pronto me descubro llorando y parece que todas las lágrimas que he estado conteniendo en los últimos días interrumpen mis palabras. Es tan inesperado que solo me doy cuenta cuando se me nubla la vista.

—¿Qué...?

—Nada —concluyo, y no sé por quién lo hago: si por Gerard, por mis padres o por mí.

—Cariño... —Mi padre se acerca para abrazarme y yo me dejo acurrucar. No sé qué piensa, pero el abrazo me sienta bien y me hace sentir un poco menos miserable, aunque igual de mentirosa—. La verdad es que ahora me quedo un poco más tranquilo...

—¿Pero...? —digo, adivinando que hay algo más.

—Pero tu madre me ha pedido que suba a hablar con vosotras por el tema de los premios.

A pesar del momento tan especial que acabamos de compartir, vuelvo a separarme de él y esta vez lo hago con suspicacia.

—¿Qué quiere que hagamos?

—Os ha visto poco ilusionadas con la nominación, eso es todo. Además, la de Gerard puede ayudar. Deberías hacer algún vídeo nuevo para el canal, porque ya ha pasado bastante tiempo desde el último que hiciste. Para ganar el concurso necesitan ver que estamos unidos y que todos remamos para sacar el proyecto adelante. No querrás que los Del Valle se encarguen de convencer a la gente de que ellos merecen el premio más que nosotros, ¿verdad?

Estoy tan cansada de todo que me limito a negar con la cabeza.

—¡Se me ocurre una idea! —dice, volviéndose a animar—. ¿Qué te parece si este fin de semana cocinamos algo juntos para el canal?

Eso no suena tan mal, la verdad. Siempre me gusta ver cocinar a mi padre. Es un chef espectacular y en cada vídeo prepara una comida distinta que luego nosotros tenemos la suerte de disfrutar. Postres, carnes, pescados, legumbres..., no hay nada que se le resista, y la mera idea de hacer algo con él me anima. Hace tiempo que no pasamos un rato juntos.

—Vale —contesto—. El sábado cocinamos los dos.

17

A veces, el valor de los sueños radica, no en las fantasías que imaginamos, sino en su poder para entretenernos sin recordar la realidad. El problema es que son tan frágiles como una pompa de jabón y que, cuando estallan, nos hacen sentir desamparados y vulnerables. De ahí que mi primera reacción al despertar haya sido sonreír y la segunda, enterrarme debajo de las sábanas al recordar todo lo que sucedió ayer.

Prefiero seguir durmiendo. Dejar que pase el día de hoy, y el de mañana y el siguiente..., hasta que logre olvidar que mi ¿exnovio? quiere que finjamos que seguimos juntos y que cada vez tengo más cosas con las que hacer malabares para salir victoriosa en este nuevo curso. Pero parece que el despertador no lo sabe, y por eso sigue sonando. Pita, para, pita, para, pita... Con un gruñido, alargo el brazo, atrapo el aparato tanteando con la mano y lo meto bajo las sábanas conmigo para apagarlo. He pillado la indirecta; no me queda otra opción.

Por segundo día consecutivo, Héctor sigue sin aparecer y se le empiezan a acumular los trabajos de clase sin que él se haya enterado. Los profesores directamente ponen cara de resignación al pasar lista. Pero sé que han hablado entre ellos cuando la directora viene a buscarme en la hora del recreo.

—Calipso, me alegra encontrarte por fin. ¿Qué tal la primera semana? —me pregunta mientras se limpia las gafas.

—Bien, intensa —respondo.

—Me dicen que Héctor lleva varios días sin venir. He llamado y parece que está enfermo... —Asiento y guardo silencio—. Irás a verle, ¿no?

—¿Yo? ¿Adónde?

Ella se ríe, como si fuera obvio que yo estuviera de broma.

—¡A la residencia! Para llevarle los apuntes y explicarle los proyectos. Seguro que le ilusiona. Pasa después por secretaría: le diré a Rosa que te dé la dirección, ¿sí?

«¡No!», pienso para mis adentros. Lo que menos me apetece es tener que, encima, ser la profesora particular de un delincuente adolescente. Pero me callo y asiento. ¿Por qué cree esta mujer que soy la mejor opción en toda la clase para semejante tarea? Todo esto lo pienso, pero no lo digo. Y cuando termina el día y busco en el GPS del móvil la dirección que me han dado en secretaría, bufo.

—Por supuesto, no podía estar cerca —me quejo a Silas, a quien le parece tremendamente divertido todo—. ¿Me acompañas?

—Lo siento, Calimocho. Tengo que pasarme por la galería para unas entrevistas que han salido.

—Entonces mejor me espero a mañana...

—Oye, que vive en una residencia de menores, no en un reformatorio.

—Ya, ¿y? Me da la misma pereza.

—Te irá bien —dice, sujetándome la espalda por los hombros y obligándome a caminar—. ¿Has hablado ya con Gerard?

Respondo que no y agacho la cabeza. Lo primero que he hecho al llegar a clase ha sido contarle a Silas su propuesta de anoche, y a punto ha estado de mandarle un audio a Gerard llamándole de todo. Me ha suplicado que me niegue: por dignidad propia y por respeto a nuestros seguidores. Pero no es tan sencillo: no lo haría por él, lo haría por mi familia. Mi padre tiene razón: si de pronto dejo de ser la novia de Gerard, perderíamos la atención de muchísimo público y creo que mi madre no me lo perdonaría nunca.

Compruebo que hay un autobús que me deja por la zona de Moncloa y que desde allí puedo caminar hasta donde pone que está la residencia. En cuanto me monto en el bus, sé que me han reconocido. Son tres chicas más jóvenes que yo que cargan con enormes mochilas multicolores a sus espaldas. Han suspirado, han cuchicheado y se han vuelto para mirarme. Les sonrío desde el asiento que he encontrado libre y aguardo unos segundos por si quieren acercarse. Espero que lo hagan. No porque necesite ese tipo de atención, sino porque no soporto estos encuentros en los que me señalan y hablan de mí como si no pudiera verlas o escucharlas.

Al momento escucho el nombre de Gerard y unas risitas ahogadas que parecen el frenazo de un coche. Después, el sonido de un móvil sacando una foto. Cuando levanto la vista, dos de ellas están reprendiendo a la tercera. Ninguna se acerca, ni siquiera ahora que las estoy mirando fijamente. Se bajan en la siguiente parada, pero no aparto los ojos de ellas hasta que desaparecen de mi vista. Ni me han dicho adiós con la mano, ni me han pedido disculpas. Será por el resto de las cosas que están pasando en mi vida, pero nunca me había sentido más como un personaje de parque temático con el que hacerse fotos.

Para distraerme, durante el resto del trayecto hago una rápida búsqueda por internet para informarme sobre el tipo de centro en el que vive Héctor. El nombre oficial incluye la expresión «residencia infantil», y solo en la ciudad hay más de diez. Se especifica que son infantiles porque acogen a jóvenes y niños desde los tres hasta los dieciocho años y, por lo que leo, se intenta que solo sea un período de transición antes de irse a vivir con una familia. Me pregunto entonces por qué Héctor sigue allí con la edad que tiene. La intención de estos centros, según pone, es ofrecer una «vida cotidiana» y experiencias similares a los de cualquier otro menor que viva con sus padres.

Desde la estación de autobús de Moncloa camino unos diez minutos con la mirada puesta en el mapa de la pantalla hasta que llego a mi destino. Se trata de un edificio pequeño de tres pisos, que apenas ocupa la mitad de la manzana, con las paredes de ladrillo visto y detalles en un mostaza descascarillado. Las ventanas del primer piso están protegidas por verjas. De no ser por la placa en la que se lee RESIDENCIA INFANTIL GALILEO parecería un bloque de casas más.

—¿Quién es? —pregunta una voz de hombre después de que llamo al telefonillo.

—Eh... hola, me llamo Cali. Soy compañera de clase de Héctor... —lo digo con cierta vergüenza, porque temo que todo sea parte de una enorme broma y que ni él se llame Héctor, ni viva allí.

—¿Ha ocurrido algo? —Por cómo formula la pregunta, supongo que no es la primera vez que vienen preguntando por él y con malas noticias.

—No, solo le traigo unos apuntes...

—¡Ah, fantástico! ¡Pasa, pasa!

El cerrojo se abre con un chasquido y yo empujo la pesada puerta de hierro negro.

18

El recibidor es pequeño y un poco agobiante. Huele a coliflor recién cocinada y el suelo está cubierto por una moqueta que ha perdido parte de su color. Al instante escucho unos pasos apresurados y por el fondo del pasillo aparece un hombre que ronda los cuarenta años, delgado, con barba corta y gafas. Su sonrisa me hace sentir bienvenida y por fin me atrevo a bajar la guardia.

—Cali, ¿no? Soy Pedro, trabajo de educador en la residencia. ¿Cómo estás?

Me tiende la mano sin dejar de sonreír y yo se la estrecho. Tiene una voz grave y cálida. Sin saber nada de él, tengo la sensación de que le pega ser educador en un lugar como este.

—Bien. No sé si está Héctor. Me han dado la dirección en el colegio para ponerle un poco al día de lo que hemos estado haciendo.

—¡Gracias por molestarte! Está en su cuarto, arriba. La tercera puerta a la derecha. Te acompañaría, pero estoy en mitad de una llamada y tengo que volver al despacho. ¿Estarás bien?

Mientras habla, me acompaña hasta la escalera. Antes de dejarme sola, me pide que pase a despedirme cuando me vaya, y me vuelve a agradecer que haya venido. Es la primera vez que me cruzo con un adulto que me habla como a una igual y no como a una cría, y eso me reconforta.

En el piso de arriba, la luz del sol entra por la ventana del final del pasillo e ilumina las seis puertas que hay a cada lado de la pared. Incluso si Pedro no me hubiera dicho cuál era la habitación de Héctor, lo habría adivinado de todos modos con solo seguir la música.

En cuanto llego a la tercera puerta, reconozco la melodía: es la misma canción que estaba tocando en el metro cuando me robó. Pero lo que oigo no es su voz, sino la de una mujer. Y en lugar de su guitarra, hay muchos más instrumentos. Parece una grabación.

Me quedo parada en el pasillo, en silencio, disfrutando de la canción como la primera vez que la oí. Esta versión me impresiona aún más.

Entonces se abre una de las otras puertas.

—¡Ya está otra vez con la cancioncita de los huevos!

El chico que acaba de aparecer detrás de mí tiene el pelo rapado; las facciones marcadas, los ojos verdes y la sombra de un bigote sobre unos labios tan finos que parecen más un corte en la cara. Va sin camiseta, exhibiendo una amalgama de músculos y tatuajes que hace que me ruborice. No me ha hablado a mí; de hecho, es como si no me hubiera visto. Me aparta de malas formas y comienza a aporrear con fuerza la puerta del cuarto de Héctor.

—¡Quita ya eso, tío! ¡Que *m'has despertao*! —Vuelve a golpear la madera con tanta fuerza que temo que arranque los goznes.

Cuando se abre la puerta, Héctor sale hecho un basilisco, le pega un empujón en el pecho al chico rapado, que se golpea la espalda contra la pared. «Son como perros salvajes», pienso.

—¡¿A ti qué te pasa?! Si no te gusta mi música, te pones tapones o te piras. —Entonces repara en mí y me llevo la dentellada—. ¿Qué haces aquí?

—He venido a traerte... los apuntes de estos días —contesto, levantando la voz para que no advierta lo intimidada que me siento—. ¿Puedo pasar?

—No.

El otro se desternilla, recuperado del golpe e imposta la voz como si fuera un niño cuando dice:

—No le hables cuando esté escuchando la cancioncita de su mami porque se pone triste y lo paga con todos, ¿a que sí, chiquitín? Héctor intenta pegarle de nuevo, pero el otro es más rápido y se aparta a tiempo.

—Pírate ya, subnormal —le dice Héctor, y luego se vuelve hacia mí—. Y tú también, vete, por favor. No necesito apuntes de nada.

—Eh, yo a ti te conozco —interviene el otro—. ¿Tú sales en YouTube? Eres la del canal de la MILF que habla de porno y la hermana que está *to'* buena...

—¿Perdona? —respondo, a la defensiva. Pero antes de que pueda decir nada más, Héctor me agarra del codo y me hace pasar a su cuarto. A continuación, cierra la puerta—. ¿Quién es ese tío?

—¡Me llamo Gorka —contesta el rapado desde fuera—, y cuando te aburras del memo ese, puedes venir a verme a la habitación de al lado!

Con un último golpetazo que hace temblar la pared, oímos cómo se aleja riendo.

—¿De verdad eres famosa? —pregunta Héctor, algo más tranquilo, pero con el mismo gesto hosco.

Parece que es su estado natural: estar a la defensiva con todo el mundo solo por compartir el mismo aire.

—He hecho fotocopias de los apuntes de estos días —digo, ignorando su pregunta, mientras saco una carpeta de cartón y la dejo sobre el escritorio.

Está lleno de papeles con garabatos, revistas de videojuegos, bolsas de patatas vacías, una lata de cerveza, un cenicero con filtros gastados y un ordenador tan viejo que dudo que tenga ni siquiera conexión a internet.

—¿Por qué eres famosa? ¿Eres actriz?

La cama en la que se ha sentado para estudiarme con la curiosidad de un juez de *reality* de talentos es pequeña y está deshecha. Hay varias baldas con libros, una minicadena y una estantería que llega casi hasta el techo repleta de películas en DVD y Blu-Ray. Una de las paredes está ocupada por un armario empotrado lleno de cromos de futbolistas pegados y descoloridos. En una esquina está tirada la guitarra.

—Te recomiendo que... te mejores cuanto antes y vuelvas a clase —digo, porque es evidente que no parece muy enfermo—. Este curso no es fácil, y los profesores se vuelven más duros que nunca. Así que si quieres aprobar...

—¿Cómo te puedo encontrar en YouTube? —insiste, y sé que lo hace porque está notando mi enfado—. ¿De verdad tu madre y tu hermana hacen porno?

—¡Mi madre es sexóloga! —salto. Al final ha conseguido molestarme y lo sabe. Por eso sonríe—. Y da consejos, ¿vale? Está claro que tu amigo no es capaz de ver la diferencia.

—¿Y tú también sales en internet?

—¿La mujer que cantaba esa canción era tu madre? —replico y, por cómo le muda el gesto, sé que he acertado.

—Vete —me ordena.

—¿Ya? Si no te he enseñado lo que te he...

—¡Te he pedido que te marches! —De un salto, se levanta de la cama y me abre la puerta—. ¡Venga!

—O sea, ¿que está bien que tú me preguntes si mi madre hace porno, pero yo no te puedo preguntar si la tuya canta?

En dos zancadas se acerca a la mesa, coge el taco de apuntes que le he fotocopiado y los lanza al pasillo, donde se desperdigan por todo el suelo. No dice más. Tampoco hace falta. Le fulmino con la mirada y salgo de la habitación. De un portazo, vuelve a encerrarse en el cuarto.

Alertado por el ruido, Gorka sale al pasillo con una sonrisa ladina en los labios.

—Ya te lo he dicho: conmigo te lo pasarías mejor. ¿Quieres entrar?

Ni le respondo. Cabreada y sintiéndome una estúpida, bajo la escalera a toda prisa. En el descansillo me cruzo con Pedro.

—¿Qué han sido esos gritos? —me pregunta, pero yo sigo mi camino sin detenerme, mascullando una disculpa—. ¡Cali! ¡Cali, espera un segundo!

Abro la puerta principal sin mirar atrás y salgo de allí. Es entonces cuando siento que alguien me observa. Desde la acera, levanto la vista y veo a Héctor observándome a través de su ventana. Parece retarme con la mirada a ver si me atrevo a volver.

19

Tesa tampoco me escribe en toda la mañana del sábado y la necesidad de hablar con ella se vuelve cada vez más imperiosa. La echo de menos. Incluso mi padre se da cuenta de que estoy más pendiente del móvil que de la grabación, y después de un par de avisos al final tiene que quitármelo y guardarlo en un armario hasta que terminamos de preparar la merluza en salsa de arándanos y limón con guarnición de patatas Hasselbach que estamos haciendo.

Antes de la comida, me animo a salir a dar un paseo para distraerme. Cerca de nuestra casa hay un parque abandonado que no suelo cruzar cuando se pone el sol, pero al que me gusta ir para relajarme y buscar inspiración. A veces, como ahora, me llevo mi cuaderno y un boli, y escribo.

Nunca me he atrevido con una novela, pero en ocasiones siento que es la única manera de desahogarme y no volverme loca. Son historias. Me gusta inventar relatos, reportajes y textos cortos que anoto en mi cuaderno con la fecha y que, de alguna manera, logran reflejar cómo me siento. Es lo más parecido a un diario que he tenido nunca, y lo llevo haciendo desde niña. Debajo de la cama guardo los quince blocs anteriores que ya he completado y a veces me divierte echarle un ojo a lo que he escrito en el pasado. Se puede saber tanto de nosotros por las historias que contamos...

Tras dar una vuelta y despejarme, me dirijo a un claro rodeado de pinos y me siento en un montículo de rocas mientras reviso las notificaciones de mi móvil. Empiezo a plantearme si no debería ser yo quien tendría que escribir a Tesa cuando de pronto escucho un grito a lo lejos.

—¡Cuidado!

Apenas me da tiempo a darme la vuelta, ver el *frisbee* que se dirige a mi cara, tirarme al suelo con un grito y proteger el cuaderno entre los brazos como si fuera mi hijo recién nacido. Cuando me incorporo, tengo todas las rodillas magulladas y los brazos llenos de verdín, pero el cuaderno está intacto.

—¿Estás bien? —pregunta el chico que ha lanzado el arma mortal mientras corre hacia mí—. Lo siento, se me ha desviado por completo.

—Todo en orden —digo, comprobando de reojo que nadie más haya reparado en mi absurda caída.

—Aún estoy aprendiendo y no controlo —se excusa. Inconscientemente, me fijo en los bíceps contorneados que deja al descubierto la camiseta de tirantes roja que lleva, y enseguida aparto la mirada y me centro en el cuaderno—. Espero no habértelo roto.

Lo abro y paso algunas páginas para quitar la tierra que se ha colado entre ellas.

—No le ha pasado nada.

—¿Estabas escribiendo?

En ese momento advierto que sus ojos son de un verde tan intenso que parecen reflejar la hierba de nuestro alrededor.

—Sí —respondo, apretando el cuaderno contra mi pecho.

Quiero decir, el chico es guapo y parece simpático, pero no quiero que se le ocurra preguntarme nada respecto a lo que escribo. Solo el hecho de estar hablando con alguien en un lugar así de siniestro ya me tiene en alerta máxima.

—¿Y no te gustaría hacerlo en sitios más... alegres?

—Esos están muy concurridos. Algunas preferimos estos sitios para que no los olviden del todo.

—¿Castillos encantados y mansiones embrujadas? —pregunta con una mueca amable.

—Más bien estaciones de tren, parques con columpios oxidados como este, casas en mitad de la nada... Una vez estuve en una juguetería que debía de llevar olvidada una decena de años, y fue increíble.

Apenas termino de decir la frase me doy cuenta de lo absurda que debo de parecerle y me sonrojo. ¿Por qué le cuento nada a este desconocido? Igual por eso, porque no le conozco de nada.

—Mola... Por cierto, me llamo Andrei.

—Cali —digo—. ¿Vives por aquí cerca?

—No, al otro lado del parque. —Y su vista se pierde en la distancia—. Pero suelo venir a correr aquí y hoy me he traído el *frisbee* para entretenerme. Como nunca suele haber nadie en este lado del parque... ¿Y tú?

—Detrás de esas casas —contesto, señalando la primera hilera de chalets que se atisban por encima de los árboles.

—Pues ha sido un gusto conocerte, Cali. Me tengo que ir, pero supongo que ya nos veremos por aquí en otra ocasión.

—¡Seguro! —respondo.

Andrei se despide llevándose dos dedos a la frente y me quedo mirándolo mientras se aleja, convencida de que esta va a ser la última vez que nos veamos y pensando en la cantidad de formalismos que gastamos al día, a pesar de saber que son mentira.

De nuevo sola, regreso al montículo de piedras e inconscientemente abro Twitter solo para ver si Tesa me ha dejado ahí alguna mención con algún GIF o referencia a nuestras series y películas favoritas. De pronto veo que tengo un puñado de menciones de tres cuentas desconocidas que están hablando sobre mí, y aunque sé que no debo, acabo leyendo sus mensajes:

🏠   🔍   🔔   ✉

@Shabrina87
Si Gerard está con la asquerosa de la Calipso esa, todas tenemos oportunidad de robárselo. ¡No os desaniméis!

🔍   ⮌   ♡   ✉

@Gerardina4evah
Siempre me he preguntado qué hace con ella, jajaja...

🔍   ⮌   ♡   ✉

@Gerard_ClubFansOfi
Es una busca suscriptores! Por eso está con él!

🔍   ⮌   ♡   ✉

@Borxo99
Oye, es verdad que te llamas CALIPSO? Jajaja, qué clase de nombre de mierda es ese? Estaban tus padres borrachos cuando te bautizaron? xD!

🔍   ⮌   ♡   ✉

Por esta razón no suelo meterme en este tipo de hilos. Porque a nadie le gusta recibir un linchamiento público cada día por razones incomprensibles. Por eso y porque, aunque trate de que no me afecten, me afectan y me duelen.

«La asquerosa de la Calipso esa...»

¿Qué clase de persona escribiría algo así a otra sin conocerla siquiera? Por el perfil de esta chica, en concreto, veo que tiene unos quince años, que se considera una gerardina y que le encantan los ponis. ¡Los ponis y ponerme a parir en sus ratos libres, no te digo!

La única razón por la que no me cierro la cuenta es porque siempre pienso que, quizá, en el futuro, eche de menos ese espacio. Y porque no quiero dejar que los comentarios de gente que no sabe quién soy definan cómo vivo y lo que hago. Me niego. Ni siquiera sé por qué estoy dejando que lo hagan las triquiñuelas de Gerard y el maldito concurso. Maldito Gerard. Maldito y estúpido Gerard. Al final va a conseguir que acabe odiándole...

Me quedo un rato más tratando de concentrarme, pero entre el repentino encuentro con Andrei y su *frisbee*, y las notificaciones del móvil, no consigo escribir más que una frase: «No me da miedo que me conozcan, sino que crean que me conocen cuando no saben quién soy».

20

Ya en casa, me trago mi orgullo y escribo a Tesa para contarle lo que ha sucedido. No quiero pasar más tiempo sin que hablemos. Como mañana domingo tenemos un evento, le propongo quedar antes para dar un paseo, tomarnos algo y charlar de todo. Han pasado demasiadas cosas en los últimos días y siento que voy a estallar si no me desahogo pronto.

Me ha respondido al cabo de un rato y me ha dicho que le parece bien. Que ella también me echa de menos a mí y que parecemos dos idiotas.

No podría estar más de acuerdo con ella.

Lukas ha venido por la tarde para hablar con nosotros. Ha conseguido que seamos la imagen en YouTube de una nueva marca de helados llamada Gelader y ha traído varias cajas. Lo que me faltaba... A las gerardinas les va a encantar verme comiendo helado. Seguro que el vídeo da para unos cuantos GIF animados.

Esto significa que a cambio de una buena paga, tenemos que sacarnos una foto probando sus helados y después grabar un vídeo en familia para el canal hablando sobre lo que queramos y animando a los suscriptores a participar en un concurso que han montado. El problema, como suele ser habitual, es que lo necesitan para mañana mismo porque la marca tiene que aprobarlo y ya van tarde. Así que aquí estamos ahora los cuatro: en la cocina, cada uno con un helado Gelader en la boca, valorando sus sabores como los expertos chefs de un programa de televisión.

—A mí me gusta —comenta mi madre, después de darle varios lametones al de vainilla.

Mi padre asiente con la cabeza.

—El de turrón también está bueno. ¿Y los vuestros? —nos pregunta a mi hermana y a mí.

Néfer le da su aprobación al de fresa, pero yo sigo con el Chocoboom en la mano sin abrir.

—¿Cali?

—No sé... —les digo—. Es que una marca de helados...

—Por el momento a todos nos han gustado, cielo —insiste mi madre—. Y además pagan bien. Dale un mordisco, aunque sea. No tienes que tomártelo entero.

Lo peor es que en el fondo *quiero* tomármelo entero. Me encantan los helados, pero si ya me acribillan a comentarios sobre mi cuerpo y lo diferente que es al de mi hermana sin comerlos delante de la cámara, no quiero imaginarme cómo va a ser cuando me vean con el cucurucho en la mano. Por otro lado, ¿qué remedio me queda?

Así que, en menos de treinta minutos, mi padre le manda una propuesta de vídeo a Lukas para que él se la haga llegar a la marca y nos den el OK. La respuesta llega justo cuando estamos terminando de cenar.

Decidimos grabarnos tomándonos otro helado de postre y, mientras organizamos el salón para ello, nuestro padre nos explica en qué va a consistir todo.

—La marca quiere que hagamos hincapié en la nostalgia y en lo especial que es tomarse un helado en familia, así que les he propuesto que contemos anécdotas de vuestra infancia.

—Esos vídeos siempre funcionan —dice Néfer, tomando asiento en su lugar del sofá, a la izquierda, para que la cámara capte su mejor perfil. Yo, como no tengo mejor perfil, o al menos lo desconozco, siempre me siento donde me dicen.

Cuando estamos todos preparados, y la cámara está en el trípode y los focos en su sitio, mi padre comienza a grabar.

—¡Hola, familia! —exclama, como al principio de cada vídeo—. Bienvenidos al canal de los Dábalos. Yo soy Carlos...

—¡Yo Gloria! —dice mi madre.

—Néfer. —Y guiña un ojo a la cámara.

—¡Y yo Cali! —Y chasqueo los dedos porque ahí habrá corte, antes de seguir.

—Hoy vamos a viajar al pasado con los nuevos helados Gelader —añade mi padre mientras saca de la caja uno de vainilla—, compartiendo con vosotros las anécdotas más especiales de cuando estas señoritas eran solo unas niñas.

—Pero ¡si Cali sigue siéndolo...! —exclama mi hermana, dándome un beso que probablemente no me daría si no estuviera la cámara delante.

—La primera pregunta es... —interviene mi madre—: ¿cuál es el primer recuerdo que conserváis?

Néfer levanta la mano.

—Yo, maquillándome en tu cuarto con tus pinturas y destrozándotelas todas. Con... ¿tres años?

Esta vez las risas son mucho más sinceras porque todos hemos visto fotos de Néfer con tres años con la cara pintarrajeada.

—Luego añadiré la foto en la edición —nos dice mi padre—. ¿Cali?

Odio estos juegos. O sea, no odio estos juegos. Odio que *graben* estos juegos. Están bien para las reuniones familiares, para las cenas de Nochebuena, pero ¿qué necesidad hay de compartir estos momentos con desconocidos? Por desgracia, el tiempo para los ruegos y preguntas pasó hace mucho, así que contesto:

—No sé si es el primer recuerdo que tengo, pero uno que me viene a la cabeza es cuando se me cayó mi primer diente y...

—Espera, Cali —me interrumpe mi madre—, no podemos hablar de que se te caigan los dientes si estamos promocionando helados. Por las caries y esas cosas.

—Pero ¡si era un diente de leche!

—Tu madre tiene razón. ¿No se te ocurre otro?

Me aguanto las ganas de levantarme e irme y le doy vueltas al asunto hasta que, en un instante de desesperación, se me ocurre contar algo que no sea verdad, por probar.

—Uno de mis recuerdos favoritos —comienzo de nuevo, mirando a la cámara— es del día en que me perdí por el bosque en una excursión del colegio.

—¡Yo de eso no me había enterado! —dice mi madre, pero me deja continuar.

—Porque no se lo conté a nadie. Nos llevaron a la sierra y en un momento dado me extravié, pero en lugar de tener miedo, sentí que estaba en una historia de aventuras y seguí las huellas y los gritos de mis compañeros hasta que los encontré.

—Caramba, menuda amazona estás hecha —comenta mi padre, antes de pasar a la siguiente pregunta.

Mientras vuelve a llegarme el turno de hablar, me doy cuenta de lo fácil que ha sido inventarme la realidad, ¿cómo no se me ha podido ocurrir antes? El resto del vídeo hago lo mismo. A cada pregunta que me lanzan, yo trato de contar nuevas mentiras, tratando de hacer que suenen lo más veraces posible.

El juego, al final, acaba resultando hasta divertido.

21

En el centro existe un mercadillo ambulante que todo el mundo conoce como El Rastro. Cada domingo desde hace dos siglos, una de las calles más concurridas de la zona se llena de puestos en los que uno puede encontrar desde bisutería hasta instrumentos de mecánica o música; pinturas, cómics, retratos, fotos antiguas, películas en todos los formatos posibles, ropa, zapatos, complementos de todo tipo y color, vinilos y discos, y un sinfín de productos artesanos.

Es allí, al comienzo de la calle, donde quedamos Tesa y yo para dar una vuelta y pasar la mañana antes de ir al evento con los demás. Sin darnos cuenta, en los últimos años se ha convertido en una especie de ritual que nos gusta conservar, aunque casi nunca compremos nada.

Cuando llego, ella ya está allí. Me ve, sonríe y se quita los auriculares antes de acercarse para darme un beso. Después empezamos a caminar hacia los puestos y nos perdemos entre ellos. Me gusta porque está tan abarrotado de gente y hay tanto que ver, que siempre pasamos desapercibidas.

Solemos pararnos siempre en los mismos puestos, y sus dueños ya nos conocen y nos saludan con algún que otro piropo amable. Nuestro favorito siempre se coloca en el mismo lugar con su mercancía. Al contar solo con una mesita plegable y no con un tenderete en condiciones como los demás, resulta invisible, aunque para nosotras venda tesoros.

Carteles de películas (algunas que ni siquiera reconocemos); postales de actores y actrices en blanco y negro; fotogramas enmarcados en cartulinas; panfletos de carteleras ya olvidadas con sus críticas y sinopsis se exhiben sobre la mesa cubiertos por lonas de plástico para evitar que se estropeen más de la cuenta.

El propietario es un hombre mayor que ronda los setenta años y que tiene un poblado bigote amarilleado por los cigarros que siempre está fumando. Todos los domingos aparece con el mismo traje gris, corbata negra y camisa blanca. Y cada semana está un poco más sucio, descolorido y roto. Cuesta imaginar cuál es su vida el resto de los días de la semana, pero siempre que hay rastro, es de los primeros en llegar y de los últimos en marcharse.

Cuando llegamos, le saludamos y él nos sonríe con un gesto de cabeza. Nunca le hemos preguntado su nombre. Después, comenzamos a buscar alguna joya que llevarnos a casa. Nos pasamos postales y fotos entre nosotras que sabemos que nos pueden gustar mientras nos decidimos. Es una manera como otra cualquiera de evitar hablar con Tesa sobre lo que de verdad me preocupa. Al final, yo me compro un cartel de *Los Goonies* para decorar el espacio vacío en la pared de mi habitación y ella se lleva una instantánea descolorida de Audrey Hepburn en *Desayuno con diamantes*, su película favorita de la actriz. Después decidimos ir a una terraza cercana a tomar algo.

—¿Has... hablado con Gerard? —le pregunto cuando la camarera se va, tras servirnos un zumo de naranja para Tesa y un granizado para mí. Tesa asiente—. ¿También te ha contado lo que pasó la noche en la que íbamos a... acostarnos? —Asiente de nuevo—. ¿Y?

—Y que es vuestra vida y nadie debería meterse en ella —responde, y da un sorbo a su bebida—. Siento cómo me puse el otro día.

—Y yo cómo reaccioné. Tendríamos que haber hablado, pero pasó todo tan deprisa... Además, tu hermano no quería contarlo y yo me moría de vergüenza.

—Lo sé. Hemos tenido una bronca importante por eso. Lo que

dije sobre el grupo... —añade, avergonzada—. Me tendría que haber callado, pero ya sabes que soy un poco bocazas. Me entró miedo de que todo fuera a cambiar y se me olvidó lo mal que debíais de estarlo pasando vosotros.

Acerco mi mano a la suya y se la agarro sobre la mesa.

—No pasa nada —le aseguro—. Yo también estoy agobiada por todos los cambios que vendrán.

Por fin, Tesa me mira y me sonríe. Siempre ha tenido mucho pronto, pero un corazón enorme. Hace que las personas que están a su alrededor se sientan protegidas, seguras. Y en un mundillo tan artificial como el nuestro, repleto de apariencias, agradezco haber encontrado a una persona tan brutalmente sincera como ella. Lo demás era un peaje que estaba dispuesta a pagar.

—¿Cómo lo estás llevando? —pregunta.

Me encojo de hombros.

—No lo sé. Me parece que aún no lo he asimilado del todo. A veces me descubro pensando en él para contarle algo o para proponerle un plan, y de pronto recuerdo que lo hemos dejado. Bueno, que él me ha dejado. ¿Te ha contado también lo del concurso?

Tesa pone los ojos en blanco y asiente.

—Deberías negarte. Ya no sois novios, ¿o sí?

—No...

—Pues ya está. Esta tarde le dices que se olvide del tema. Y a quien le pique, que se rasque.

«No es tan fácil», pienso. Estoy metida hasta el cuello con esto, y si se me ocurre tratar de estropear su candidatura, la de mi familia se va a ver afectada. Lo pienso, pero no se lo digo porque sé que no me gustará su respuesta.

—¿Sabes qué es lo que llevo peor? —pregunto—. Que creo que hasta ahora que hemos roto no me había preguntado nunca si de verdad hemos estado enamorados como deberíamos haberlo estado.

Ella sonríe, sarcástica.

—Ah, ¿que existe una manera correcta de enamorarse?

—Según Silas, aparentemente sí. Y yo también lo creo... Me obligaba a comparar lo que sentía por tu hermano con lo que sienten personajes inventados, en lugar de enfrentarme a nuestra realidad y darme cuenta de que no era perfecta. De que igual las únicas historias de amor perfectas son las de ficción, porque las interrumpen a tiempo para que no descubramos su final trágico. O igual es solo la manera que tiene mi corazón de curarse, yo qué sé... —Me río, avergonzada por lo cursi que he sonado.

Tesa le da un trago a su zumo.

—Yo sí creo en los amores con final feliz. Pero el problema es que, como dices, oímos hablar tanto del amor en todas partes, a todo el mundo, que al final le quitamos todo su valor y nos conformamos con el primer sucedáneo que nos llega. Y claro, luego nos sorprendemos cuando se acaba. También te digo que cada uno recordamos unas historias antes que otras, y unos se quedan con las felices y otros con las trágicas.

—Pues sí... Pero, entonces, ¿uno sabe de verdad que es amor cuando lo siente o cuando ya se ha acabado todo?

—¿Acaso importa?

—Supongo que no...

Ambas nos quedamos en silencio, meditando nuestras palabras. ¿Y si el problema es precisamente ese? Que tratamos de atarlo todo con palabras para tenerlo bajo control, igual que tratamos de sujetar un globo a una cuerda, en lugar de disfrutar viéndolo subir y subir hasta desaparecer en el cielo.

Entonces, en el silencio, se cruzan nuestras miradas y rompemos a reír.

—Tía, creo que nos estamos haciendo mayores.

—Y que por el camino se nos ha olvidado madurar —añado, riendo. Después levanto mi granizado—. Por nosotras.

—Por la amistad —responde ella, con su vaso. Y con ese sencillo gesto, siento que he vuelto a recuperar por completo a mi amiga.

22

La fiesta de la marca de ropa Kokomi es en una espectacular azotea decorada con un gusto envidiable, digno de cualquier portada de revista. Hay música en directo, barra libre, comida, hamacas, toldos con aspersores de agua fina para sobrellevar mejor los últimos días de calor antes del otoño y una panorámica envidiable de toda la ciudad. Todo muy instagrameable. El director de la colección acaba de terminar su discurso sobre la nueva línea, nos ha agradecido nuestra presencia allí y nos ha animado a hacernos fotos, relajarnos y pasarlo bien. A veces me cuesta creer que esta sea mi vida.

Gerard apenas me ha dirigido la mirada desde que hemos llegado. Ha tratado de darme un pico en los labios, pero esta vez me he girado en el último segundo y le he puesto la mejilla. «Si no somos novios, no somos novios», he pensado. Por mucho concurso que haya de por medio, tampoco hay que forzar. Y después de dedicarme una cara de absoluta sorpresa, casi indignación, se ha dado la vuelta y se ha marchado a por una bebida.

Román parece no haberse dado cuenta, pero Silas me ha lanzado una mirada exasperada, a la que yo he respondido encogiéndome de hombros. Nos aprovisionamos con bebidas y un bol lleno de patatas y nos apalancamos en unos pufs blancos en círculo, cerca de la banda de música.

—Odio que se esté acabando el verano. Las fiestas en invierno son mucho peores... —dice Román, removiendo su mojito con el dedo antes de señalar a Silas—. Por cierto, tú, tenemos una colaboración pendiente. ¿Mañana en tu casa?

Silas asiente con cierta desgana y yo me contengo para no poner los ojos en blanco.

En el principio de los tiempos éramos cuatro: Gerard, Tesa, Silas y yo. Un día, Gerard nos presentó a Román, un amigo del instituto que se acababa de abrir un canal en YouTube. Como suele pasar, nosotros creímos que sería un personaje episódico en nuestras vidas, que lo veríamos de vez en cuando y eso sería todo, pero no. Ya el primer día se encargó de recolectar los teléfonos de todos y esa misma noche había creado un nuevo grupo en el móvil con él de administrador para organizar el siguiente plan de la semana. Y hasta hoy. A ninguno nos cae mal, pero a veces sería más fácil llevarse mejor con él si ocultara un poco sus intenciones.

Desde el primer día vimos claro que quería crecer en YouTube. Y aunque nadie dudaba de que Gerard le caía muy bien, era evidente que intentaba quedar con él todos los días para aparecer en sus redes sociales y aumentar su número de seguidores. Sobre todo porque era con el único con el que se sacaba fotos de manera regular.

Cuando le conocimos, apenas había llegado a los doscientos mil; en cuestión de un año y poco, ya se acercaba al medio millón. Evidentemente, que Gerard y yo comenzáramos a salir no le hizo ni pizca de gracia. Primero, porque su tiempo con él se vio tremendamente reducido y, segundo, porque las gerardinas hablaban más de mí que de él.

Con el tiempo, la cosa se calmó. Vio que la ventaja que había conseguido en los últimos meses le había dado el impulso que necesitaba y, además, estaban los otros. Porque sí: en cuanto vio que Gerard le podía dedicar cada vez menos tiempo, se empezó a juntar con Silas, con Tesa e incluso conmigo (aunque yo solo le interesaba cuando podía grabar con el resto de mi familia, lógicamente).

—Oye, Gerard —añade Román, a punto de terminarse ya su

bebida—, lo del parque temático ese que has puesto esta mañana en tu Twitter es campaña pagada, ¿no?

—Sí, ¿por?

—Por si me pasas el contacto, a ver si puedo sacarles yo también algo.

Silas me dirige una mirada de lo más expresiva.

—¿No crees que si la marca hubiera querido contactar contigo lo habría hecho? —dice Tesa.

—A lo mejor no conocen mi canal.

—A lo mejor no les interesa.

Gerard le pone una mano a su hermana sobre el brazo para calmarla.

—Luego te lo paso, no te preocupes.

—Gracias, *bro* —contesta y le guiña un ojo a Tesa—. Menos mal que puedo contar contigo.

Ella hace un amago de saltar de nuevo, pero esta vez soy yo la que interviene para rebajar la tensión:

—Por cierto, uno de estos días podríamos ir al cine o al teatro.

—¿Hay algún prestreno?

—No, Román. No hay ningún prestreno. Ni tampoco ninguna *première*, ni pase especial para influencers. Me refiero a ir pagando. Ya sabes, un viernes por la tarde, con gente desconocida, comprándote tus palomitas, sin necesidad de poner ningún post en... —Me interrumpo cuando me fijo en quién acaba de aparecer sobre nosotros—. ¿Andrei?

—¡Hola! —dice él. Y los demás le saludan sin saber quién es—. Te he visto de lejos y no estaba seguro de si eras tú.

Parece otro, sin la ropa de deporte ni el *frisbee*, y con la camisa, los pantalones caquis, las zapatillas relucientes y el pelo castaño engominado en punta.

—¿Qué haces aquí? —le pregunto, y entonces me doy cuenta de lo maleducada que debo de estarle pareciendo—. Eh..., chicos, este es Andrei. Andrei, estos son Tesa, su hermano Gerard, Silas y Román.

Silas vuelve a mirarme mientras el recién llegado se hace un hueco entre Tesa y yo. Mi amiga, que no sabe disimular, le estudia de arriba abajo y luego me mira como diciendo: «Y este bombón ¿de dónde ha salido?».

—¿Y qué?, ¿también tienes canal de YouTube? —le pregunta Román.

—Más o menos —contesta él, antes de volverse hacia mí—. ¿Hoy no llevas tu libreta?

—Eh..., no —respondo, incómoda, porque allí nadie sabe nada de mis relatos y prefiero que siga siendo así—. ¿Qué haces aquí? No sabía que tuvieras canal.

—Tampoco dio tiempo a mucho el otro día —comenta, y se ríe—. Me han invitado por mis padres, y pensé que me iba a aburrir como una ostra. Así que es una suerte que te haya encontrado.

—¿Y de qué os conocéis vosotros?

No es la pregunta de Gerard lo que me molesta, sino su tono. Agresivo, territorial.

—Del parque de al lado de mi casa —le informo—. El otro día dando una vuelta por allí casi me degüella con su *frisbee*.

—¡¿Que has tratado de dejarme sin mejor amiga?! —bromea Tesa.

Andrei chasquea la lengua.

—Fue culpa suya. Lo lancé cuando no había nadie y de pronto apareció de la nada.

—Y casi me decapitas. No sé dónde ves tú la mentira.

Los demás se ríen. Todos, menos Gerard, que me mira con suspicacia.

—Y vosotros... ¿trabajáis en Kokomi o...?

—Nos han invitado para conocer la nueva colección.

—Mola. Como a mis padres —comenta, y de nuevo se vuelve hacia mí—. El otro día me acordé de ti. Me entró curiosidad con todo eso de los lugares abandonados y he encontrado unos cuantos por la zona. Aunque quizá ya los conoces.

—Luego me dices —le pido, tratando de cambiar de tema antes de que alguno de mis amigos me pregunte al respecto.

—¿Lugares abandonados? —se adelanta Gerard, que no nos quita ojo.

—Sí, lo de sus...

—¡Padres! —le interrumpo, antes de que diga más y él parece pillarlo—. Me estuvieron preguntando dónde podrían grabar un vídeo sobre... eh... lugares abandonados y el otro día se lo comenté a Andrei.

—Eso —confirma él, fingiendo.

Gerard asiente con cara de extrañeza y después me pide si puedo acompañarle un momento a por otra bebida.

—Estoy servida —le digo, con mi vaso medio lleno.

—Pero voy a traer para los demás —insiste, y no me queda otra que levantarme.

Cuando nos alejamos del grupo, mira hacia atrás y me lleva a un rincón apartado.

—¿Qué se supone que haces?

—¿Que hago de qué?

—¿No quedamos en que lo mantendríamos en secreto hasta después del concurso?

—Quedaste tú. ¡Yo ni siquiera te di una respuesta! Es tu candidatura.

—Quería haberlo hablado contigo antes, pero no me dieron tiempo. Cali, esta puede ser la oportunidad que estábamos esperando...

—Me estoy hartando de que uses el plural para todo lo que te conviene.

Gerard se revuelve el pelo en un gesto que hasta hace unos días me parecía de lo más sexy y añade:

—No es eso. Esto podría venirnos genial a los dos.

—Pero ¡estamos mintiendo! Nosotros ya no somos una pareja. Si a alguien no le gustas sin mí, es que no le gustas.

—Por favor, baja la voz —me pide, mirando alrededor, nervioso—. ¡Tienes que pensar en tu familia!

La ira brilla en mis ojos y Gerard se da cuenta de que se ha vuelto a pasar.

—Lo único que digo es que, ya que estamos metidos en este lío, saquemos algo de provecho. Por eso, si alguien te ve ligando con ese tío, podrían pensar lo que no es.

La presunción me sienta como una bofetada.

—¿Cómo puedes...? —Las palabras se me atragantan en la garganta—. ¡Solo estamos hablando! A diferencia de ti, todavía me cuesta recordar que ya no estamos juntos cada vez que te veo.

Me doy la vuelta para marcharme, pero él me sujeta por la muñeca.

—Espera, no quería... Ya sé que no te gusta. Es solo que...

—¿Y qué si me gustase? —le pregunto.

—La gente pensaría que me estás poniendo los cuernos.

Mi primera reacción es echarme a reír, pero el daño es demasiado grande y no encuentro las fuerzas. Lo que empieza a concentrarse en mi estómago es algo muy distinto a la risa: es rabia y es dolor. La rabia y el dolor que he estado tratando de contener durante todos estos días y que de pronto se han desatado dentro de mí.

—Por supuesto: ¡la gente!, ¡los fans! Mira, voy a hacer yo misma el comunicado oficial. —Saco el móvil y empiezo a teclear con furia un tuit—: Lo mío... con Gerard... se ha terminado. Chicas..., todo vuestro. ¿Lo ves bien?

Asustado, trata de quitarme el móvil de las manos, pero no se lo permito.

—Vamos a calmarnos. Tú tampoco quieres eso.

—¡Lo que quiero es que me dejes pasar página, Gerard! Que pueda aceptar de una vez que mi novio ha roto conmigo después de intentar acostarnos y que ya no vamos a estar juntos nunca más. Que pueda dejar de fingir que está todo bien y que no me entren ganas de llorar cada vez que nos saludamos y nos despedimos con un maldito beso que no significa nada —digo. Pero él ha dejado de prestarme atención en cuanto he dicho las últimas palabras, preocupado por que alguien haya podido oírme—. ¿Sabes qué? Me voy a casa.

—Cali...

—De hecho, nos lo voy a poner mucho más fácil a los dos —añado, girándome mientras trato de controlar el temblor en mi voz—. Grabaremos los vídeos para el maldito concurso, nos haremos unas cuantas fotos o tiraremos de antiguas que ya tengamos, y eso será todo. No tendremos que vernos más. Y cuando toda esta estupidez acabe, lo nuestro se habrá terminado, privada y públicamente. Mientras, haz lo que te dé la gana. Tarda lo que necesites. Invéntate lo que quieras sobre mí. No me importa. —Siento las lágrimas cayendo, pero esta vez no me molesto en secarlas—. A partir de este momento será como si nunca nos hubiéramos conocido. Tú por tu lado y yo por el mío.

—Eso tampoco...

—Gerard —le interrumpo—, sé que cada uno lidiamos con nuestros problemas a nuestra manera. Pero la diferencia radica en que yo estoy haciendo un esfuerzo para tratar de entenderte, mientras que tú has dado por hecho que yo estaba bien, y no es así. A lo mejor la próxima vez que nos veamos deje de sentir que estoy frente a un completo desconocido.

—El problema es... que creo que en realidad nunca he sido más yo mismo —dice, sombrío.

—Es posible. Y también que yo sea alguien que no sabía que era. Lo siento —me disculpo, y el beso en su mejilla me sabe salado por las lágrimas.

De nuevo, trata de detenerme para que no me marche, pero esta vez me deshago de su mano y abandono la terraza. De camino al ascensor, me encuentro con Tesa y Silas. En cuanto advierten mis lágrimas, interrumpen su conversación y se acercan para darme un abrazo. Él aprieta el botón por mí y ella me da la mano. Ninguno de los tres hablamos. No se despiden de nadie. No tratan de dar explicaciones. Simplemente entran conmigo en el ascensor y bajamos. Una vez en la calle, y sin que yo se lo pida, llaman a un taxi y nos marchamos juntos a mi casa.

Con ellos a mi lado, y aunque ahora mismo las lágrimas me impiden comprender cómo, me atrevo a creer que soy capaz de cualquier cosa que me proponga. Es lo bueno de tocar fondo, que sientes que no tienes nada que perder.

23

A la mañana siguiente, madrugamos para acompañar a Tesa a su instituto y desayunar algo por el camino. Nos hemos pasado la noche entera hablando y ni todo el café del mundo va a mantenerme despierta. La ciudad bulle de actividad, aunque solo son las nueve de la mañana. Silas y yo nos entretenemos tanto que, por poco, llegamos tarde a clase.

Cuando entramos, me sorprende encontrarme a Héctor allí, como si nada. Me mira y me sonríe. Eso es todo. El recuerdo de su amenaza velada desde la ventana o la manera en la que lanzó mis apuntes parecen agua pasada o producto de mi imaginación. Pero no para Silas, que fulmina al chico con la mirada mientras se mete un caramelo de menta en la boca. Desde que le he contado lo que ocurrió en la residencia, no ha dejado de maldecirle, y ya no le parece tan interesante como el día que llegó a clase.

—Buenos días —me dice Héctor cuando me siento, y me resulta tan extraño que incluso tardo en responderle lo propio.

Por suerte, evita hablarme más veces en el resto de la mañana. Sea lo que sea que le haya dicho su educador después de mi visita a la residencia, está claro que ha hecho efecto. Pues bien por él... y por mí, de paso. Casi me atrevo a creer que he superado la prueba que me había puesto la directora; que soy libre, que ahora solo necesito centrarme en el texto que enviaré para el IPNA.

Casi.

Porque durante el primer recreo comprendo que Héctor no parece hacer nada que no le vaya a reportar un beneficio directo. De pronto, y sin previo aviso, salta en el banco en el que Silas y yo tratamos de aguantar despiertos, y se coloca entre los dos.

—Buenas. El póster de tu habitación, ¿de dónde lo has sacado?

—¿Perdona? —respondo.

Silas se levanta con intención de echarle, pero yo le hago un gesto para que no se enzarce en una pelea con este salvaje.

—El póster —repite.

—¿De qué me estás hablando? ¿Y cómo sabes los pósteres que tengo en mi habitación?

—Por los vídeos —adivina Silas, lo cual provoca en mí un gesto de sorpresa y luego una carcajada.

—¿Los has visto? ¿En serio?

Héctor bufa, impaciente.

—¿Qué esperabas, encontrarte a mi madre y a mi hermana desnudas?

Me levanto, pero él se acerca para que no me aleje.

—Por favor. El póster. ¿Dónde lo conseguiste?

—Tengo como quince. Vas a tener que ser más concreto...

—El que está pintado. *Besos de tormenta* —dice, como si le costara pronunciar las palabras o recordar el título exacto. Pero acierta de pleno.

Es uno de mis favoritos, por no decir mi favorito. Ni siquiera sé si es de una película real porque, por mucho que he tratado de buscar información sobre ella todo este tiempo, no lo he logrado. Al final, he terminado dando por hecho que sería falso, pero lo tengo por lo bonito que es y el misterio que desprende.

—Lo compré hace años —le cuento, a la defensiva.

—¿Dónde?

—¿A qué viene este interrogatorio?

En un arrebato, se aleja dos pasos, pero luego vuelve otra vez hacia mí.

—Siento lo del otro día, ¿vale? Me pasé. Ya está... ¿Puedes ayudarme?

—¡Pues mira, no! —contesto, soltando una risotada por la nariz—. No está. Eres un borde y un interesado. Y no sé qué mosca te ha picado con ese cartel o si es una bromita tuya y de tu amigo Gorka, pero a mí dejadme en paz.

—Espera un momento... —me suplica Héctor, sujetándome del brazo. Pero Silas, en cuanto me toca, le empuja para atrás, tratando de protegerme.

—Te ha dicho que la dejes en paz.

—¡Eh! —exclama Héctor—. ¿Tú de qué vas?

Y le devuelve el empujón. Pero lo hace con un gesto de frustración y desespero en el rostro que poco tiene que ver con odio. Sin embargo, es solo un instante, y para cuando me doy cuenta, ya es tarde. En cuanto Silas recupera el equilibrio, se vuelve hacia Héctor y le lanza un derechazo a la mandíbula. Hasta yo grito, alarmada, al ver la sangre.

—¡Silas!

El otro, en cuanto comprueba que le sangra la nariz, se lanza a por mi amigo con la cabeza por delante, como si fuera un toro embravecido. Silas recibe el golpe de pleno en el estómago y gruñe al quedarse sin aire. La pelea continúa por el suelo del patio. Yo trato de detenerlos, pero de nada sirve que sujete el brazo de uno o la espalda del otro. De un empellón acabo en el suelo mientras la gente empieza a rodearlos y a jalear para que la pelea siga.

Hasta que no llega el profesor de Gimnasia no consiguen separarlos. Ambos resoplan, gruñen, intentan zafarse para seguir. Cuando llega la directora, la gente se disuelve como semillas de diente de león en pleno vendaval.

—¡Los dos, a mi despacho! —ordena, y entonces repara en mí—. Calipso, pero ¿qué...? Tú también estás sangrando. Acompáñanos. El resto, a clase.

Y como si lo hubiera programado, el timbre suena en ese momento. Justo entonces una gota de sangre se estrella sobre mi camiseta azul y advierto que me sangra el labio.

—Mierda —digo, consciente por primera vez de los móviles que ahora desaparecen en el interior de las mochilas y bolsillos de otros alumnos.

24

≡ **Inicio**

@Ali_Night938
¿Se estaban pegando por ella?

@CarlosFiggghter
Vigila, Gerard, que te la quitan, jajaja...

@Shabrina87
No digáis tonterías. Gerard y ella se aman. NO SÉ QUIÉN ES ESE TÍO, PERO QUE LES DEJE EN PAZ. #Gercali for ever!

Como había vaticinado, mis padres no están nada contentos cuando llego a casa. Es más, creo que están más preocupados por la oleada de tuits con mi foto adjunta y la pelea de los chicos que por el golpe de mi cara.

—¿Ha sido por ti? —Es lo primero que me pregunta mi madre.

—¡No! Ha sido porque Héctor, el nuevo, se ha puesto muy pesado y Silas ha querido defenderme. Ya está.

—No, ya está no; la gente está diciendo por Twitter que si se han pegado por ti, que si igual Gerard tendría que preocuparse... ¿Tendría que preocuparse?

Me dan ganas de responder que no porque ya no estamos juntos, pero me contengo. ¿Qué le pasa? ¿Por qué no es capaz de dejarlo correr y preocuparse por mi herida, como cualquier madre normal?

—¿Cali? —insiste.

—No. No tiene de qué preocuparse. Me voy a mi cuarto. Y, sí... —añado, a mitad de la escalera—, mi herida está mucho mejor, gracias por preguntar.

—¡Cali, no seas así...!

El portazo impide que escuche el resto de la frase. Me tiro en la cama boca arriba e inconscientemente mis ojos se desvían hacia el póster causante de todo. Lo colgué junto a una foto en blanco y negro de James Dean y otro cartel de *El crepúsculo de los dioses*. Me vuelve loca el cine clásico, lo reconozco, y quizá por eso me fascinó tanto el póster de *Besos de tormenta*.

Está pintado a mano, como los de los cines antiguos. En él aparecen dos figuras caminando bajo una lluvia tan intensa que, solo porque yo he querido creerlo así, pienso que se trata de un hombre y una mujer. No llevan paraguas, pero una figura abraza a la otra de tal forma que parece que no les importe el temporal. La tipografía del título es grande y llamativa, y en la parte superior aparecen los nombres de los que creo que son los dos actores: Blas Crespo y Ágata Buendía, que aparentemente también es la directora y la guionista. En su día busqué ambos nombres en internet, pero no encontré nada y los créditos al final del cartel eran ilegibles por culpa del deterioro.

Aquella película era un misterio, y me gustaba considerarme guardiana de aquel secreto. Por eso me había pillado tan desprevenida la pregunta de Héctor. ¿Qué le importaba a él nada que tuviera que ver con este cartel? Más aún, ¿por qué había estado viendo mis vídeos? Podía imaginarme a Gorka y a él desternillándose de risa delante del ordenador.

Con un gruñido, me doy la vuelta y entierro la cara en la almohada. A veces desearía poder borrar todos los vídeos del canal. Ahora lo sabrá todo sobre mí. O al menos creerá saberlo, como pasa siempre. Lo que en realidad me da igual, pero al mismo tiempo no. He tardado demasiado en darme cuenta de que salía más a cuenta mentir en algunos casos o dejarlo en el misterio. Nadie nos enseñó cómo iba esto y ahora haría algunas cosas diferentes.

Vuelvo a girarme para coger el móvil y contarle a Tesa todo lo ocurrido en un audio que, para cuando caigo en la cuenta, dura ya cuatro minutos. Ojalá ella también viniera a nuestro colegio. Aunque está Silas, pasamos tanto tiempo dentro de ese edificio que la necesidad de hablar con mi mejor amiga se vuelve más y más apremiante cuando ocurre algo. Tengo miedo de que por culpa de mis problemas con Gerard nos distanciemos sin quererlo y que el abismo se acabe volviendo infranqueable.

Como es de esperar, Tesa flipa con la historia y me responde con otro audio casi igual de largo en el que repite varias veces cómo es posible que no le hayan expulsado ya. Le explico su situación y que creo que la directora está teniendo más manga ancha con él por ello, pero que ha llamado a su educador delante de nosotros y Héctor se ha hundido en la silla del despacho como si tratara de desaparecer en el cuero, no sé si por vergüenza, por miedo, por arrepentimiento, o por todo junto.

Cuando se agota el tema de Héctor, me despido por el momento de Tesa y empiezo a hacer los trabajos que nos han mandado en clase. Pero no pasan ni diez minutos antes de que sienta la imperiosa necesidad de consultar la web del IPNA.

Me prometo que van a ser cinco minutos, pero para cuando me quiero dar cuenta llevo más de diez estudiando todos los campus que tiene repartidos por Europa, las instalaciones, el listado de profesores, algunos de los alumnos célebres que pasaron por sus aulas...

—Tengo que entrar —me descubro diciendo en voz alta—. Como sea.

Pero al momento el rostro de Héctor me viene a la cabeza y comprendo que sin la ayuda y el beneplácito de la directora, mis posibilidades van a reducirse considerablemente. Después de meditarlo unos minutos, decido llamar a Silas.

—Del uno al diez, ¿cuánto te la han liado tus padres por los tuits? —me pregunta cuando descuelga.

—Mil. ¿Y a ti?

—Ni se han enterado. Han firmado el parte como si fuera un permiso para ir a la granja escuela.

—¿Te duele mucho el ojo?

—Nada que no se pase cuando pienso en que probablemente hayan expulsado a ese capullo. Olvida lo que te dije en su momento: me parece un idiota descerebrado y un animal. No sé ni por qué lo metieron en nuestra clase.

—Ya, bueno... —comento, con cierta reticencia que no le pasa desapercibida.

—¿Cómo que «Ya, bueno»? ¿No estás de acuerdo o qué?

—Estoy de acuerdo en que es un flipado, pero creo que ambos habéis saltado muy rápido y que si tú no le hubieras empujado...

—¡Ah! ¿Que ahora es culpa mía?

—He dicho que es culpa de los dos. Sé que querías defenderme, pero no estaba en peligro.

—¡Ese tío es un idiota!

—Totalmente de acuerdo, pero por expulsarle no dejará de serlo.

—Con tenerlo lejos, me vale.

—Ya...

—En serio, Calimocho, esperaba un poco más de apoyo por tu parte. Vale que yo le di el primer empujón, pero ¡se estaba poniendo muy pesado contigo!

—Que sí, que pienso como tú...

—Pero quieres entrar en esa maldita escuela, ¿no?

—Pues mira, sí —concluyo, y cierro los ojos porque me da vergüenza admitirlo—. Y no sabes lo que me fastidia que dependa de él que lo consiga o no.

—¡No depende de él!

—En parte sí, Silas. Ya me lo advirtió la directora: todo suma.

—Pero ¡eso es extorsión! Podrías denunciar al colegio.

—¿Por tratar de motivarme para que integre a un chico nuevo en clase? Casi que no.

—Pues yo no pienso ser su amigo.

—¡Y yo no te lo estoy pidiendo!

Tras mi réplica, se hace el silencio. A continuación, le pregunto:

—¿Tú no tienes curiosidad por saber a qué venían sus preguntas sobre el póster?

—No, porque estoy seguro de que te estaba vacilando.

—Pero ¿y si no? ¿Y si sabe algo de la película?

Silas suelta una carcajada cargada de escepticismo.

—En serio, Calimocho, creo que el tío ha conseguido lo que quería: meterse en tu cabeza. Olvídalo...

—Si mañana no viene a clase, voy a ir a buscarle —resuelvo.

Me puedo imaginar perfectamente a mi amigo masajeándose los párpados para encontrar paciencia, pero ahora que lo he dicho en voz alta lo tengo claro: no me voy a quedar tranquila hasta que sepa la verdad.

—Iré contigo —concluye.

—Después de lo de hoy, prefiero ir sola.

—El tío te robó, se burló de ti y esta misma mañana casi me arranca un diente de un puñetazo. No creo que sea buena idea.

—Con suerte, seguro que Héctor aparece mañana en clase.

—Está bien ser positiva, Calimocho. Pero creo que ambos sabemos que no será así...

Y en efecto, como suele ser habitual, Silas acierta de pleno.

25

—¿Ya estás ahí? —pregunta Tesa desde el teléfono cuando llego a la residencia infantil. Estoy hablando con ella y con Silas en una llamada a tres.

—Aún estás a tiempo de marcharte —dice él.

Por respuesta, pulso el timbre de la puerta.

—Voy a colgaros. Os llamo cuando salga, ¿vale?

—Si no sabemos de ti en dos horas, me presento allí con la policía.

—Me parece justo —respondo, y les digo adiós.

Me he pasado el día entero recreando este momento, pero ahora mismo me parece surrealista que esté haciéndolo de verdad. De pronto no sé qué voy a decirle a Héctor. Me siento como una idiota por tratar de encontrar respuestas a una pregunta que, en el fondo, me da exactamente igual.

Es su educador, Pedro, quien me abre la puerta, y me sorprende no tener que presentarme porque me recuerda de la última vez.

—¡Cali! Qué sorpresa verte aquí. ¿A qué debemos esta inesperada visita? ¿Has... quedado con Héctor?

—No. Bueno, más o menos. ¿Está?

—Sí, en su cuarto. Acaba de volver de clase. ¿Cómo es que no habéis venido juntos en el bus?

Me quedo sin respuesta durante un segundo porque no entiendo a qué se refiere, pero enseguida improviso:

—Lo perdí. ¡Delante de mis narices! Así que he tenido que esperar al siguiente.

—Uf, qué rabia da eso —comenta él, apartándose para que pase. Cuando cierra la puerta, se asoma a la escalera y de un grito llama a Héctor—. ¡Está aquí Cali!

Escucho una puerta abrirse, los pasos en el pasillo de arriba y los peldaños de la escalera antes de ver aparecer a Héctor con cara de malhumor y un moretón en el pómulo. Pero en cuanto me ve, se queda lívido.

—¿Qué haces aquí?

—Pues... ¡que habíamos quedado, pero se te debió de olvidar y saliste corriendo! —respondo, y espero que me siga la corriente.

—Ah, ya...

—Anda que tú también... —le reprocha Pedro—. ¿Queréis tomar algo? Estaba preparando café.

—No —se apresura a responder Héctor por los dos—. Tenemos que preparar un trabajo para clase.

—Un café suena perfecto —le digo a Pedro, ignorando el gesto de Héctor.

—¡Pues ahora os lo subo!

En cuanto se da media vuelta y se dirige a la cocina, el chico frunce aún más el ceño y echa a andar escaleras arriba. Su habitación está igual que la última vez. Quizá con la mesa un poco más desordenada y con libros de clase abiertos por páginas que aún no hemos visto.

—No le habrás dicho nada a Pedro de lo de ayer, ¿verdad? —me pregunta en cuanto cierra la puerta.

—¿No lo sabe?

—Ni lo sabe, ni lo va a saber nunca. Gorka se hizo pasar por él cuando llamaron, así que no digas nada, por favor. ¿A qué has venido?

—A responder a la pregunta que me hiciste. Pero a cambio yo también quiero saber cosas.

Héctor se sienta en su cama y resopla.

—Pero a ver, ¿por qué no nos lo pones fácil a los dos? Me dices lo que quiero saber y no nos volvemos a ver.

—Ah, ¿y las clases?

—Supuestamente, ahora mismo estoy recuperándome de otro inesperado brote de gripe. —Para reforzar su mentira, finge un ataque de tos.

—Este es mi trato: no pienso decirte de dónde saqué el póster hasta que me respondas por qué quieres saberlo. Y si vas a mentirme, más te vale que inventes una mentira bien elaborada.

Recapacita durante unos segundos y al final dice:

—De acuerdo. Una pregunta cada uno. —No es su decisión lo que me preocupa, sino la sonrisa con la que me lo dice—. Pero empiezo yo.

—¡Sí, ya! Y en cuanto sepas de dónde saqué el póster se acabó el juego...

—Te prometo no preguntarte por eso al menos hasta mi tercer turno. ¿Trato hecho?

No sé por qué siento que nuestros papeles se han invertido y que he dejado de ser el gato para convertirme en el ratón. Pero al final, le tiendo la mano para aceptar. Por dentro me embarga el emocionante vértigo de dejarme guiar por la curiosidad, en lugar de por la razón.

—Primera pregunta: ¿por qué llorabas el día que me escuchaste tocar en el metro?

Cualquier cosa. Habría esperado que me preguntara cualquier cosa, excepto eso.

—No me acuerdo —digo. Aunque en realidad me acuerdo perfectamente. Fue por la letra, por la melodía, porque de pronto sentí que aquellas palabras definían mi alma como si estuvieran escritas en las arterias de mi corazón. Pero no puedo decirle eso porque sé que se reirá tanto y tan fuerte de mí que no merece la pena intentarlo—. Estaría cansada.

—Oye, te digo lo mismo que tú a mí: si vas a mentirme, al menos esfuérzate un poco.

—¿Por qué quieres saberlo?

—Pues porque es la primera vez que alguien llora con mi música y siento curiosidad.

—¿Y por eso me robaste?

—Ya estabas tardando en recordármelo... ¡Te lo devolví todo! Estamos en paz.

—Fue por la letra —termino confesando, solo para que me deje tranquila—. Y por la melodía. No sé, me llegó.

Se queda en silencio, esperando a que prosiga, pero prefiero no añadir nada más. Temo que si empiezo a hablar no pueda parar y le acabe contando la verdad sobre mi familia, Gerard y el mundo en el que vivo. Y hablarle de todo eso supondría quedar al descubierto, vulnerable.

—Por casualidad, ¿la habías escuchado antes? —pregunta.

Voy a decirle que no vale, que ahora me toca a mí preguntar, pero hay algo en su mirada que me hace responder.

—Nunca. ¿De quién es?

—Hasta hace nada, creí que era una canción de mi madre. Ahora... ahora creo que se trata de la canción de una película que nadie conoce.

Besos de tormenta, adivino sin necesidad de preguntar.

—El póster lo compré en El Rastro —digo, y Héctor me mira sorprendido—. Hay un señor que se coloca siempre en una esquina, cerca del metro, con una mesa y un montón de panfletos y carteles de películas. Me llamó la atención y lo compré. La verdad es que no sé de dónde lo sacó él, pero también he buscado respuestas durante mucho tiempo sin lograrlo. ¿Qué? No me gusta el juego. Prefiero que me cuentes lo que quieras sin esperar nada a cambio.

Héctor se incorpora y se levanta de la cama. Le brillan los ojos.

—¿Puedes llevarme? ¿Ahora?

—¿Al Rastro? Pues... no.

Su ilusión se desvanece y se vuelve con una palabrota.

—Solo se pone los domingos.

—¿Y no sabes dónde trabaja el hombre cuando no está allí?

—No. ¿Tanta prisa te corre? —inquiero.

—Pues sí. Y encima los fines de semana tengo que pasarlos enclaustrado.

—¿Por decisión propia o por castigo?

—¿Tú qué crees? Pedro pilló tus apuntes tirados por el pasillo y me he quedado sin sábados y domingos durante un mes.

En ese momento se abre la puerta. Es Pedro, precisamente, que trae una taza humeante que deja sobre el escritorio.

—¿Qué tal vais? —pregunta.

—Bien —contesto—. Estamos decidiendo qué rumbo darle al proyecto y le había propuesto a Héctor ir el domingo al museo para ver si nos inspirábamos, que tengo dos entradas.

El hombre chasquea la lengua.

—¿No podéis ir otro día, entre semana?

—Imposible, entre las clases y los deberes...

Pedro mira a Héctor con desconfianza, pero al volverse hacia mí le sonrío con toda mi inocencia y parece convencerse.

—Si no queda más remedio... —le dice al chico—. Pero te quiero de vuelta para la hora de la cena.

Cuando nos deja otra vez solos, Héctor se vuelve y me aplaude.

—Mira tú, la *youtuber*... Al final va a ser verdad que sirve de algo hacer tantos vídeos.

El comentario hace que me sonroje. ¿Cuántos ha visto? ¿Cuáles? En lugar de hacerle alguna de las preguntas, me limito a darle las gracias y a tomar un sorbo de café.

—Entonces ¿qué? ¿Tenemos una cita el domingo? —comenta él.

—Eso parece.

—Perfecto. Yo me encargo de las bebidas, tú trae la manta y la comida para el pícnic.

—¿De qué hablas?

—¿No sería así tu cita ideal? Tienes pinta de que sí.

Su broma hace que vuelva a ser consciente de cómo me ven los demás y me sonrojo.

—Me voy a ir —digo.

—¿Tan pronto? Pero si no hemos empezado el proyecto...

—Lo sé, pero no quiero que me contagies tu gripe —contesto, fingiendo un acceso de tos. Después me termino de un trago el resto del café.

Hay algo en Héctor que me aturde. Algo que no tiene que ver con sus palabrotas ni con lo rápido que se altera, sino con su mirada, el tono de su voz o su manera de moverse. Como una pantera alrededor de su comida.

Antes de salir del cuarto, me vuelvo y le digo:

—Sé que no es de mi incumbencia lo que hagas, pero creo que deberías volver a clase. No está tan mal como crees y aún estás a tiempo de ponerte al día. Yo... podría ayudarte.

—Ese no es mi sitio.

—¿Y cuál es tu sitio?

—Aún no lo sé. Pero desde luego no allí. Dudo que me puedan enseñar algo que me sirva en el futuro.

—Todos tenemos esa sensación el noventa por ciento del tiempo. Pero, por el diez por ciento restante, merece la pena. Piénsatelo.

—¿Para qué? Tampoco creo que haya alguien que quiera verme por allí. Pregúntale, si no, a tu amiguito.

—Silas es un tío genial —repongo a la defensiva—. Desde el primer día que te vio le pareciste alguien especial, auténtico. Luego te pusiste así de idiota conmigo y él me defendió.

—Lo que tú digas —replica él, pero creo advertir un cambio en su mirada resabida.

—Piénsatelo. No me pareces el típico que se rinde a la primera... Aunque igual estoy equivocada.

Dicho esto, cierro la puerta de su cuarto, me despido de Pedro y salgo del edificio. Cuando miro hacia su ventana, me lo encuentro apoyado en el alféizar, pero no me mira: ha cogido la guitarra y se prepara para tocar. Mientras me alejo por la calle, percibo a lo lejos los acordes de la canción que parece empeñada en unirnos, compás a compás.

Aún tarareo su melodía a la mañana siguiente cuando entro en clase y me encuentro a Héctor sentado en su pupitre, esperando como el alumno ejemplar que todos los que se han hecho cargo de él desearían que fuera.

26

Tres cosas descubro sobre Héctor esa semana.

La primera: que no es nada tonto, como pretende hacer creer a todo el mundo. Al contrario: es rápido, ágil y se le dan tan bien las matemáticas como la literatura.

La segunda, que le gusta estar solo y odia que lo vigilen o evalúen. Basta con que un profesor le llame a la pizarra para que responda a alguna pregunta para que, en el mejor de los casos, lo ignore, y en el peor, le suelte una respuesta fuera de lugar. Sin embargo, cuando no se da cuenta, le miro por encima del hombro y compruebo por sus apuntes que sabe perfectamente de lo que se está hablando y que, probablemente, haya terminado los ejercicios antes que el resto.

La tercera es que, cuando se siente cómodo, toda su agresividad y toda su apatía se esfuman y su risa y sus bromas pueden ser tan efectivas como sus mordaces comentarios. Pero evita mostrar su cara amable. Y yo finjo que no la he descubierto para no espantarlo.

En los descansos entre clases, desaparece. Después de la pelea con Silas, no me atrevo a invitarle a que se venga con nosotros y él tampoco pregunta. Entre ellos no se hablan, pero desde que le conté a Silas y a Tesa que, en mi opinión, no había nada que temer, han pactado una especie de tregua silenciosa conmigo como bandera blanca.

No menciona ni una sola vez el póster, El Rastro o la canción. Y aunque me muero por saber más sobre su historia, me contengo. Cada vez tengo más claro que no se ha inventado nada y que no trata de burlarse de mí. O eso quiero creer. Silas, por el contrario, sigue alerta, convencido de que en cualquier momento se demostrará que él tenía razón. Tesa, por suerte, está de mi lado y espera con la misma ansia que yo que llegue el próximo domingo para acompañarnos a El Rastro y saber más sobre la misteriosa película y su conexión con nuestro nuevo compañero de clase. Ni siquiera he tratado de disuadirla. Solo espero que a Héctor no le parezca mal que venga.

Por desgracia, el sábado Lukas me da la noticia de que el domingo, precisamente el domingo, han organizado una sesión de fotos para el maldito concurso de YouTube. Están promocionándolo en varias cadenas de televisión, en prensa y en radio, y quieren declaraciones de los hijos de las familias finalistas en esta categoría. Eso significa que mis padres tendrán que quedarse en casa mientras Néfer y yo posamos y respondemos a las preguntas de los medios y tratamos de ganarnos el favor del público para que, llegado el momento, nos voten aunque no hayan visto un solo vídeo nuestro. De locos.

No sirve de nada escabullirme y solo me queda esperar que no se alargue demasiado el asunto. Mis padres están emocionados. Saben que uno de sus ases principales en la competición somos nosotras, sobre todo Néfer. Así que el domingo, antes de salir de casa, Lukas y mi madre se encierran con ella media hora para darle algunos consejos sobre cómo responder o qué decir. Conmigo han bastado cinco minutos, y lo único que me ha quedado claro es que debería ponerme otro vestido más favorecedor y que tengo que tratar de no morderme las uñas mientras me están entrevistando.

Mi padre es el único que me ha dado un beso y me ha deseado suerte antes de montar en el taxi que la productora nos ha enviado.

De camino al plató, le escribo varios mensajes a Tesa desde el móvil. Le prometo que en cuanto acabe, le escribiré para vernos e ir a El Rastro. Sin embargo, no tengo modo de comunicarme con Héctor y solo me queda esperar que haga gala de la paciencia que creo que no tiene.

En la puerta de la productora nos espera una mujer de lo más sonriente que nos acompaña al interior del edificio y a través de un laberinto de pasillos de hormigón. Al final llegamos a un inmenso hangar que me hace sentir diminuta. Reconozco los decorados de alguna de las series del momento, aunque el lugar que ahora mismo está iluminado y bullendo de actividad se encuentra apartado de lo demás.

Han cubierto el suelo con una alfombra grisácea y hay gente yendo y viniendo de un lado a otro con focos, maletines de maquillaje y cámaras. En cuanto nos ven llegar, se nos acercan un chico y una chica trajeados que se presentan como el equipo de comunicación de los premios. Ella se llama Clara y él, Borja. Me dan buena espina desde el primer momento y enseguida se deshacen en agradecimientos por que hayamos encontrado tiempo un fin de semana para esto. Como si nos hubiera quedado más remedio...

—Sois las siguientes. ¿Decidme si no son una monada? —nos pregunta él.

Se refiere a la camada de gatos fold escoceses que varias personas tratan de fotografiar entre bolas de lana y columpios para felinos. Una competencia, en mi opinión, imposible de superar. ¿Alguien en su sano juicio nos votaría a nosotras antes que a esas bolitas de pelo?

—En cuanto terminemos con ellos, pasáis vosotras a haceros las fotos —añade Clara, revisando el documento que lleva en su carpeta—. Os han dicho que después hay una brevísima rueda de prensa, ¿no?

—No nos llevará mucho tiempo, ¿verdad? —pregunto, y Néfer me mira con desaprobación mientras se ahueca el pelazo rubio.

—En menos de una hora estaréis de vuelta. ¿Queréis tomar algo mientras esperamos?

La acompañamos a una esquina del plató en el que han colocado varios sillones y una mesa con bebidas y un sencillo cáterin de sándwiches. Elijo una botella de agua y, cuando alargo la mano para coger un sándwich de queso, mi hermana me da un suave manotazo y me dice con la cabeza que ni se me ocurra.

—Tengo hambre —le digo en voz baja.

—Pues te esperas. Aquí hay mucha gente, muchos ojos y mucha competencia.

—¿Y qué van a hacer? ¿Juzgarme por comer un canapé? —mascullo, pero ella ni me escucha. Se ha puesto a leer una revista que había sobre la mesa de cristal y ha dado por concluida la discusión.

Parece tan entretenida que decido imitarla y ponerme a leer otra yo, pero justo en ese instante levanto la mirada y, para mi sorpresa, descubro a Andrei, que entra en el hangar con más gente. Extrañada, me pongo de pie a toda prisa para saludarle. Pero mi hermana se da cuenta y me detiene sujetándome por el brazo para que me siente otra vez.

—¿Adónde te crees que vas?

—Le conozco. Voy a saludarlo —contesto, y señalo a Andrei—. Hemos coincidido varias veces en...

—Cali, no puedes confraternizar con el enemigo. Y mucho menos aquí.

—¿De qué hablas?

—Esos de ahí son los hijos de los Del Valle y están aquí por la misma razón que nosotros. —Mi cara lo dice todo—. ¿De verdad que no lo sabías? Tu amiguito es el mayor de los hermanos, campeona.

La revelación me deja desconcertada. No tanto porque haya tenido que venir Néfer a abrirme los ojos, ni tampoco por sus formas, a las que ya estoy más que acostumbrada, sino por el miedo repentino a que Andrei lo supiera desde la primera vez que nos encontramos en el parque.

27

He oído que a veces utilizamos la sonrisa para mostrar los dientes como método de intimidación ante situaciones de peligro. Como los animales, por puro instinto. La teoría también se aplica a momentos incómodos en los que nos sentimos amenazados por los que nos rodean. De ahí que, cuando me acerco a Andrei y a sus hermanos, mis dientes están a punto de empezar a chirriar. Néfer viene detrás. No está dispuesta a dejar que meta la pata.

A unos pasos de llegar, Andrei se da la vuelta y me ve. Y su sonrisa tranquila me convence de que él sí sabía que yo estaría allí; de que somos contrincantes e incluso de que nuestros padres no se soportan.

—¡Hola, Cali! —dice, acercándose para saludarme. Cuando nos separamos, tengo que acordarme de contestar para no parecer una maleducada.

—Esta es mi hermana —añado—. Néfer.

—Nefertiti —me corrige ella, dejándole claro con su mirada que no es como yo y que más le vale tener cuidado.

—Encantado. ¡Gero, Lin, venid un momento!

Los dos niños que se acercan corriendo se colocan cada uno a su lado y nos sonríen. Él tiene la piel tan oscura como blanca la tiene la niña oriental. Los dos son guapísimos y parecen emocionados por lo que están viviendo.

—Hola, soy Cali —me presento, agachándome para estrecharles

suavemente la mano. La niña, vergonzosa, se esconde detrás de Andrei y yo vuelvo a recordar que debería estar enfadada.

En ese momento, se nos acercan Borja y Clara, los jefes de comunicación, para indicarnos que han terminado con los gatos y que es nuestro turno.

—¿Nos tomamos algo después? —sugiere Andrei, pero mi hermana ya me está arrastrando hacia el plató.

—Tenemos que irnos —contesta Néfer por mí.

—En otro momento —logro decir sin dejar de caminar, y me gano un tirón fuerte por parte de mi hermana.

—¡Suerte! —añade él.

—Eso para quien la necesite —masculla Néfer, antes de soltarme y comprobar que va perfecta.

La sesión de fotos dura apenas quince minutos, pero a mí se me hace eterna. Primero las dos juntas, comportándonos como las buenas hermanas que no somos, fingiendo que nos llevamos genial, que lo compartimos todo, que no nos peleamos.

Por supuesto, yo soy la que más indicaciones recibe después de cada flashazo. ¡Sonríe más! ¡No tanto! ¿Te duele algo? ¡Deja que tu hermana se ponga delante de ti y tú abrázala por detrás! Termino agotada y roja, y estoy segura de que en el resultado final la gente se dará cuenta de que estamos fingiendo y de que no existe la más mínima complicidad entre nosotras ni cuando estamos pegadas. La última parte es la de las fotos personales. De frente, de perfil, primeros planos, etcétera. De nuevo Néfer, mucho más acostumbrada que yo a este tipo de cosas, acaba en un par de minutos, mientras que conmigo se entretienen otros diez más.

—¿Estáis listas? —nos pregunta Borja cuando hemos acabado. Creo que estoy sudando, pero no me atrevo a mirar si tengo marcas en las axilas—. La prensa está fuera esperándoos. ¿Queréis descansar unos minutos? ¿Una botella de agua?

—Estamos bien —responde Néfer por las dos, y yo me guardo

las ganas de salir corriendo y de ir a buscar a Andrei para pedirle explicaciones.

Salimos del hangar de los platós por otra puerta diferente y atravesamos un pasillo de hormigón hasta el vestíbulo principal del edificio. Lo han decorado todo con elementos del concurso y han puesto un panel de *photocall* en una de las paredes con los logos de todas las empresas participantes. Hay al menos una veintena de periodistas con micrófonos, grabadoras y cámaras que se ponen en alerta como suricatas cuando nos ven llegar. Borja nos indica dónde colocarnos y empiezan a acribillarnos a preguntas.

Me siento como en un partido de tenis. Mi hermana responde con agilidad y firmeza. Una, otra, otra más. Sin dejar de sonreír, sin darles cancha a los entrevistadores. Cuando no le gusta una pregunta, responde otra cosa que pueda beneficiar a nuestra familia durante el concurso.

—Sí, la verdad es que para nosotros sería una gran oportunidad —declara—. Sobre todo porque queremos demostrar que todas las familias pueden lograr cualquier cosa si sus miembros se mantienen unidos.

Juega sola y yo soy la encargada de recoger las pelotas que se pierden por la cancha o golpean la red. Y todo el mundo sabe que no hay manera digna de hacer eso.

—Cali —dice una periodista con pestañas postizas y una grabadora de mano—, Gerard Silva también está nominado para optar al premio al mejor canal de entretenimiento. ¿Cómo ha afectado eso a vuestra relación?

Daba por hecho que mencionarían la otra candidatura, pero no que me preguntarían algo así. Mi hermana me da un suave codazo para que reaccione.

—Pues mal. O sea, bien. Bueno, que no ha cambiado nada. Seguimos siendo los mismos y... perdona, ¿cuál era la pregunta?

La mujer me sonríe y me plantea:

—Tu hermana es una popular *it-girl*. ¿Cómo te definirías a ti misma? ¿Qué te hace única y especial como a ella?

—Yo... A mí... —Me quedo en blanco. Siento una nube gris cubriendo el interior de mi cráneo y tragándose todas mis ideas y soy incapaz de dar una respuesta—. Pues...

—Cali es como el pegamento que nos mantiene unidos —interviene mi hermana de pronto—. La verdad es que no sé qué haríamos sin mi hermana pequeña. —Y para rematar la respuesta, me da un beso en el pelo y sonríe a la periodista.

Un par de preguntas después, se da por concluida la rueda de prensa y nos acompañan al coche. No vuelvo a ver a Andrei, y en el fondo pienso que es mejor así. Antes de despedirse, Borja me llama aparte.

—Queremos contar contigo y con Gerard para que grabéis uno de vuestros vídeos en nuestro plató. Escribiré a Lukas con todos los detalles, solo quería avanzártelo.

Se despide de nosotros y golpea con los nudillos la ventanilla del coche para que arranque. Mientras reviso las últimas publicaciones de Harlempic y voy dejando mensajes en ellas, pienso que, ahora que sé la verdad, es mejor que mantenga las distancias con el hijo de los Del Valle. Estoy segura de que cuando mi hermana le cuente a mi madre que he hablado con él un par de veces me va a caer una buena. Le doy las gracias por echarme una mano con la periodista, pero me ahorro preguntarle si de verdad piensa lo que ha dicho, porque prefiero creer que sí y que no ha sido simplemente lo primero que se le ha venido a la cabeza.

—La próxima vez estate un poquito preparada para esas preguntas, que pareces nueva —me espeta, sin dejar de mirar las notificaciones de su móvil.

Prefiero no responderle porque sé que podemos acabar bastante mal. Néfer tiene corazón y en el fondo es buena gente, pero a veces se le olvida que no basta con demostrarlo solo delante de la cámara.

El coche nos deja en la puerta de casa y las dos le damos las gracias al chófer. Salgo tras firmar el comprobante, pero me choco de frente con Néfer, que está parada en mitad de la acera. Cuando voy a preguntarle por qué no se mueve, levanto la mirada y me encuentro con Héctor.

—¡Por fin! —dice, y sonríe—. Creí que me estabas evitando.

28

Néfer me da la mano y tira de mí.

—¿Vamos, Cali? —dice, y de pronto veo a Héctor con los ojos de mi hermana.

Y me doy cuenta de los manchurrones en su camiseta y de que tiene los bajos del pantalón destrozados y de que las zapatillas que una vez fueron blancas ahora son grises y de que los cordones han perdido sus herretes y se están deshilachando.

Me fijo en su olor, que no es molesto, pero sí intenso. Y en que no lleva ningún tipo de colonia. Y en que está demasiado despeinado. Y todos estos detalles son más evidentes en este escenario, en este barrio, con las casas demasiado limpias y los cristales demasiado brillantes y los coches demasiado caros. Y entiendo por qué mi hermana está de pronto preocupada por mí.

—Es un amigo —le explico—. Héctor, esta es mi hermana Néfer.

—Titi. Nefertiti —aclara de nuevo ella.

—¿Néfer o Titi? —bromea él, y yo a duras penas contengo una risita—. Desde luego, vuestros padres no tuvieron piedad con vosotras, ¿eh?

—Si nos disculpas, tenemos cosas que hacer en casa —contesta ella, esgrimiendo una sonrisa tan fría como su mirada, y vuelve a tirar de mi brazo. Pero esta vez me aparto de ella.

—Ve entrando tú —le indico, y trato de tranquilizarla con una mirada. Pero ella duda unos segundos antes de dirigirse a la puerta principal. Cuando vemos que se mete dentro, me vuelvo hacia Héctor.

—Lo siento. Me pusieron una cosa ayer y no pude avisarte...

—No importa. Habría esperado en la escalera hasta que llegaras, aunque hubiera tenido que dormir aquí. Tampoco tengo nada mejor en lo que ocupar mi tiempo.

Me quedo en silencio, mirándolo y valorando su respuesta.

—Nunca sé si estás diciendo la verdad o si te estás burlando de mí...

—Es parte de mi encanto.

Desvío la mirada hacia mi casa y de nuevo hacia él.

—¿Cómo sabes dónde vivo?

—Lo ponía en tu carnet de identidad. Soy bueno memorizando datos —contesta, encogiéndose de hombros—. Bueno, ¿qué?, ¿nos vamos?

Una vez más, me giro para comprobar si hay alguien en las ventanas. Y una vez más, la curiosidad me recorre el cuerpo.

—Déjame que avise a mi hermana. Ahora vuelvo.

Entro y subo la escalera, pero antes de llegar al segundo piso, Néfer se asoma a la barandilla.

—¿Quieres que llame a la policía?

—¿Qué? ¡No! —respondo.

—Entonces ¿quién era ese tío tan raro y qué quería?

—Es un... amigo de clase, y me voy a tomar algo con él y con Tesa.

—Ni de coña. Me da mala espina. Pero ¿tú le has visto?

Luego me extraño de que escuche la voz de mi hermana cuando me habla la conciencia...

—Creo que sé perfectamente lo que hago, Néfer.

—Exacto: lo crees. Pero normalmente fallas.

—Bueno, mira, ya está. Con una madre y un padre tengo suficiente. Por cierto, ¿dónde están?

—Se han ido a comprar. Y pienso decirles que te has largado con un... ¡con un mendigo!

Sé que la mayoría de las cosas que dice y que hace son porque me quiere, pero a veces no lo parece. Como cuando le contó a mi madre que había empezado a salir con Gerard y que deberían invitarle a cenar para conocerle y yo solo quería que la tierra me tragase. Por eso prefiero callarme, darme la vuelta y volver por donde he venido. Para no *agradecerle* su opinión y sus consejos.

—¡Cali, al menos dime dónde vais a estar! ¡Cali!

Por respuesta, doy un portazo y echo a andar, seguida de Héctor.

—Tu hermana parece dura de roer. ¿Tiene novio?

—Más vale que no sigas por ahí si no quieres que me dé la vuelta y te quedes sin respuestas —digo esto con los ojos en el teléfono, mientras aviso a Tesa de que ya salimos para allá.

—¿Y tú? ¿Le estás escribiendo? ¿Ya habéis resuelto lo vuestro? —pregunta Héctor, y yo me vuelvo hacia él, asustada porque haya podido filtrarse algo en las redes. Pero entonces recuerdo que el muy idiota probablemente leyó alguno de los mensajes de Tesa cuando me robó el bolso.

—No, a una amiga que también quería venir a El Rastro.

—¿Tesa?

—Sí, Tesa —respondo con frialdad—. Cotilla...

—Primero me presentas a tu hermana, ahora a tu amiga... Esto está yendo demasiado deprisa y no sé si estoy preparado —añade con una sonrisa—. En serio, pensé que estaríamos solos.

—Y que iríamos de pícnic, ya lo sé. Pero si voy a El Rastro sin Tesa, me mata.

Después, entramos en el metro y viajamos sin apenas hablar. De vez en cuando, de soslayo, le miro, pero él mantiene la vista clavada en el suelo y los pensamientos muy, muy lejos. ¿Cómo puede ser que una canción de una madre a su hijo se convierta en el tema de una película? Cuanto más pienso en ello, menos sentido tiene todo y más siento que estoy perdiendo el tiempo. Que estoy malgastando mis ilusiones... ¿de qué? ¿De que haya una buena historia detrás de todo esto?

Tesa nos espera junto a la salida del metro y me da un abrazo de los que espantan todo lo malo. Después se vuelve hacia Héctor, se quita las gafas de sol y le saluda con la mano. Él hace lo propio, pero sin prestarle demasiada atención. Sus ojos saltan de un puesto a otro de los que nos rodean, como si tratara de averiguar cuál de todos vende las respuestas a sus preguntas.

—Bueno, ¿qué? —dice ella, colgándose de mi brazo—. ¿Damos un paseo antes o vamos directamente a descubrir la verdad sobre el póster y tu misteriosa canción?

Pellizco a Tesa para que se calle, pero lo hago demasiado tarde y Héctor se vuelve hacia mí con los ojos llameando.

—¿Se lo has contado?

—Tesa estaba el día que compré el póster y es mi mejor amiga —le explico.

—¿Quién te ha dado permiso para que le cuentes a nadie mi vida? ¿Qué soy? ¿Tu buena acción del mes? ¿Vas a hacer un vídeo de todo esto y a hacerte más famosa a mi costa?

Su reacción me pilla tan desprevenida que me cuesta responder. Pero no a Tesa, que me aparta del medio para ponerse a su lado blandiendo su móvil como si fuera un pequeño puñal.

—Eh, eh, a ver si nos relajamos un poquito, que ya conocemos tu historial y no queremos una escenita aquí en medio. No se lo ha contado a nadie, ¿vale? Solo a mí y a Silas, porque somos sus mejores amigos. Así que no te pongas borde, que nos largamos y te quedas sin puesto, sin póster y sin nada.

Por cómo Héctor aprieta los labios, parece que es la primera vez que alguien, y nada menos que una chica, se le encara de esta manera.

—Héctor, te dije que te echaría una mano —añado, para tratar de calmarle—. Y Tesa es de fiar. No tengo intención de hacer ningún vídeo, pero aunque no te lo creas, yo también tengo curiosidad por conocer la historia del póster que tengo en mi habitación desde hace un año.

—¿Y por qué no has venido antes por tu cuenta? —replica él.

—¡Pues porque no pensaba que mereciera la pena el esfuerzo! —confieso.

—¿Y ahora sí?

Asiento.

—Pero tienes razón. Esta es tu historia, no la mía. Te diré cuál es el puesto y nos iremos.

—¡Cali! —exclama Tesa, pero no espero a que me diga nada más.

Echo a andar y me pierdo entre la gente hasta llegar cerca del tenderete del anciano. Unos instantes después aparecen a mi lado Héctor y Tesa.

—Es ese de ahí. Suerte —digo, y emprendo el camino de vuelta agarrando a mi amiga del brazo para que no se quede rezagada.

Una parte de mí espera que Héctor venga a buscarme y me pida que me quede. Pero, por supuesto, eso no pasa y para cuando quiero darme cuenta ya hemos salido de El Rastro y hemos entrado en el metro.

—¿De qué ha ido todo eso? —pregunta Tesa, echando un vistazo hacia atrás—. ¡Ni siquiera me has dejado mirar nada!

—Lo siento... De pronto me he parecido demasiado a mi madre y me he dado miedo. Estaba haciendo todo esto solo por el morbo.

—¡No es solo por morbo! Tienes curiosidad. Tú misma lo has dicho. Es normal que quieras saber. Y yo no estoy de acuerdo en que esto sea solo cosa suya. Dejó de serlo cuando compraste ese dichoso póster y él lo vio en tus vídeos. Pero no seré yo quien insista. De las dos, tú eres la más cabal. Ahora, en algo tengo que darle la razón: sería una historia que yo querría conocer.

—¡Tesa, no voy a hacer un vídeo de ello!

—¿Y quién ha hablado de un vídeo? ¿No tienes que presentar un texto para el programa ese al que quieres apuntarte? Pues aquí tienes el tema. ¡Y ya no insisto más! —Me pasa el brazo por encima de los hombros y me da un beso en la mejilla—. Ahora decide dónde vas a invitarme a comer, porque me muero de hambre y me lo debes.

29

Esa noche tengo pesadillas. Apenas recuerdo los detalles, solo la sensación de abandono y de gritar a pleno pulmón sin que nadie me escuche; de ser invisible para el mundo entero. Y de fondo, la guitarra de Héctor con su canción como una marcha fúnebre que me acompaña hasta que suena el despertador. Libre del sueño, respiro aliviada.

Mientras desayuno, mi madre me propone grabar un vídeo esta semana para el canal.

—Hace mucho que no te ven por allí, Cali.

—Siempre pasa cuando empieza el curso, mamá... —le digo.

—Lo sé, lo sé. Por eso no he insistido, pero seguro que puedes buscar un hueco para hablar con tu hermana y conmigo sobre relaciones de pareja.

El zumo de naranja se me atraganta y tengo que ponerme la servilleta delante de la boca para no empapar toda la mesa.

—¿Qué? Es un tema que a la gente le interesa y del que podéis hablar las dos desde vuestra experiencia.

—Pero si Néfer hace un año que no tiene novio.

—Exacto. Así tendremos diferentes puntos de vista.

Me ahorro preguntarle si ella dará el de las historias que no acaban bien y que, aun así, merece la pena mantener por las apariencias, y me dirijo a clase.

Es verdad que en las redes no dejan de preguntarme cuándo grabaré, pero las últimas semanas, con todo lo de Gerard y Héctor, lo último que quiero es exponerme más. Y hablar de amor es exponerme. De hecho, desearía poder borrar todos los vídeos en los que salgo.

Me avergüenza reconocer que por primera vez quiero ser yo quien cuente mi historia, olvidar detalles, escoger en cuáles hacer más hincapié, ser un misterio. Creo que eso es lo que más me fascina de Héctor: que nadie sepa de él más que lo que quiere contar, y que respete cada detalle de su vida como si fuera un tesoro que compartir solo con unos pocos elegidos. Que nadie pueda dar nada por sentado.

—Los saca de un cine.

La voz de Héctor a mi espalda al bajar del autobús me pilla tan desprevenida que doy un saltito de lo más ridículo, pero él ni lo advierte. Se coloca a mi lado, con las manos agarrando las correas de su mochila.

—Buenos días a ti también. ¿De qué hablas? —replico.

—¡Del póster! Los cines Nostalgia, ¿te suenan?

El nombre me envía de golpe a mi infancia como un fantasma porque, hasta donde yo sé, fueron los primeros que abrieron en la ciudad y también de los primeros que cerraron. Yo nunca llegué a conocer de ellos más que las historias que mis padres me contaban sobre las películas que habían visto allí antes de que yo naciera o sobre lo elegantes que eran.

—¿No los cerraron? —pregunto.

—A cal y canto —confirma mientras entra en el edificio detrás de mí—. Y parece que no ha entrado nadie como en veinte años. Pero de ahí es de donde ha sacado el señor del puesto, Abel, todos los pósteres, programas y postales de cine.

Me halaga que me lo esté contando, pero al mismo tiempo me siento confusa porque no sé por qué lo está haciendo.

—Héctor, ayer te dije que...

—Sé lo que me dijiste, pero lo he estado pensando y me gustaría que me acompañaras.

Dejo de caminar parar mirarle y comprobar si se está burlando de mí.

—¿No has ido ya tú?

Me esquiva la mirada y la pierde en el pasillo repleto de alumnos que corren a sus aulas.

—Me quedé en la puerta hasta que se hizo de noche, pero no entré.

—¿Porque estaba tapiado?

—Porque no... quise. —La duda en su voz me hace pensar que en realidad no se atrevió, y mi curiosidad aumenta exponencialmente. ¡Maldita sea, Cali!

—¿Y quieres que nos colemos?

—A no ser que tú tengas las llaves...

Medito unos instantes los peligros que entraña el plan, hasta que me recuerdo las ganas que tenía de saber.

—De acuerdo —accedo—. ¿Esta tarde?

—Vale. Pero me gustaría que fuéramos solos.

—¿Adónde? —pregunta una voz a mis espaldas. Silas me da un abrazo por detrás y me planta un beso en la mejilla—. ¿Estáis haciendo planes sin mí?

—Hablamos luego —dice Héctor, y se marcha por el pasillo sin tan siquiera mirar a Silas.

—¿Y ahora qué he hecho? ¿Ves cómo está tarado?

Yo bufo y pongo los ojos en blanco.

—Te lo cuento de camino a clase.

No espero que lo entienda ni que lo apruebe. De hecho, ni yo misma soy capaz de hacerlo.

—Está empezando a confiar en mí —concluyo, y él se limita a pasarme un brazo por encima de los hombros y a estrecharme con fuerza.

—No sé qué le haré como te haga daño, Calimocho. Pero también debo confesar que nunca te había visto tan segura de algo. Y me encanta que ese algo sea una locura sin pies ni cabeza.

Sea un comentario insidioso o no, prefiero creer que es un cumplido y eso me da la fuerza suficiente para soportar el resto del día con los nervios a flor de piel. Cuando toca el timbre de final de clases, me tiemblan las piernas. Me despido de Silas, y él me pide que le escriba cuando vuelva a casa o si pasa algo. Le prometo que así lo haré y me dirijo a la parada de metro más cercana con Héctor, que no pronuncia palabra hasta que llegamos al andén.

—Todo es por la canción.

El vagón de metro en el que nos hemos montado va casi vacío. En el extremo opuesto al nuestro hay una madre con sus dos hijos. Los niños tratan de mantener el equilibrio mientras el tren va dando suaves bandazos de un lado a otro y ella les pide que se sienten, pero en realidad se están riendo los tres. Trato de recordar cuándo fue la última vez que mis padres y yo fuimos así de espontáneos los unos con los otros. Frente a mí, Héctor enrolla y desenrolla un hilo suelto de su camiseta mientras habla. Es la primera vez que no me mira a los ojos mientras me cuenta algo y yo me inclino para escucharle mejor.

—¿Sabes esas historias en las que dejan a un bebé a las puertas de un orfanato dentro de una cesta de mimbre? Pues la mía es una de ellas.

—Aunque sonríe con los labios, hay una tristeza abismal reflejada en sus pupilas—. Solo que en mi caso no era una cesta donde me encontraron, sino una sillita de niños para el coche. Y entre las mantas que me envolvían había una cinta de casete. Escrito a mano ponía: *Besos de tormenta*, y solo contenía una canción. La escuché por primera vez a los seis años, en la casa de la primera familia que me acogió.

—¿En cuántos lugares has vivido? —pregunto. Y me duele ver que tiene que hacer el cálculo.

—Tres familias y la residencia, aparte del orfanato hasta los tres años. Era un recién nacido cuando me abandonaron.

—¿Y no sabes nada de tus padres?

—Nada, excepto que me dejaron esa canción —responde él, resignado, cuando el metro llega a la estación más cercana al cine—. Pedro es lo más parecido que he tenido a una familia, si te soy sincero. El resto fueron pruebas que salieron mal por diferentes razones. Y cada vez que me devolvían como si fuera un electrodoméstico defectuoso, él estaba en la residencia. Hay más educadores, pero con él era con el único que me atrevía a hablar y quien se ha hecho cargo de mí realmente... Es un buen tío.

Nos apeamos en silencio, pero mi cabeza bulle con preguntas mientras salimos al barrio de Chamberí. Aquí solían traernos nuestros padres a mi hermana y a mí los fines de semana cuando éramos pequeñas para tomar helados, pasear, ver tiendas... Con el tiempo, fueron cerrando la mayoría de los locales y las calles se llenaron de franquicias. Mientras caminamos, mi mente rellena los huecos de las fachadas que se han desconchado, pinta los letreros descoloridos y añade las melodías y las risas que parecían no apagarse en esas calles.

Los bares y cafeterías me resultan fríos, artificiales, y las luces de los establecimientos le quitan todo el encanto a las antiguas fachadas. Pasamos por delante de varias salas de cine cerradas, con carteleras en blanco o suspendidas en el tiempo con las últimas películas que se proyectaron allí. Las luces de las farolas, recién encendidas, solo sirven para evidenciar aún más la soledad de esos lugares mientras camino sobre mis recuerdos.

—El otro día, en la galería, te mentí —dice Héctor—. En realidad, no canto en el metro para ganar dinero. Pedro nos da una paga al mes y con algún que otro curro esporádico que me sale como el de camarero tengo suficiente para tirar.

—¿Entonces?

—Me aprendí la canción de memoria para poder tocarla en cualquier parte y esperar a que alguien la reconociera y me diera una pista sobre dónde empezar a buscar respuestas.

—¿Y alguna vez ocurrió?

Él sonríe de lado.

—Una. Contigo. Justo cuando empezaba a pensar que era inútil.

El recuerdo de esa mañana y de la manera en la que me robó el bolso me enerva una vez más, y tengo que controlarme para no volver a echárselo en cara.

—La verdad es que nos habríamos conocido de todos modos un rato después en el colegio.

—Sí, pero probablemente la cosa habría sido diferente. Y no sé si habría llegado a ver tus vídeos ni a descubrir el póster.

—Supongo que nunca lo sabremos.

—No soy mucho de creer en el destino. Pero cuanto más pienso en ello, más creo que no fue cosa de la casualidad.

—Tesa lo llama la causalidad de la casualidad —comento—. Es cuando parece que el mundo se pone de acuerdo para que todo encaje, pero camuflado en forma de azar.

Héctor sonríe, como si le gustara la idea. Seguimos caminando en silencio. Me es imposible saber en qué está pensando ahora mismo, pero a mí me siguen asaltando un millón de dudas que temo hacerle y que se asuste. Aun así, no puedo contenerme y digo:

—Lo que no entiendo es por qué te... abandonaron con esa cinta. ¿Te has planteado que igual no tiene nada que ver contigo?

—Tiene que ver —responde, y lo hace con una seguridad que no me atrevo a rebatir—. La encontraron entre las mantas, atada a mi tobillo con un trozo de seda. Si no hubieran querido que supiera nada de ellos, no me habrían dejado ni una mísera nota. Querían que los buscara y que encontrara respuestas. Estoy convencido de que fue su manera de decirme que lo habían hecho por una razón. Creo que querían que los perdonase..., pero para eso necesito saber. Y ahora, por fin...

No termina la frase, pero tampoco hace falta. A mí también me da miedo que lo haga y, de algún modo, lo gafe todo. Porque igual el cine está vacío. Igual solo es polvo y recuerdos que nada tienen que ver con su pasado. Igual Héctor está tratando de creerse una historia que no existe y que yo también deseo que sea verdad.

—Nostalgia —dice en un susurro, leyendo las letras sobre la entrada principal del enorme edificio de enfrente—. Hemos llegado.

30

Se alza sobre los edificios de alrededor como una tarta de boda echada a perder. Una vez fue de color vainilla, con los alféizares de las ventanas y los detalles de la fachada en crema. Pero el tiempo y el humo de los coches, advierto, lo han tiznado de negro, más evidente en algunos rincones que en otros. Sobre la puerta principal, de madera gris descascarillada, hay ocho ventanas alargadas del mismo color. Las cuatro del primer piso dan a un pequeño balcón y, arriba del todo, en la última planta, hay una claraboya que de pequeña me recordaba al ojo de Polifemo, el cíclope de una versión animada de *La Odisea*. Ahora todas las entradas están tapiadas con maderas y clavos que duele mirar porque parece que lo estén ahogando.

Hace esquina, y en la calle perpendicular a Fuencarral hay cuatro puertas más del edificio, igual de bien selladas. Pero allí el deterioro es más evidente y los grafitis que decoran la pared son como heridas que nadie se ha molestado en limpiar. Me es imposible mirarlo y no suspirar. Trato de superponer lo que veo con lo que recuerdo, y hago un esfuerzo por ver más allá de la evidente decadencia. Ahora me doy cuenta de que su nombre en letras grandes sobre la puerta principal era un presagio.

Lo que más me aturde es que lo hubiera borrado de mi memoria hasta que Héctor me lo mencionó. La última vez que estuve aquí fue hace casi diez años. Ahora, delante de este viejo cine, me invade la culpa. Como si aquel barrio fuera un amigo al que hubiéramos abandonado.

Héctor comprueba que estamos solos en la calle, y entonces nos acercamos a una de las puertas tapiadas del costado. Con el pie, golpea un tablón y descubre que está suelto. Que, de hecho, se sostiene porque está apoyado en otros en las mismas condiciones, y que no hay ni candado ni cerradura que sujete la puerta. Basta con empujar un poco y pasar por debajo de las maderas más altas para penetrar en el edificio.

—Tú primero —dice, sujetando las maderas para que yo pase.

Dentro, el silencio es tan evidente que casi puedo oírlo. Con el frío que empieza a hacer fuera, agradezco el calor que me envuelve de pronto mientras camino por el vestíbulo. Aunque trato de no hacer ruido, nuestras pisadas resultan demasiado evidentes sobre la moqueta roja y levantada que cubre el suelo. Es obvio que hace años desde la última vez que las grandes lámparas de araña y los farolillos se encendieron. La única luz que ilumina los pasillos es la que se filtra por los papeles que cubren las ventanas. Nada queda del aroma a palomitas recién hechas que nos describían nuestros padres y que ahora sustituye el de la humedad y la dulce podredumbre, a la que poco a poco me voy acostumbrando.

Mi padre me contó que antes fue uno de los teatros más populares del país. En él se representaron las óperas y obras más reconocidas y en su escenario actuaron los mejores actores y las mejores voces del panorama nacional. Pero cuando el tiempo hizo de las suyas, el lugar tuvo que morir para volver a renacer de sus cenizas como los primeros multicines del barrio. El lugar me tenía fascinada, y por eso ahora que puedo caminar por su interior me siento como si no fuera la primera vez. Recuerdo a mi padre contándome que la platea del antiguo teatro se convirtió en la sala principal, la uno. Mientras que el gallinero, que ocupaba todo el anfiteatro de la segunda planta, se dividió en las pequeñas salas dos y tres, aisladas por paredes de ladrillo y cubiertas por moqueta roja.

A mi izquierda surge el cuartucho de las taquillas, donde debía de sentarse quien vendía las entradas. Aún hay pegadas en las paredes algunas postales de películas cubiertas de polvo, tablones de horarios y un bolígrafo olvidado. En una habitación anexa se apilan una decena de carteles con los bordes arrugados o rotos. Me agacho para verlos mejor con la sensación de haber encontrado un tesoro.

—¡Eh, tú!

Pego un grito y me doy la vuelta para encontrarme con el vendedor de El Rastro.

—¿Querías robarme? —pregunta, acercándose—. ¡¡Querías robarme!!

—N-no... —logro decir, poniéndome de pie y alejándome de él. Sus ojos viajan, una y otra vez, de los pósteres a mí; parece nervioso—. Solo los estaba mirando. Le... le compré unos pósteres y...

—¡Abel, soy yo! —exclama Héctor, interponiéndose entre el hombre y yo—. ¿Se acuerda de mí? Estuvimos hablando ayer. Esta es la chica que me habló de sus pósteres.

—¿Venís a robarme? —repite, entre asustado y desesperado.

—En absoluto, Abel. Le prometo que no tocaremos ni uno de los carteles. Solo queríamos dar un paseo por dentro. ¿Podemos?

El anciano nos mira sin comprender, y después se agacha junto a los pósteres.

—¡Son míos! ¡Los vendo legalmente! ¿Qué queréis?

—Por supuesto que sí. Vamos a dar una vuelta, ¿de acuerdo? No se preocupe. Nadie se los va a quitar.

Sin mirarnos, el hombre asiente y empieza a ordenar todos los carteles y hojas. Nosotros, en silencio, cerramos la puerta y nos encaminamos hacia la escalera principal. Aún me tiemblan las manos y siento el corazón palpitando en mis oídos.

31

Atrás dejamos el cartel que precede a la sala uno y ascendemos por una de las dos escalinatas enfrentadas que llevan al segundo piso. La pasarela está cubierta de polvo y en la mayoría de los escalones la moqueta está arrancada y se ven los tablones de madera. Cuando miro de nuevo a mi alrededor, el cine me parece un lugar distinto, fascinante. No tétrico ni siniestro, solo triste y decadente. Dormido. Arriba hay un pasillo largo que cruza el edificio, y en cada extremo la puerta a una sala: la dos y la tres.

—¿En qué piensas? —me pregunta Héctor, caminando a mi lado.

—En todo lo que debió de vivir este lugar. La de gente que subió esta escalera para disfrutar de una película. El ruido constante que debía de haber siempre. Parece que hayamos entrado en una burbuja. Casi ni se oyen los coches de fuera.

Cuando llegamos a la puerta de la sala dos, empujamos con fuerza y acaba cediendo. Dentro huele a polvo, pero está tan oscuro que es imposible adivinar el estado en el que se encuentra. Por un segundo me imagino el suelo lleno de ratas y otras cosas y me entra un escalofrío. Con la tres sucede lo mismo. Solo en los cuartos de baño se filtra algo de luz del exterior por los ventanales rotos.

—Habrá que volver con algo más que las linternas del móvil —sugiere Héctor.

—¿En serio vamos a volver? ¿Para qué?

—Aún no lo sé. Pero soy optimista —contesta, y me guiña un ojo antes de encaminarse a la última puerta que nos queda por abrir. Pero esta, por mucho empujón que le damos, no cede—. Está cerrada con llave. Mierda...

Yo me doy por vencida. «Hasta aquí ha llegado la aventura», pienso, pero entonces Héctor se agacha y recoge un trozo de alambre que hay sobre la moqueta.

—¿En serio sabes hacer eso? —pregunto, mientras se acerca a la cerradura con el hierro—. Creí que solo funcionaba en las películas.

—Pues... creíste... ¡mal! —responde, y sigue trajinando con el alambre hasta oír el ansiado clic. Con el pestillo forzado, gira el picaporte y la puerta cede—. *Voilà!*

Del interior del cuartucho se escapa un olor penetrante que no logro descifrar.

—¿Qué es este sitio? —inquiero, mientras enciendo de nuevo la linterna del móvil y entramos.

—La sala de proyección —contesta Héctor, destapando el proyector que hay debajo de una gruesa bolsa de plástico y liberando una nube de polvo que flota en la luz y que nos hace toser a los dos.

Cuando se posa, me doy cuenta de que estamos rodeados de estanterías que van desde el suelo hasta el techo. Todas las repisas están colmadas de cajas redondas donde supongo que habrá rollos y rollos de celuloide.

—Son películas... —dice—. ¡Son películas!

Abrimos algunas de las cajas metálicas para cerciorarnos, y sí. Con la palma de la mano, retiro el polvo acumulado sobre algunas tapas y leo los títulos de las cintas que contienen.

—Parecen divididas en varias partes —comenta, encontrando algunas que hacen referencia al mismo filme.

—Una vez leí que una película de hora y media podía ocupar hasta siete rollos, y había que empalmarlas antes de que se proyectara.

Y esto ha pasado hasta hace nada. De hecho, en algunos sitios sigue pasando. Es increíble —añado, acariciando con un respeto absoluto una de las cintas.

No lo dice, pero tampoco hace falta porque yo pienso lo mismo: no todos los rollos están catalogados y algunos, con el tiempo, han perdido el nombre. ¿Y si *Besos de tormenta* estuviera allí mismo?

—Aquí hay algo —anuncia Héctor de pronto.

Se trata de un maletín. No tiene seguro. Basta con accionar las dos pequeñas cerraduras para que salten y se abran. Dentro hay más películas, pero son de otro formato que no reconozco.

—¿Y esto cómo se puede ver?

—Mira —digo, señalando la tapa de una de las cajas—. Aquí pone Súper-8. Eran las cámaras de vídeo antiguas. Supongo que aún habrá tiendas donde comprar un reproductor. O en internet...

Héctor se levanta, frustrado, y se dirige al proyector del cine.

—¿Y esto funcionará? —pregunta, más para sí que para mí, mientras revisa los engranajes.

—Antes habría que lograr que el cine tuviera electricidad.

—Perfecto. Pues haré que tenga.

Su respuesta me deja aturdida.

—¿Y cómo piensas hacerlo? ¿Acaso vas a alquilar el sitio?

En lugar de contestarme, sale del cuarto y se pone a buscar por el pasillo, cada vez más en penumbra, hasta que da con una puerta de madera que no habíamos visto antes. Está atrancada, pero la abre con un fuerte tirón. Tras ella hay una escalera empinadísima que Héctor no duda en subir. Movida por la curiosidad, y también por el miedo a quedarme sola, le sigo. Al final, hay una trampilla también de madera que él empuja y que da al exterior.

Nos encontramos en lo alto del edificio. El viento sopla con más fuerza ahí arriba y me alborota el cabello. Bajo nuestros pies se extiende parte de la ciudad y somos testigos del momento en el que las farolas de la calle se iluminan precediendo al anochecer. La vista es espectacular, pero no me atrevo a asomarme al borde como Héctor porque me da vértigo.

Él, por su parte, se ha encaramado al siguiente tejado del edificio y ahora hace equilibrismos para llegar hasta el de al lado. Allí, junto a una de las paredes de la azotea contigua, encuentra una enorme caja de fusibles. Los estudia un rato y después vuelve a mi lado.

—Puedo hacerlo.

—¿El qué? —pregunto.

—Tomar prestada la electricidad de ese edificio para nuestro cine.

—Espera, espera. Eso es robar. ¿Y desde cuándo es *nuestro* cine?

—Nosotros lo encontramos. Nosotros nos lo quedamos. Podemos compartirlo con Abel, claro. Nadie tiene por qué enterarse. Además, es el único modo que tenemos de hacer funcionar el proyector y averiguar qué hay en esas películas.

Mi miedo se ha transformado en preocupación. Nunca había cometido un solo delito y en cuestión de una hora ya van al menos dos y estamos camino del tercero.

—No quiero saber nada de esto, Héctor. Lo siento. Además, ¿qué te hace pensar que ahí abajo está la película que buscamos? ¡Si ni siquiera estamos seguros de que exista!

—Sí que lo estamos —me advierte—. Yo lo sé. Existe. Y tiene que estar ahí. El cartel estaba aquí, ¿no? Pues eso.

Su razonamiento tiene agujeros por todas partes, pero de nada sirve que se lo diga porque él ya lo sabe. Aunque no quiera aceptarlo.

—¡Venga, Cali! —exclama—. Nadie tiene por qué enterarse. Será nuestro secreto. Y solo hasta que encontremos la cinta. ¿De acuerdo? Puedes... puedes contárselo a Silas y a Tesa. Pero a nadie más. Tendré cuidado. Solo utilizaré la electricidad por las noches. Lo de al lado es un gimnasio que está abierto las veinticuatro horas, tardarán meses en darse cuenta del gasto, si es que se pispan. Confía en mí, no pasará nada.

Camino en círculos sobre la azotea, preocupada.

—Lo que no entiendo es para qué me necesitas a mí. Ya has llegado aquí, hemos entrado.

—¿De verdad no quieres saber lo que hay en ese cuarto? ¿Qué películas son? ¿Y si... y si está *Besos de tormenta*? ¿No te gustaría verla?

Le brillan los ojos al decir aquello, y entonces lo entiendo todo: no es averiguar qué guardan esas cajas lo que Héctor busca, sino corroborar con otra persona que no está loco. Validar que todo lo que está haciendo tiene sentido, que no son meras ilusiones ni sueños locos, que todo lo que ha creído todo este tiempo es real y que no se lo ha inventado. Lo logre o no. Y para eso estoy allí.

Bueno, para eso, y para poder escribir la historia que me abra las puertas al Programa Internacional para Nuevos Artistas, aunque él no lo sepa.

Así que me quedo.

32

Las campanas de la parroquia tocan las diez cuando abandonamos el viejo cine y me doy cuenta de que tengo varias llamadas perdidas de mi madre que no he escuchado por tener el móvil en silencio.

—Maldita sea... —mascullo, mientras mando un mensaje avisando de que ya voy para casa y explicando que estaba en el cine.

—En el fondo, es verdad —comenta Héctor, que ha espiado por encima del hombro lo que he escrito—. En el cine estábamos.

No puedo evitar reprimir una risa. Después nos dirigimos a la parada de metro más cercana, aunque, desde aquí, Héctor tiene que tomar otra línea para llegar a la residencia.

—Me vendrá bien despejarme —declara cuando le comento que no hace falta que me acompañe.

Al rato, llegamos a la entrada del metro. En el fondo me alegro de no estar caminando sola. También comprendo que, en realidad, los dos queremos decirnos algo sobre lo que hemos descubierto, o más bien sobre lo que no, pero evitamos hablar de ello.

—Gracias por acompañarme —digo, al borde de las escaleras.

—No, gracias a ti por haber venido conmigo hoy. Aunque no hayamos... —«encontrado nada», concluye el silencio.

—Pero sí que hemos... —Y dejo que el silencio también termine mi frase.

—Sí —contesta Héctor con una sonrisa nerviosa—. Bueno, adiós.

Se da la vuelta sin perder más tiempo y yo, tras comprender que esa ha sido nuestra despedida, comienzo a bajar los escalones. Pero entonces le oigo llamarme, y al levantar la cabeza, lo veo asomado por la barandilla.

—He pensado que voy a volver mañana con herramientas. Quiero arreglar el proyector. —Yo asiento—. Lo decía... por si querías acompañarme.

Sé lo que le está costando pedirme esto. Casi tanto como decirme esta mañana que viniera con él. Es probable que Héctor no le haya pedido ayuda a nadie en su vida. Y yo nunca me he sentido tan útil como ahora, con él. Así que mi respuesta es inmediata:

—Claro. Mañana nos vemos.

Y así lo hacemos. Al día siguiente, y al siguiente, y al siguiente... Nos colamos en el cine cuando no hay nadie mirando y pasamos las tardes allí viendo vídeos sobre cómo arreglar un proyector sin demasiada esperanza de que logremos nada, al menos por mi parte. En el fondo, es solo una excusa para conocernos. Para conocerle. Y nos lo pasamos tan bien...

Llevamos velas y focos de los que no necesitan estar conectados a la luz, y poco a poco el cine deja de ser un lugar desconocido y tenebroso para nosotros, y se convierte en una especie de refugio que empieza a oler a hogar.

También aprovechamos para estudiar. Repasamos las lecciones que estamos viendo en clase ahora, pero también las de las primeras semanas, que él faltó. Y confirmo lo que ya había advertido: que es rápido y que, detrás de ese desdén hacia el mundo, hay un joven interesado por aprender; pero necesita descubrirlo él solo, porque, si alguien trata de imponerle algo, se revolverá como un gato cuando no quiere que le acaricien.

Por las noches, después de que mis padres me pregunten dónde paso las tardes y yo me invente una variedad de excusas que van desde estudiar en la biblioteca hasta visitar museos con Tesa, me pongo a escribir. Y escribo sobre Héctor y sobre el cine, y sobre cómo tener un propósito, por pequeño que sea, por imposible que resulte; es lo único que hace falta para levantarte cada día. Eso y tener un secreto que solo me pertenece a mí, que no tengo que compartir con nadie que yo no quiera y que nadie conozca.

Trato de ser lo más objetiva posible al narrar, pero cuando releo las palabras con las que describo a Héctor, me descubro editando, cambiando y rebuscando adjetivos y características cada vez más sutiles y difíciles de ver a primera vista. Pronto me doy cuenta de que sus ojos no son verdes completamente, sino que tienen rastros de dorado e incluso de marrón, según la luz. Y que su nariz no es simplemente grande, sino que es afilada y tiene la medida ideal para encajar con sus labios y los pómulos marcados. También, que si no vistiera con pantalones desgastados o chándales, ni fuera lleno de moratones o rasguños, todo el mundo se volvería al verle pasar para asegurarse de que no le habían visto en alguna película o revista.

Pero lo que más me fascina de su forma de ser es cómo, de un instante a otro, puede volverse invisible o resultar la presencia más cegadora, imposible de ignorar. Y es esta forma de ser tan suya la que me invita a bajar la guardia y a dejar de fingir ser otra persona; a reírme a carcajadas o a no medir tanto cada comentario antes de hacerlo; a hablar sin miedo a que nos quedemos sin una campaña o a perder suscriptores; a vivir sin sentirme juzgada por cada gesto, prenda o movimiento. Y lo hace sin ser consciente de ello.

Habitualmente, Héctor trata de pasar desapercibido. Para colarse en el metro sin pagar, para que en clase no mencionen su nombre, para que pueda ir y venir sin rendirle cuentas a nadie. Pero cuando habla... o cuando algo le importa, parece quitarse el disfraz de don nadie, de mendigo, y convertirse en un príncipe que, sin apenas esfuerzo, se hace escuchar sin perder su ironía ni el sarcasmo con el que se ha curado las heridas del pasado.

Porque Héctor es una criatura herida. Me recuerda a los príncipes y princesas de los cuentos de hadas: con su pasado oscuro y doloroso, solitario, que lo vuelve invisible, a pesar de su corazón puro. Porque es verdad lo que dicen de que el dolor, si no te mata, te hace más fuerte. Lo que no cuentan es que, si te hace fuerte, es porque te vuelve de piedra.

Todo esto no lo descubro hasta pasados los primeros días. Cuando Héctor empieza a confiar en mí. Cuando yo empiezo a confiar en él más allá del motivo concreto por el que el destino nos ha unido.

Dos semanas después de nuestra primera incursión en el edificio, se hace la luz. Ni siquiera le pregunto a Héctor cómo lo ha conseguido exactamente. Esa tarde, yo me quedo repanchigada estudiando en las butacas de la sala uno, donde solemos estar siempre, y él desaparece por la escalera de la azotea. Y entonces, a eso de las ocho, de repente, la enorme lámpara de araña que hay en la sala y el resto de las luces del edificio tintinean y se encienden de pronto, dándome un susto de muerte. Y después aplaudo y río, obligándome a olvidar que estamos cometiendo un delito. Uno pequeño, me digo. Uno que no hace daño a nadie.

Desde ese día, me doy cuenta de que cada vez me cuesta más abandonar el cine y volver al resto de mi vida. Al canal de YouTube. A las redes sociales. A mi familia. Silas y Tesa son el puente entre ambos mundos. Los únicos que saben de la existencia del cine y de nuestras aventuras en él.

Uno me pide que tenga cuidado, mientras que la otra me suplica que le cuente todos los detalles, que la invite, cosa que hago días después, cuando tanto Héctor como yo nos damos por vencidos con el proyector.

De toda la gente que conozco, adultos incluidos, Tesa es la persona más manitas, y es la única que puede ayudarnos a arreglar la máquina. Pero, como es de esperar, no viene sola. A pesar de la animadversión que sentía Silas por Héctor, sobre todo después de la pelea, la curiosidad le puede.

—Prefiero darle una oportunidad más antes que perderte como amiga —me dice ese día—. Porque al ritmo que están yendo las cosas entre vosotros dos...

—¿A qué te refieres? —le pregunto, genuinamente sorprendida—. ¿No estarás insinuando que...?

—¿Que te gusta el chico peligroso, que te hace vivir al límite y escapar de tu aburrida realidad? No. En absoluto.

—Mejor. Porque no es así, Silas. Lo hago por el trabajo del IPNA.

—Ajá.

—¿Quieres leer todo lo que llevo escrito? —replico, un poco molesta.

—No hace falta. ¡Y no te ofendas, que a mí me parece estupendo! Ya te lo dije: aunque me fastidie reconocerlo, creo que nunca te había visto ser tan... tú.

—¿Ya estás otra vez con tus análisis psicológicos?

Silas bufa y valora cómo volver a abordar el tema, aunque una parte de mí preferiría que lo dejara estar.

—A ver, que no sé si te gusta o no Héctor, ¿vale? —dice—. Pero que desde que apareció en clase, no eres la misma. Ya está. Es como si hubieras llevado un corsé todo este tiempo y de pronto te lo hubieras aflojado, y no tuvieras miedo de ver lo que puede pasar. Siempre te he visto como alguien frágil, cuidadoso, que medía cada paso antes de darlo..., y ahora de pronto has descubierto el valor de arriesgarte, de dejar que te conozcan, de imaginar que igual entras en ese programa que tan obsesionada te tiene, de descubrir si de verdad hay un misterio alrededor de ese póster o son solo imaginaciones vuestras. Es... emocionante.

Lo ha soltado todo mientras caminamos, sin mirarme. Y no soy consciente de que me he ruborizado hasta que me veo desde fuera y me doy cuenta de que tiene razón. De que ha tenido que aparecer alguien como Héctor para apreciar que hay mucho más por lo que luchar que lo que siempre he dado por hecho.

Me apresuro a componer una sonrisa mientras Silas se ríe y me abraza antes de darme un beso en el cogote.

—Vas por buen camino, Calimocho. Te habrás curado del todo cuando comprendas que no pasa nada si los demás se dan cuenta de que no siempre puedes sentirte feliz.

—No lloro porque esté triste, idiota...

—Lo sé, pero te sigue dando vergüenza llorar; te has creído todas esas patrañas de que llorar está mal, que es de débiles, que nos hace más feos, que avergüenza a los demás. ¿O no?

Yo asiento.

—Pues, *spoiler* de la vida: no son ciertas. Llorar depura y asienta las emociones como la lluvia hace con el polvo de la tierra. Y, Cali, escúchame: desconfía de quien se haya olvidado de cómo llorar, porque tiene el alma árida, y en tierra árida no crece nada.

33

Por mucho que se limpie, el proyector sigue pareciendo una reliquia de la antigüedad. Da la sensación de que hayan pasado siglos, en lugar de décadas, desde la última vez que se encendió. Mientras Tesa se centra en descifrar el funcionamiento de la máquina y en estudiar las distintas partes que componen el aparato, Silas se pasea, fascinado, por la pequeña habitación. Yo me mantengo alejada, sin atreverme a tocar nada por miedo a que rompa algo.

Me encanta ver a mi amiga tan emocionada. Parece una niña pequeña en un parque de atracciones. Le brillan los ojos y sus manos no están quietas un segundo. Acaricia cada pieza, comprueba el estado de la rueda con raíles sobre la que va la película, el estado del proyector, de la lente, de todas las palancas y botones. Sonríe, pero se mueve con seguridad y calma, y con la veneración de una arqueóloga que se encuentra ante un fósil nuevo.

—¿Cómo lo ves? ¿Funcionará? —le pregunta Héctor, impaciente.

—Funcionar, funcionará. Pero hay mucho que hacer. Algunas piezas están partidas o demasiado oxidadas. La humedad y el abandono del cine le han pasado factura. Mirad, toda esta parte está oxidada y habría que cambiarla.

—¿Y podrías hacerlo tú? —dice Héctor, más impaciente aún.

—Sí, pero me llevará tiempo. Tendría que pedir algunas piezas y tardarán en llegarme. Pero no sabemos el estado en el que se encontrarán las películas... —añade, señalando las cajas redondas de las estanterías.

—Deberían estar bien —digo—. No parece que se hayan abierto en siglos.

—Esperemos. Por el momento, dejadlo en mis manos —concluye Tesa, emocionada por tener un nuevo proyecto—. Empezaré mañana mismo y a ver si hay suerte.

—Otra opción —interviene Silas— es que habléis con alguna de las salas que aún proyectan en analógico. Sería más rápido.

—No —le espeta Héctor, pero después trata de suavizar su respuesta—. Levantaríamos sospechas y tendríamos que contestar demasiadas preguntas.

Concluimos que por el momento no hay más que hacer, al menos en lo referente al proyector. Respecto a los pequeños rollos de Súper-8 que también hay en la sala de proyección, decido que me llevaré a casa un par de ellos para buscar en internet algún reproductor que pueda servir. De todas formas, investigando un poco allí mismo con mi móvil, me doy cuenta de los astronómicos precios que tienen, y comprendo que por ahora yo también tendría que explicar demasiadas cosas para pedirles a mis padres el dinero para comprar uno.

El primer día con Silas y Tesa, les enseñamos el resto del edificio y les presentamos a Abel. El hombre entra y sale a sus anchas, duerme sobre un colchón en el mismo cuartucho de las taquillas y nunca sube a los pisos superiores. Y tras convencerse de que ninguno tenemos intención de robar sus pósteres, habla con nosotros encantado cuando nos lo encontramos.

También limpiamos, ¡y de qué manera! Ahora que hay electricidad en el edificio, nos traemos un par de aspiradoras y otras dos escobas y empezamos a adecentar el lugar. Lo que más rabia da es no poder quitar los tablones de las ventanas; aunque como los días cada vez son más cortos, cuando llegamos después de clase, está empezando a anochecer. Entonces subimos a la azotea, y las vistas compensan todo lo malo que haya tenido ese día. La ciudad arde en el atardecer, y los tejados desiguales, calles, campanarios y edificios emblemáticos parecen posar para que los retraten o los pinten antes de que sean viejos y los olviden como al cine. Solo en esos momentos echo de menos a Gerard, porque sé que este tipo de planes le encantan, y sería el primero en apuntarse. Pero las circunstancias son las que son y duele menos si no le doy más vueltas de las necesarias.

La única norma que ponemos es que nadie, bajo ningún concepto, puede colgar una sola foto, ni mencionar el cine en ninguna red social. De pequeña nunca tuve una guarida secreta a la que escaparme, ni tampoco una casa en el árbol que compartir con amigos. Y ahora que existe este cine, quiero conservarlo y protegerlo como el mayor de los tesoros.

Sin necesidad de palabras, Silas y Héctor acaban por enterrar el hacha de guerra. La tensión existente se desvanece hasta el punto de que en clase más de un profesor tiene que pedirles que se callen porque distraen al resto de los compañeros, y en los recreos nos dedicamos a planear cómo mejorar el cine o a hacer una lista de películas que nos gustaría ver allí.

Hay noches, antes de que llegue el invierno de pleno, que nos llevamos comida, mantas, música y hacemos pícnic en la azotea. Es el paraíso.

Sin embargo, el cosmos no está por la labor de dejarme escapar de rositas, y una tarde antes de los exámenes, cuando llego a casa después de clase para coger algunas cosas y marcharme a estudiar al cine, Lukas está esperándome junto a mis padres. Al momento, mi madre saca la cámara y empieza a grabar, y su cara seria se ilumina con una sonrisa.

—¡Aquí está la hija pródiga! ¿Dónde te habías metido? —pregunta, enfocándome.

—He estado estudiando —contesto con energía, porque no pienso dejar que esto me amargue. Pienso que es el peaje que debo pagar para que me dejen en paz—. Estamos de exámenes y no tengo tiempo para nada.

—Está claro que tú has salido más a tu padre y Néfer a mí —añade, enfocándose a ella—. ¡Pues mucha suerte con los exámenes! ¡Y vosotros —prosigue, hablándole a los futuros espectadores— dadle *like* y mandadle toda vuestra fuerza a Cali por los comentarios del vídeo!

En cuanto apaga la cámara, su sonrisa vuelve a desaparecer. Y de pronto me siento, una vez más, como una bruja de Salem, a punto de ser juzgada injustamente.

—Cali, tenemos que hablar —anuncia mi padre.

—Voy con prisa —repito—. Mañana tengo un examen. ¿Qué pasa?

Mi madre se adelanta.

—Cariño, ¿por qué has desaparecido de las redes? —lo pregunta a bocajarro, y por la reacción de mi padre, puedo imaginar que no es así como habían planeado que fuera esta conversación.

—Te lo he dicho: estoy estudiando, no tengo tiempo para las redes. Se me olvida... —me excuso, aunque lo que querría decirles es que no quiero saber nada de ellas ahora mismo. Que todo lo que merece la pena compartir en mi vida es un maravilloso secreto.

—Cali, tus números han bajado en el último mes exponencialmente: Twitter, Facebook, Instagram... Te llega gente nueva de los vídeos antiguos, pero cuando ven que no actualizas, se marchan.

—Comprensible —digo.

—Por favor, no te pongas así —replica mi madre, ofendida porque me dé igual—. Ahora es cuando más te necesitamos, cariño. Aún quedan unos meses para los premios, pero todavía hay mucha gente que no te conoce, y que, si pudiera conocerte, te votaría. Nos votaría.

Aunque trato de controlarlo, me es imposible no poner los ojos en blanco y mi madre gruñe, impaciente. Es entonces cuando Lukas le pone una mano en el brazo para calmarla. Un gesto que durante años perteneció a mi padre. Cuando advierten que los estoy mirando, le da una palmadita y la aparta.

—Por suerte —continúa mi madre, aclarándose la voz—, Gerard

178

sube prácticamente todos los días alguna de las fotos que os hacéis, así que la pérdida no es tan grave. Pero parece raro que tú no le correspondas ni con una mención.

Era de esperar: que mi ¿exnovio? siguiera con la pantomima. Ahora tengo curiosidad por saber qué fotos está subiendo, de cuándo, de dónde. ¿Acaso no le duele? Porque a mí, aunque cada vez pienso menos en él, cada vez que imagino cómo podría ser mi vida con él si no hubiéramos roto, me siento como si saltara con una cuerda de un extremo a otro de un barranco y, en el último instante, se rompiera y cayera al vacío.

Quizá por eso he decidido desconectarme de todas las redes y he desactivado todas las notificaciones en el móvil. Por eso, y porque las noches en la azotea del Nostalgia, el proyector roto, los apuntes de clase, la historia para la beca del IPNA y las risas con Héctor, Silas y Tesa me parecen mucho más reales ahora que son solo nuestras.

—Bueno, por ahora la excusa de los exámenes vale, pero habría que empezar a poner algo pronto —dice mi madre.

—¿Excusa?

—Ya me entiendes.

—Sí, bueno... Lo siento —me disculpo.

Al fin y al cabo, es verdad que me da pena no cumplir con las expectativas de mis padres y estar fallando a toda la familia. Pero, como dijo Silas, por primera vez estoy pensando en mí antes que en ellos, y soy más feliz.

—No importa, cielo —tercia mi padre—. De todos modos, Lukas ya ha pensado un plan de acción.

Trato de aclarar que lo que siento es que las cosas van a seguir como hasta ahora, pero no tengo oportunidad.

—He cerrado un rodaje para ti y para Gerard dentro de unos días para la web de Teen Love Mag. Algo rápido, pero efectivo que tranquilice a vuestros fans.

Tengo dos opciones: enfadarme, negarme, perder más tiempo o, simplemente, aceptar. Así que hago esto último. Y como si hubiera dado con la clave secreta, la reunión concluye y puedo marcharme. Pero cuando subo a mi habitación, Néfer está esperándome sentada en mi cama.

—¿A ti qué te pasa? —pregunta, ahorrándose el saludarme.

—Que tengo exámenes —le digo, mientras recojo los libros que necesito.

—A mí no me timas. Nunca has estudiado fuera de casa. Algo escondes. Y a papá y a mamá las fotos de Gerard pueden engañarles, pero a mí no. Sé que son viejas. En la que subió ayer llevabas una camiseta que tiraste el mes pasado.

—¿Ah, sí? Pues ni idea, porque no las he visto.

Néfer se levanta y me obliga a mirarla. Abajo, en el salón, escucho discutir a mis padres, como siempre que no estamos nosotras.

—No sé de qué manera, pero sé que lo que te pasa tiene que ver con ese chico que vino el otro día.

El miedo a que descubra algo, lo que sea, me hace ponerme a la defensiva.

—Es solo un compañero de clase, ¿vale? ¿Qué pasa si he quedado con él estos días? También voy con Tesa y con Silas, y de ellos no dices nada.

—¿Y Gerard?

De un tirón me suelto de su mano. Abajo, siguen los gritos.

—¿A dónde vas?

—A donde me dé la gana —replico, volviéndome hacia ella—. No he dejado de poner todo lo que hago en redes para que ahora tenga que darte explicaciones a ti.

—La estás cagando, Cali. Para ti y para todos.

—¿Cómo te atreves a culparme de lo que os pase a vosotros solo porque no me apetezca subir una foto cada tarde? Tengo mejores cosas que hacer, ¿vale? No lo hago para joderos, créeme. Pero si quiero conseguir la beca para el IPNA... —me interrumpo en ese instante.

—¿Qué es eso?

—Mira, nada. Una cosa del colegio. —Trato de escabullirme. Pero Néfer no me deja e insiste en la pregunta hasta que hablo—. Es un programa para artistas jóvenes. Me quieren proponer desde el colegio para ir a una de sus academias fuera, pero para ello tengo que entregar un texto.

En sus ojos veo brillar algo más que el enfado anterior. ¿Envidia? ¿Extrañeza? Pero enseguida vuelve su frialdad habitual.

—Así que para ti ayudar a tu familia es perder el tiempo... ¿Sabes que las estadísticas del canal van para abajo?

—¿Y eso es culpa mía ahora?

—Pues a ver, los demás seguimos haciendo lo mismo de siempre. Eres tú la que ha decidido ir por su cuenta.

—Pues igual ese es el problema: que la gente se ha cansado de nosotros. Igual han descubierto que no somos la familia perfecta —añado, señalando al pasillo, por donde asciende la voz de mi madre—. Así que no me eches la culpa a mí.

—Eres una egoísta y una traidora.

—Y tú una fracasada.

Basta con pronunciar estas palabras en voz alta para arrepentirme al instante.

—Néfer, espera... —le pido, pero no sirve de nada porque se encierra en su cuarto.

Mientras salgo de casa camino del cine, me pregunto cómo he sido capaz de soltarle algo tan cruel a mi hermana y de dónde ha salido el comentario. Y entonces comprendo que la liberación y la desinhibición deben tener límites. Y que siempre es más fácil, si te sientes herido, atacar para hacer más daño, que curarte tú.

34

El día de los últimos exámenes antes de Navidad, Silas aparece en clase con algo grande y pesado en la mochila. Cuando Héctor y yo le preguntamos qué lleva dentro, se hace el misterioso y nos dice que solo si nos sale bien el examen nos lo dirá. Tampoco insistimos más. Aprobar Historia es nuestra prioridad esa mañana. Pero cuando las clases se acaban y nos dejan libres, los tres nos dirigimos al metro como tantas otras tardes en dirección al cine.

Nos pasamos el camino tratando de adivinar qué lleva Silas en su mochila: ¿una mascota?, ¿una aspiradora de mano?, ¿una cocina de gas? Aunque, conociendo a Silas, quizá lleve una cámara de vigilancia para su próxima exposición. Ninguno de los dos acertamos. Así que, nuestra sorpresa y la de Tesa, que ya está allí cuando nosotros llegamos, es mayúscula al descubrir de qué se trata.

—¿Eso es un proyector LED? —pregunta Tesa cuando Silas lo saca y lo coloca al borde del escenario que precede a la inmensa pantalla de la sala uno.

También ha traído el portátil, que conecta al aparato con un cable, y después este a la corriente con un alargador.

—Había pensado que, ya que nos pasamos los días dentro de un cine, lo mínimo que deberíamos hacer es ver alguna película, ¿no? Y mientras Tesa arregla el proyector real, igual podemos aprovechar este que me he comprado, aunque solo se vea en un trozo de la pantalla.

La semana pasada llegaron las piezas que Tesa necesitaba para arreglar el proyector y parece que la cosa va lenta, pero a buen paso. Mi amiga se pasa la mayor parte del tiempo viendo tutoriales y documentales y leyendo libros sobre el tema.

La idea de ver pelis nos parece genial a todos, así que esa tarde, Tesa se la toma libre y se queda con nosotros en las butacas para elegir una película y verla todos juntos, en lugar de subir a la salita de proyección.

Silas tiene semejante colección que nos pasamos al menos media hora decidiendo cuál ver hasta que, al final, en honor a las circunstancias que nos han reunido allí, optamos por *Cinema Paradiso*, aunque los dos chicos ya la han visto.

Yo he oído hablar de ella muchísimas veces y sé que va sobre un viejo cine, pero jamás habría podido imaginar que me fuera a gustar tanto. La historia nos presenta la relación entre Alfredo, el proyeccionista de un viejo cine en la Toscana italiana, y Toto, un niño que siempre se está colando en la sala de proyecciones, fascinado por las películas y por el trabajo del anciano. Pero es mucho más que eso. Es un homenaje a la amistad, a la vida, al arte y al cine, claro. Y cuando termina la película, todos contenemos a duras penas las lágrimas y aplaudimos con fuerza, exaltados por el cúmulo de besos antes de los créditos.

—¡Así tendríamos que llamar nosotros a este cine: Nuevo Cine Nostalgia! —exclama Tesa.

—En cuanto lo arreglemos por dentro, empezaremos con los carteles de fuera —bromea Silas.

El resto de los días, hasta que nos dan las vacaciones de Navidad, seguimos viendo nuevas películas. Cada día le toca escoger a uno, y la variedad es tan inmensa que lo mismo nos encontramos viendo una película de animación que una en blanco y negro. Da lástima no poder aprovechar la pantalla entera por el alcance del pequeño proyector, pero esto solo nos infunde más ganas de arreglar el grande.

Y la sorpresa es aún mayor cuando un día Tesa aparece con una palomitera. Es entonces, con el aroma de las palomitas inundando el cine, cuando siento que estamos haciendo algo extraordinario.

El viernes que nos dan las notas, Héctor pega un alarido y de pronto me abraza delante de toda la clase. El resto de los compañeros, con quienes no ha cruzado ni una sola palabra en los meses que llevamos de curso, alucinan tanto como yo. Pero, tan deprisa como puedo, me separo sin resultar maleducada, por si a alguien se le ocurre hacernos una foto y confundir las razones del gesto inesperado de Héctor.

Lo que ha ocurrido es que ha aprobado todas las asignaturas. Algunas incluso con notable, y eso a pesar de todos los días que faltó al principio del trimestre.

—He escrito a Pedro para contarle lo de las notas... y me ha dicho que, si te apetece, te vengas a cenar esta noche a la resi —comenta, inseguro, cuando salimos de clase—. Pero ya le he dicho que tendrás planes y que...

—No, vale. Voy —respondo—. ¿A qué hora?

—En serio, no hace falta —repite, más serio—. Me he dejado llevar por la emoción.

—Lo sé, pero me apetece. ¿A qué hora?

Ya hace muchas semanas que nos conocemos, y sé que si una ínfima parte de él no hubiera querido invitarme, se habría callado y le habría contado a Pedro alguna mentira sobre mi ausencia. Pero me lo ha dicho, así que ahora debe apechugar, aunque se esté arrepintiendo.

Quedamos a las nueve en la residencia, y yo, puntual como un reloj, me presento allí a esa hora. Pedro es quien me abre la puerta y me da la bienvenida de forma tan efusiva como las anteriores veces. Me pregunto por qué hay adultos a los que no les cuesta lo más mínimo tratar con jóvenes sin hacernos sentir idiotas, y otros que no saben ni cómo tratarnos.

Pedro me ayuda a quitarme el abrigo y la bufanda y los deja colgados en las perchas junto a la puerta. A continuación, le sigo hacia el salón. Es la primera vez que entro en esta zona de la casa y me sorprende lo amplia que es, con lo pequeño que parece el edificio desde fuera. En el centro de la sala hay una mesa alargada con diez sillas a su alrededor, aunque solo están puestos los cubiertos para cuatro comensales en uno de los extremos. Las paredes están cubiertas de dibujos y pinturas, muchos de ellos realizados por manos infantiles, y por un calendario de adviento a medio abrir y un reloj. Parece la cuarta parte del salón comedor de un colegio o convento. Una puerta conecta con la cocina, de donde me llega un aroma delicioso, la otra con un patio ajardinado y una pista de baloncesto.

—Bajan ahora —dice Pedro—. ¿Qué quieres beber?

—Agua, por favor —respondo, mientras paseo por la habitación fijándome en los dibujos de las paredes.

—Los hacen los más pequeños —me explica Pedro desde la cocina—. Cada mes se votan los favoritos y esos reciben algún tipo de premio. Así motivamos su creatividad.

—¿Cuántos viven aquí? —pregunto, comprobando, por el trazo de algunos dibujos, que muchos deben de ser aún muy pequeños.

—Ahora mismo, en esta residencia hay nueve. Héctor y Gorka son los mayores. De hecho, Gorka cumplirá los dieciocho dentro de nada. Los otros oscilan entre los siete y los catorce. Hoy han terminado las clases y los demás educadores se los han llevado de acampada al Museo de Ciencias Naturales. Pasan la noche allí y vuelven mañana por la mañana.

—Y Pedro no puede estar más triste por haberse perdido la actividad —apunta Héctor, apareciendo de pronto en el salón.

Es la primera vez que lo veo vestido con pantalones que no sean vaqueros rotos. Y es la primera vez que le veo la camiseta que lleva: en ella está dibujada las siluetas de E.T. y Elliot en bicicleta sobre la luna llena. Hasta se ha repeinado un poco y tengo que hacer un esfuerzo para que no note lo impresionada que estoy.

—De haberlo sabido me habría arreglado un poco más —comento, mitad en broma, mitad en serio. Al final, después de vaciar medio armario, me he decantado por un vestido con un estampado en blancos y marrones, una chaquetita beige, medias oscuras y botas bajas.

—Estás perfecta —dice Pedro, trayéndome la bebida y dejando sobre la mesa un bol con patatas fritas para picar—. ¿Y Gorka?

Por respuesta, Héctor se encoge de hombros y se sienta en el que supongo que es su sitio habitual. Yo me coloco enfrente de él y le doy un trago a mi vaso justo cuando el que falta hace su entrada triunfal jugando con un mechero Zippo rojo entre los dedos y envuelto en un intenso aroma a marihuana.

35

—¿Has estado fumando aquí dentro? —le pregunta Pedro en cuanto se acerca.

—Estamos solos, y los dos sabemos que fumar, voy a fumar. Así que mejor aquí que en la calle, ¿no? —responde Gorka, y después se vuelve hacia mí sonriendo para ver si también le sigo la broma, pero me mantengo seria—. Oye, que, aunque no estés en tu canal de You-Tube, puedes saludarme.

—¡Gorka! —grita Pedro, mientras yo le saludo con un hilo de voz.

Es la segunda vez que le veo, pero me queda claro que no es como Héctor. Hay algo en su manera de mirar a la gente, en cómo habla, de esa forma tan displicente y agresiva, que hace que incluso su sonrisa parezca querer hacer daño.

—Ya hablaremos luego —añade Pedro, y cuando se marcha a la cocina a por la cena, Gorka le saca el dedo y enciende varias veces el mechero.

—Así que ahora sois novios —dice, con los ojos puestos en la llama que hace aparecer y desaparecer—. Pues qué bien, al menos esta tiene pelas. No como la Jael.

—¿Te quieres callar, capullo? —Héctor intenta golpearle, pero el otro se aparta a tiempo para no recibir el golpe.

Después me mira, avergonzado. Yo me limito a poner los ojos en blanco para que Héctor entienda que me da igual lo que diga su amigo, que ya le he calado.

Mientras se termina de hacer la comida, Pedro nos pregunta sobre los últimos días de clase y sobre otras minucias para romper el hielo. De vez en cuando trata de incorporar a Gorka a la conversación, pero él o está demasiado enfadado o demasiado fumado como para que le importe, así que yo actúo como si no estuviera, aunque él no me quita los ojos de encima.

Antes de empezar a cenar, Pedro propone un brindis por las notas de Héctor, mi ayuda y el esfuerzo que hemos hecho. De Gorka no dice nada, pero por suavizar la situación le sonrío al ir a brindar. Sin embargo, él le da más impulso del necesario a su vaso y, al estrellarse contra el mío, ambos estallan.

—Pero ¡¿qué pasa contigo?! —exclama Héctor, apartándose cuando los cristales caen sobre la bandeja del pollo. Tardo unos segundos en darme cuenta de que, aparte del vino, también está goteando en el mantel sangre de mi mano.

Pedro se apresura a poner una servilleta debajo de mi muñeca y me acompaña al baño. Enseguida vemos que no es un corte grave, aunque sangra bastante. Mientras el hombre me lo desinfecta con agua oxigenada y me pone una gasa, desde el salón nos llegan los gritos de Gorka y Héctor. El primero se está desternillando porque le parece surrealista que le estén echando la bronca por un accidente.

—¡Lo has hecho aposta! —grita Héctor, pero antes de que sigan, Pedro pega un grito y los dos se callan. Al momento salimos del baño y Héctor se acerca para comprobar el estado de la herida.

—No es nada —le aseguro—. Lo siento más por la comida —añado, señalando la fuente cubierta de cristales.

—¿Por qué no me extraña nada? —dice Gorka.

Antes de que yo llegue a procesar que esa frase va por mi aspecto, Héctor le arrea un puñetazo en la mejilla y el chico se tambalea contra la pared. Al enderezarse, arranca un par de dibujos que caen al suelo. Pedro corre a ponerse entre ambos y, por cómo detiene el siguiente golpe de Gorka, comprendo que no es la primera vez que hace uso de la fuerza para contenerlos.

—¡A tu cuarto! ¡Ya! —grita, y aunque Gorka se revuelve unos instantes, acaba por obedecer. No sin antes dar un golpe en la pared que hace que se tambalee todo.

Cuando recupera el aliento, Pedro se vuelve hacia mí, abatido.

—Será mejor que te marches —comenta, mirando de soslayo a Héctor—. Siento... siento lo que ha ocurrido.

—No pasa nada —contesto, apresurándome hacia el recibidor. Estoy temblando y no quiero que me lo note. Pero sobre todo estoy preocupada por mi amigo.

—Héctor, acompáñala al metro, por favor —le indica.

Pedro se despide de mí con cara de tristeza y cierra la puerta tras nosotros. A continuación, Héctor echa a andar a toda prisa hacia la parada, tan enfadado que temo que comience a brotar vaho del suelo a su paso.

—Siempre tiene que joderlo todo. ¡Siempre! —le escucho gruñir cuando le alcanzo—. ¿Por qué no puede dejar a la gente ser feliz al menos por una maldita vez?

—Ha sido un accidente —digo, tratando de calmarle; pero él se vuelve con rabia.

—No, no lo ha sido. Le conozco. Odia que me vayan bien las cosas y siempre tiene que estropearlo todo de alguna manera. Está loco, ¡podría haberte hecho algo peor!

—Pero no lo ha hecho. Héctor, para —le pido, deteniéndome en la acera—. No lo ha hecho. Estoy bien. Ya repetiremos la cena otro día, ¿vale?

—No deberías haber venido. Yo no te debería haber invitado. Fue un error.

Sus palabras me atraviesan más allá del frío invernal que nos rodea.

—Estoy un poco cansada de que todo el mundo me diga lo que tengo que hacer. Y no voy a dejar que tú también lo hagas. ¿Lo entiendes? Tú no me has obligado a venir hasta aquí. Lo he hecho porque he querido, porque íbamos a celebrar algo especial. Es una pena que no haya salido como esperábamos, pero así es la vida. ¡Así que deja de tratarme como a una niña! —exclamo.

—¡No te trato como a una niña, te trato como a alguien que me importa!

Esta vez no me espera. Se da la vuelta y echa a andar a grandes zancadas, resollando como si acabara de completar un maratón. Yo me quedo unos instantes en el sitio, asimilando sus palabras, hasta que reacciono y corro tras él.

—Héctor, espera. ¡Espera! —le pido, tirando de su brazo cuando le alcanzo. Pero cuando se vuelve, no sé qué decirle—. Tú también me importas. Por eso no quiero que te pongas así. Da igual lo que ha pasado, de verdad.

Pero él no responde. Me mira sin que sea capaz de descifrar lo que piensa, hasta que dice:

—Ojalá no nos hubiéramos conocido.

Y sus palabras me hieren más de lo que pueda imaginar. Trato de no enfadarme. Pero que después de todo lo vivido en los últimos meses me haya soltado algo así, sea por la razón que sea, me enciende como si en vez de sangre por mis venas corriera gasolina.

—Te crees todo un hombre por la vida de mierda que has tenido, pero no eres más que un niñato gilipollas —le suelto, y esta vez soy yo la que echa a correr y no se detiene hasta entrar en el metro.

Cuando llego al andén, lloro. Y no sé si es por sus palabras, por lo infantil que me siento o porque estoy descargando la tensión de la última hora. Mi enfado crece cuando miro el tiempo que queda para que llegue el siguiente metro y veo que pone que serán doce minutos por problemas técnicos en la línca. Como cualquier persona en estas circunstancias, saco el móvil y me pongo a revisar las notificaciones que se han acumulado en lo que llevamos de día.

Tengo mensajes de Néfer, Tesa... y Gerard. Me apresuro a abrir primero los de él, temiéndome lo peor. Pero lo que quiere es saber si me han informado del vídeo que tenemos que grabar juntos. Pero no es eso lo que me extraña, sino que quiera quedar. ¿Por qué? ¿Solos? ¿Sin una razón mediática? Al final me pide perdón y me da las gracias. Un gesto que comienza a ser costumbre en quienes me rodean.

Mi hermana solo quiere saber si llegaré muy tarde. Le respondo que no, que ya voy para casa y que esté tranquila. En el fondo me quiere, aunque a veces no sepa cómo demostrármelo. Para cuando leo los de Tesa, ya estoy recuperada del todo. Me dice que no va a poder quedar mañana, pero que ya me contará... En este caso, son los iconos que añade en el último mensaje, con guiños de ojos, lo que me convence de que algo genial ha debido de pasarle. Le respondo inmediatamente que, en cuanto podamos, quedemos para ponernos al día.

Unos minutos después, y tras revisar algunas de las publicaciones de Harlempic acumuladas, llega el metro, me subo y me siento al fondo del vagón. Cuando arranca, respiro más tranquila. Ya voy de camino a casa. Y siento que cuanto más velocidad toma el tren, más me alejo, no solo de la residencia, sino también de toda esta locura que he vivido las últimas semanas.

Me niego a volver a aguantar a nadie que sea como Héctor, alguien capaz de soltar cosas sin pensar en el daño que puede hacer. Pero es entonces, justo cuando llego a esta conclusión, cuando el metro se detiene en la siguiente estación, se abren las puertas y Héctor entra en el vagón.

36

Lo primero que pienso es que estoy alucinando, que no puede ser porque lo he dejado en la calle cuando he salido corriendo. Pero entonces me encuentra con su mirada y, resollando, salva los metros que nos separan en dos zancadas, esquiva al hombre que está a punto de ponerse a mi lado y se sienta él. Basta una mirada para que el tipo entienda que no le merece la pena buscar pelea con este chico por un hueco en el metro.

—¿Qué quieres? —le pregunto cuando el tren se vuelve a poner en marcha.

—Tienes razón. Soy un gilipollas...

—Pues muy bien.

Trato de levantarme, pero él me coloca una mano sobre el muslo y me implora con los ojos que no lo haga.

—Y lo siento —añade, en un susurro de voz que se pierde casi con el traqueteo.

—¿El qué? ¿Dejar claro que preferirías no haberme conocido nunca?

—Todo... Y eso último en concreto.

Niego con la cabeza, dolida.

—¿Por qué tienes que ser así con los demás? Pensé que confiabas en mí. No quiero a mi alrededor gente que decida por mí.

—No sé por qué lo he dicho. Ha sido un impulso..., una respuesta automática.

Me cuesta aguantarme una risotada sarcástica.

—¿Ahora resulta que estás programado para ser un borde con todo el mundo?

—No, pero sí para que la gente que trato de mantener cerca acabe sufriendo. Así que prefiero encargarme de alejar a las personas de mí o alejarme yo de ellas antes de que les pase algo malo.

—Ya, pues a lo mejor deberías dejar a los demás decidir lo que quieren y lo que no. —Me quedo mirándole hasta que asiente—. Si me apetece ayudarte o estar contigo, es mi decisión. Ya sé que esta es tu guerra, no la mía, y que en realidad no sé nada de cómo es estar en tu piel. Pero mi padre me dijo cuando era pequeña que si solo peleáramos nuestras batallas el mundo siempre estaría en guerra. Así que no vuelvas a tratar de alejarme de ti solo por miedo a lo que pueda pasar.

Lo he soltado todo casi sin tomar aire, porque sé que si me hubiera parado no habría sido capaz de decirlo. Esta vez Héctor no responde y yo me vuelvo hacia el frente. Ambos guardamos silencio durante las siguientes paradas. La gente sube y baja del vagón, ajena a la tensión que existe entre nosotros dos. Porque, aunque no le estoy mirando, solo puedo estar pendiente de él. Y creo que me da miedo que en cualquiera de las siguientes estaciones se levante y desaparezca para siempre.

—Hace un tiempo me hice una promesa que no me he atrevido a romper desde entonces —dice, de pronto, sin mirarme, con los ojos clavados en su reflejo de la ventana de enfrente.

—¿Cuál?

—Me prohibí creer en más historias de amor. Del tipo que fueran.

Me sonrojo sin poder evitarlo y bajo la cabeza para dejar que el pelo me cubra el rostro cuando Héctor, como si alguna vez me hubiera leído el pensamiento, añade:

—Las historias de amor solo existen en las películas, en las letras de las canciones y en los libros, donde los personajes se permiten cometer los mismos errores, sufrir de la misma manera, tengan o no un final feliz, cada vez que alguien quiera conocer su historia. Pero ¿en la vida real? En la vida real es todo falso. Aunque somos tan idiotas que nos encanta creer que es verdad. Lo necesitamos. Pero yo me cansé —añade, y chasquea la lengua.

—¿Fue... Jael? —pregunto, sin estar muy segura de querer saber la respuesta, mucho menos la historia tras ese nombre que ha dicho antes Gorka.

Héctor me mira y sonríe sin ganas.

—Qué más da si ya no está.

—Pero es que sí que lo está...

—¡No, no lo está! —exclama, agresivo. Y yo me aparto. Al ver mi gesto, se disculpa, suelta un taco, maldiciendo su genio, y añade—: El caso es que un día me dije: Héctor, tienes prohibido creer en historias de amor porque son una mentira. El amor es una mentira. Una puta mentira que nos ayuda a soportar la mierda de la vida, pero que al final del día se convierte en una preocupación más.

El vagón se queda casi vacío en la siguiente parada.

—Y, ¿sabes? —agrega cuando las puertas vuelven a cerrarse—, tengo tanto miedo de arreglar ese maldito proyector como de que permanezca roto, porque temo que lo que pueda encontrar en ese cine solo me confirme que ni siquiera la historia de amor entre mis padres y yo, la que me he inventado, en la que he necesitado creer, sea una enorme mentira para poder dormir cada noche en una cama que no es mía y en una casa en la que tengo los días contados. Lo siento, pero no puedo... —dice, mirándome con los ojos brillantes—. Ya lo hice y no... No puedo romper esa promesa. Porque estoy seguro de que si me confío y lo hago, no volveré a creer en absolutamente nada. Y entonces estaré perdido.

—Entonces ¿por qué no lo dejas?

—Porque hay algo dentro de mí —y se golpea el pecho—, algo

más fuerte que esa promesa y ese miedo: la esperanza de que sea verdad. De que esté equivocado. Y desde que te conozco, Cali, tú me recuerdas cada día que igual esa promesa no era la que debería haberme hecho. Y no me gusta. No me gusta lo más mínimo sentirme de esta forma. Sea lo que sea, no te mereces que te haya dicho lo que te he dicho. Por eso te pido perdón.

Volvemos a caer en un silencio cargado de preguntas no formuladas mientras le doy vueltas a lo que ha dicho y, sobre todo, a lo que no ha dicho, hasta que siento su necesidad por cambiar de tema y le pregunto:

—Ya que nos estamos sincerando, ¿quieres saber la verdad de por qué me afectó tanto la canción cuando te escuché cantar en el metro? —Él se tensa y me mira con el ceño fruncido, como si fuera una trampa. Antes de que responda nada, prosigo—: Siento que no encajo en ninguna parte. Mi familia... es maravillosa y les quiero mucho, pero a veces pienso que no saben quién soy.

—¿Por qué?

—Pues... porque no —respondo, y siento que ahora que he empezado a hablar, no voy a poder contenerme más—. Porque parece que hablamos idiomas distintos. Y cuando escuché la letra de tu canción, me di cuenta de lo mucho que necesito sentir que alguien me vea como soy y me entienda..., y que yo pueda dejar de fingir. Y de pronto sentí que alguien más me entendía. Que si todos estábamos solos, a lo mejor en realidad estábamos todos juntos, pero sin llegar a vernos. Mira, da igual, me estoy dando vergüenza solo de contarte esto. Y esta es mi parada, genial —añado, entre molesta y aliviada por tener que dejar a medias la conversación.

Me pongo de pie mientras el metro va perdiendo velocidad y voy a despedirme de Héctor cuando él también se levanta.

—Me bajo contigo —dice, y reflejados en el cristal de las puertas, me mira y me pregunta—: ¿Por qué te da vergüenza contarme esto?

En cuanto se abren las puertas, salgo al andén y echo a andar seguida de Héctor.

—Porque no sé cómo puedo hablar de mis problemas sabiendo todo lo que sé de ti, de la residencia, de tus padres... —contesto—. Mis dramas no son como los tuyos.

—Esto no es ninguna competición.

—Ya, pero después de todo lo que he aprendido, es imposible no pensar que el mundo real es muy distinto al que yo conozco —insisto mientras subimos las escaleras mecánicas—. Es como si mi realidad fuera la cara más reluciente de un inmenso prisma. Y, aun así, voy y siento que me ahogo en ella.

Antes de cruzar los tornos y salir al exterior, Héctor me sujeta del brazo, esta vez con la delicadeza de una caricia. Lo hace para que deje de caminar y le mire. La fiereza que ha demostrado antes se ha desvanecido casi por completo y sus ojos me parecen incluso más claros cuando dice:

—Pedro siempre dice que el sufrimiento de cada uno se mide en baremos personales e intransferibles. Y tiene razón...

—Me cae muy bien. Se le ve, no sé, lleno de luz. Parece un tío que de verdad sabe de lo que habla y que no te trata como un idiota solo por tener diecisiete años.

—¿Sabes qué fue lo primero que me dijo cuando llegué a la residencia? Que desconfiara de cualquier adulto que se hubiera olvidado de ser joven. Y que, si algún día sentía que a él le pasaba, dejara de escucharle inmediatamente.

—Tienes mucha suerte de tenerlo cerca.

—Lo sé. Y Gorka también, aunque no se dé cuenta...

—¿Os conocéis desde hace mucho?

—¿Gorka y yo? Desde niños —responde—. Cuando la última familia con la que estuve me... me devolvió al centro, él estaba ya allí. Yo tenía ocho años, él nueve. Desde entonces, hemos sido como hermanos. Pero en los últimos años... ha cambiado. Supongo que lo hemos hecho los dos, pero él... se empezó a juntar con quien no debía y... ya sabes. Tampoco ha ayudado que yo empezara las clases y que os conociera, ni que en breve él cumpla los dieciocho años y tenga que abandonar el centro.

—No lo conozco apenas, la verdad. Pero creo que le caigo mal —confieso, intentando aparentar que no me preocupa—, aunque no sé muy bien por qué.

—No le caes mal. Es solo que Gorka es un tío muy celoso y está acostumbrado a que haya sido yo quien vaya siempre detrás de él. Aún a día de hoy, soy yo el que insiste en que salgamos de fiesta o que hagamos cosas juntos. Pero menos. Supongo que me he cansado. Si él quiere hacer su vida, que la haga. Estoy harto de estar siempre como si fuera su padre o algo así. Y tampoco tengo ya tiempo, con el cine... y quedando contigo.

No es solo la forma como se ha suavizado su voz en la frase, sino su mirada lo que termina por convencerme de que sea lo que sea a lo que estamos jugando, crea o no en ello, quiero que no acabe.

—Pero bueno, dime tú. Me estabas hablando de tu familia —dice, animándome a seguir. Y aunque me cuesta, acabo cediendo.

—Mucha gente nos conoce por YouTube. Si viste el canal, te darías cuenta de que en realidad son mis padres y mi hermana los que hacen los vídeos y que yo solo salgo en ellos de vez en cuando. Vivimos de eso. Hacemos publicidad de cosas, vamos a eventos, contamos nuestra vida... Cuentan mi vida. Y Tesa y el resto de mis amigos también hacen vídeos en YouTube.

—Y a ti no te gusta —afirma.

—No es que no me guste. A veces lo paso bien, pero tanta exposición me cansa. Me agobio.

—¿Y ellos lo saben?

—¿Quiénes?

—Tu familia, tus amigos...

—¡No! —respondo, como si hubiera dicho una locura—. Lo llevo bien. Tiene sus cosas buenas.

—A cambio de algunas malas...

—Exacto.

—¿Qué pasaría si se lo dijeras? Que no quieres salir más en los vídeos.

—No puedo hacerles eso —digo, escandalizada.

—¿Por qué?

—¡Pues porque no! Es... es su vida, y su trabajo. Y también es mi vida, lo quiera o no. Cuando nos preguntaron a mi hermana y a mí si nos gustaba la idea, dijimos que sí. Ahora no puedo echarme atrás. No sería justo.

—¿Y sentir que no encajas ni en tu propia casa sí lo es?

—A ver, no es tan así...

—¿Sabes qué creo? Que deberíamos aceptar que todo el mundo cambia. Cada día. Cada segundo. Así de rápido. —Chasquea los dedos—. Yo el primero. Pero se nos olvida, supongo. O nos da miedo. Constantemente descubrimos cosas de nosotros que un minuto antes no sabíamos, y algunas de esas cosas redefinen por completo quiénes somos para protegernos de toda la mierda que pasa a nuestro alrededor.

Me mira con intensidad, como para asegurarse de que lo que dice no es una estupidez.

—A lo que voy —añade—, es que la Cali que está aquí, ahora mismo, no es la misma Cali que les dijo a sus padres que le daba igual que la grabaran. Y lo mínimo que os merecéis tanto tú como ellos es que se lo digas.

—No es tan fácil.

—Lo imagino... Pero estás presuponiendo muchas cosas de tus padres ahora mismo.

—¿A qué te refieres?

—En tu cabeza, apuesto a que estás imaginando cómo irá la conversación. Lo que te dirán, su reacción... Pero eso puede ser peligroso porque lo hacemos creando versiones de los demás con lo que conocemos de ellos. Y, normalmente, conocemos mucho menos a la gente de lo que nosotros pensamos. Igual que tus padres no saben quién eres, es muy probable que tú tampoco sepas realmente quiénes son ellos.

A pesar del trabalenguas, entiendo a qué se refiere y casi me molesta que tenga razón.

—Entonces ¿el Héctor que está ahora aquí no es el mismo que se prohibió creer en el amor? —pregunto, y él se ríe.

—Aún no estoy seguro.

37

Me despido de Héctor allí mismo, en la estación. Me acerco a él y, sin apenas ser consciente de ello, le abrazo, agradecida por la conversación que hemos tenido. Al instante noto que ha sido un error y él se queda petrificado. Mierda. Pero justo cuando voy a separarme, noto cómo sus brazos me envuelven, al principio con cierta incomodidad, como si hubiera olvidado cómo hacerlo, y después con una naturalidad que me hace respirar aliviada.

Mientras camino de vuelta a casa siento algo similar a una dulce resaca. Estoy agotada y extrañamente feliz. Haberme desahogado con Héctor me permite verlo todo con otra perspectiva. Me he convencido de que tarde o temprano tendré que hablar con mis padres y también de que debo dejar de vivir mi vida en función de la opinión de miles de desconocidos. Por desgracia, también sé que sobre el papel parece mucho más sencillo de lo que será en realidad.

Debo dejar de esconderme y hablar con mis padres. Pero ¿cómo? ¿Cuándo? Seguro que Tesa sabría la manera. Estas cosas se le dan mucho mejor que a mí. El enfrentarse al mundo y a las circunstancias, quiero decir. Yo soy más de aguardar en las trincheras, de dejar el trabajo de campo para otros. Prefiero mantenerme en la sombra, a resguardo, y dejar a otros que peleen por mí. No es cobardía, es un método de defensa tan útil como cualquier otro. Aunque muchas veces me gustaría tener la lengua y el valor de mi mejor amiga. Quizá, algún día, se me pegue algo de ella.

Abro la puerta de casa justo cuando oigo un coche detenerse en la acera.

—¡Cali!

Me vuelvo para encontrarme precisamente con Tesa, que se despide del taxista que la ha traído y agita la mano por encima de la puerta de la cancela.

—He venido en cuanto me he enterado.

—¿De qué? —pregunto mientras abro. Ella, por respuesta, me planta el móvil delante de mis narices.

—Están en todas partes. Eres... eres *trending topic* ahora mismo.

Tengo que separar un poco el teléfono de los ojos para ver a qué se refiere. Y cuando lo hago, se me caen al suelo el alma y todos los buenos propósitos que tenía hace unos minutos. En la imagen se nos ve a Héctor y a mí, hace un rato, en el vagón de metro, hablando y después despidiéndonos junto a los tornos. Alguien nos ha visto, ha hecho las fotos y las ha subido a internet.

—Oh, no... —es lo único que me da tiempo a decir antes de que se abra la puerta de casa y mi madre aparezca.

—¿Qué has hecho ahora? —Ella también tiene su móvil en la mano—. Hola, Tesa, cielo. Vamos, adentro las dos. Ya.

En el salón, cómo no, me esperan mi padre y mi hermana.

—¡Por toda la red! —exclama mi madre, deslizando el dedo por su tableta—. ¿Y qué te ha pasado en la mano?

—Te advertí que ocurriría algo así —añade Néfer desde el sofá, con las piernas cruzadas y los brazos extendidos. Parece una emperatriz romana, lista para bajar el pulgar y ordenar mi ejecución. No quiero creer que está disfrutando con todo esto, pero lo disimula muy bien.

—¡Cali, tu mano! —insiste mi madre.

—Es solo un rasguño y ya está curado.

—¿Te lo ha hecho él? —Por cómo lo pregunta, con ese gesto de asco, de terror, de angustia, parece que hubiera estado con un monstruo.

—¡Claro que no! Ha sido con una copa. ¡Y *él* es un compañero de clase y se llama Héctor! Me había invitado a cenar a la residencia donde vive por ayudarle a aprobar todas las asignaturas. ¡Díselo tú, Tesa!

—Es verdad. Silas también le conoce. Somos amigos suyos.

Mi madre recula enseguida, e incluso creo advertir cierto rubor por debajo del maquillaje.

—Bueno, compañero de clase o no, no es Gerard.

—¿Y?

—¡Y que ahora lo importante es que la gente te vea con Gerard!

—Lukas nos acaba de avisar de que sois *trending topic* —me explica mi padre—. La gente se pregunta si habéis roto, si el chico este es tu nuevo novio, si...

—¡Ay, no, no, no...! —se lamenta mi madre, sentándose en el sofá como si fuera a marearse—. ¡Esto es peor de lo que pensaba!

—La gente es idiota y busca carnaza —dice Tesa, para tranquilizarla—. Es la historia de esta tarde, pero mañana lo habrán olvidado.

—Lo sé, cariño, pero cada voto cuenta. —Después se vuelve hacia mí—. ¿Acaso no queréis ganar? ¿No entiendes que sería una gran oportunidad para todos?

Cuando miro a mi amiga, esta me hace señales con los ojos para que me decida a contarles la verdad sobre el estado actual de mi relación con su hermano. Pero como suelte semejante bomba en ese momento, es probable que a mi madre le dé un ataque al corazón.

—Mamá, papá, Néfer, Héctor es solo un amigo —repito con paciencia.

—La gente se pregunta por qué hace días que no mencionas a Gerard en ningún *post* ni sale en ninguna foto contigo —apunta mi hermana—. Así que más vale que hagáis algo ¡ya!

—¡Que sí, joder! ¡Mañana grabo con él! ¿Contentos todos? ¿Queréis que ponga un comunicado para tranquilizar a todo el mundo?

—Buena idea. Si quieres, te lo corrijo yo —apunta mi madre.

Gruño, incapaz de encontrar las fuerzas para enfrentarme a todos a la vez después del día que he tenido, y opto por la huida rápida. Agarro a Tesa del brazo y la arrastro escaleras arriba.

—Buenas noches a todos.

—¡Cali, no hemos terminado de hablar! —escucho decir a mi madre—. ¡No seas cría!

—¡Dejadme en paz! —grito, y me encierro en mi cuarto de un portazo con mi amiga.

Ya solas, me tiro en la cama y ahogo un grito en la almohada de la manera más peliculera que existe hasta vaciar por completo los pulmones.

—¿Mejor? —pregunta Tesa cuando termino.

Digo que sí con la cabeza y me incorporo, pero no suelto la almohada y me abrazo a ella. A continuación, saco el móvil del bolsillo y empiezo a leer las menciones de Twitter. La brutalidad de la gente me deja en shock.

≡ **Inicio**

@SaraCuencaxXx
¿Quién es ese tío?

@WitchBirdlv3
¿Le está poniendo los cuernos a nuestro Gerard? ¡Será z*rra!

@Shabrina87
¡Yo creía que te lo merecías, pero me equivoqué! ¡Te vas a enterar como te pillemos las gerardinas!

@D4NG333RT0
La felicidad de miles de nosotras estaba en tus manos y nos has destrozado! Gerard, ni caso a esta tía. Tú vales más!

¿Cómo pueden ser tan agresivos conmigo y tan considerados y amables con Gerard? ¿Cómo, si no saben absolutamente nada de lo que ha pasado entre nosotros? ¿Por qué dan por hecho que yo, por ser la chica, soy la mala, y merezco esta lapidación a base de mensajes mientras él solo recibe un apoyo ciego e incondicional? ¡Ninguno merecemos esto, y yo menos!

—Ya está bien. —Tesa me arranca el móvil de las manos y lo deja en la estantería, bocabajo para que no vea ni la luz de aviso de nuevos mensajes—. No les hagas ni caso.

—¿Has hablado con tu hermano? —le pregunto—. Me escribió durante la cena, pero no he podido responderle, y ahora con todo esto...

—Él ha sido quien me ha avisado. Por eso he venido. Sabía que me necesitarías más que él y que probablemente estarías pasándolo mal.

—Qué considerado —digo, entre sarcástica y agradecida.

Entierro la cabeza entre las manos durante unos segundos para tratar de ordenar los pensamientos.

—Te lo tengo que preguntar: ¿ha pasado algo entre Héctor y tú?

—¡No! Solo hemos hablado. ¿Crees que le estarán molestando? Tengo que hablar con él.

—Espera a mañana. Dudo que sepan siquiera dónde vive.

—No me puedo creer que haya pasado esto precisamente hoy... Hemos hablado de tantas cosas, Tesa. Ha sido... hemos conectado. Por primera vez he sentido que realmente he conocido al auténtico Héctor.

Me siento como una lata de refresco que dejas en el congelador y te olvidas de que está allí hasta que estalla y el contenido sale disparado en todas las direcciones. Hablo atropelladamente, mezclando partes de la noche, adelantándome y volviendo para atrás. Le cuento lo de la cena, le hablo de Gorka y de Pedro y de la residencia, y de la prohibición que Héctor se había hecho a sí mismo. Cuando termino, vuelvo a tumbarme, exhausta.

—Qué maravilla —se limita a decir Tesa, con los ojos brillantes.

Y no sé si es por los nervios o por la sensación de paz que me embarga ahora que he compartido el peso que llevaba encima, pero de repente a las dos nos entra un ataque de risa, como si acabara de contar el mejor chiste de la historia. Porque realmente todo es absurdo. Justo entonces suena el timbre de la puerta principal. Tesa y yo nos miramos, asustadas, y corremos a asomarnos a la ventana para descubrir que se trata de Silas, que trae dos cajas de pizza.

—¡He pensado que tendríais hambre!

38

Lo primero que nos obliga a hacer Silas, si queremos probar un trozo de pizza, es cerrar todas las sesiones de las redes sociales.

—Queda prohibido revisar ninguna —dice, y hasta que no comprueba que tenemos las sesiones cerradas, no abre las cajas. Y qué aroma desprenden... No me doy cuenta hasta este momento del hambre que tengo. Encima ha traído las que más nos gustan: hawaiana y boloñesa.

Tras poner a nuestro amigo al día sobre lo que ha ocurrido hoy y después de que él nos cuente qué tal está yendo su exposición, me acuerdo de Andrei y de lo que descubrí durante la rueda de prensa. Silas alucina al descubrir quién es su familia y no puede creerse que no nos lo dijera, pero mi amiga parece más tranquila de lo que esperaba, cosa que me hace sospechar algo.

Desde la cama, tumbada con Silas y jugando con sus rastas, le pregunto a Tesa, que está en un puf en el suelo, si debería hacer caso a Néfer e ignorar a Andrei hasta que termine el concurso o, por el contrario, confiar en que no esté tratando de ser simpático para luego aprovechar lo que descubra y ganarlo.

—No sé..., a mí me dio buena espina —declara, y algo en su tono de voz y en cómo se pone a mirar su móvil hace que sospeche.

Me aclaro la voz y pregunté:

—¿Hablas de la fiesta del otro día?

—Sí, de la fiesta y eso... —Cuando responde, no se vuelve hacia nosotros.

—Tampoco le conocemos en realidad. Yo le he visto dos veces, y puede que estuviera actuando. Aunque no puedo negar que me cayó simpático y que es bastante guapo, ¿no?

—Sí... —afirma, y, aún con los ojos en el techo, sonríe. ¡Sonríe!

—¡No me lo puedo creer! —exclamo, levantándome de la cama y poniéndome a su lado. Silas también da un respingo. Del susto que se pega Tesa, suelta el teléfono, que cae en la alfombra. Deprisa como una ninja, lo cojo y lo zarandeo en el aire—. ¡Te gusta Andrei! ¡Habéis quedado más veces! ¡O habéis hablado! ¿A que sí?

—¡¿Qué estás diciendo?! Devuélveme el móvil, Cali. ¡Ahora! —Trata de agarrarlo, pero se lo paso a Silas—. ¡Parad ya, que sabéis cómo acaban estas cosas!

«Normalmente, los tres con algún arañazo y algún moretón», pienso. Porque tengo una amiga de lo más bruta que no controla su fuerza y un amigo que cuando le hacen cosquillas no controla sus articulaciones. Pero hay momentos, como este, que merecen la pena el riesgo. No vamos a leer el contenido de sus mensajes, no soy de esa clase de gente y valoro demasiado la privacidad, pero me gusta hacerla rabiar.

—Cuéntanoslo todo —le suplico. Y esta vez, cuando trata de sujetarme, me escabullo por encima de Silas—. Por favor..., ¡después de cómo me he sincerado yo! ¡Tesa!

Se rinde a la tercera vez y se sienta en la cama junto a Silas, que le devuelve el teléfono.

—¡Tampoco ha pasado nada! —confiesa, y yo le pido a Silas que me ayude a hacerla confesar.

Él le hace un gesto para que profundice, pero con poco entusiasmo. No sé lo que tendrá él en la cabeza, pero a mí me emociona verla así. Además de que me tranquiliza comprobar que las sensaciones positivas que el chico me había transmitido en un primer momento también las ha percibido ella.

—Pues, a ver... antes de irnos de la fiesta, nos dimos los móviles, así que quedamos unos días después y fuimos a tomar algo. Los dos solos. Y hablamos durante horas, me llevó a algunos bares que conocía... y nos besamos.

Le lanzo un cojín, pego un grito y me siento a su lado para darle un abrazo.

Hace años desde la última vez que vi a Tesa mascullando este tipo de frases en voz baja, casi muerta de vergüenza o de emoción, como si estuviera hablando de una escultura de cristal que pudiera romperse con solo respirar sobre ella.

—¡Y luego soy yo la que se calla las cosas! —exclamo, volviéndola a abrazar—. Me alegro tanto por ti... Te dije: «A mí me da buena espina». Desde el día que lo conocí. Y además me pareció que estaba muy bueno, debo añadir —y me río—. ¿Silas?

—Sí, está muy bueno —responde él, de manera automática, y los tres nos reímos.

—Mi hermana es una pesada, pero creo que se puede confiar en él —añado—. Eh, pero cuando llegue el momento más te vale que votes por mi familia y no por la suya —bromeo.

—¡Eso por supuesto! Quiero seguir viniendo a esta casa sin que tu madre me corte las orejas.

—Ella sería más de envenenarte con la cena.

Me da un suave empujón con el hombro y después apoya la cabeza en él.

—Me alegro mucho por ti, Tesita —declara Silas, recuperando su energía habitual y uniéndose al abrazo—. Pero estoy harto de que os emocionéis con vuestras conquistas y no con las mías.

—¡Las tuyas duran una tarde y tienes de media cuatro a la semana! —replica Tesa—. Comprende que no sea tan emocionante...

—*Touché*.

—Pues si ya hemos terminado de hablar de mi vida —dice Tesa—, voy a ir a por agua. ¿Alguien quiere que le traiga algo de la cocina?

Cuando los dos le decimos que no, sale de la habitación. Así es mi mejor amiga: si puede evitar hablar de ella y de sus emociones, mucho mejor.

—¿Estás bien? —pregunto a Silas, a quien veo alicaído de repente. Pero él asiente y sonríe como si nada.

Desde abajo, me llegan las voces de mis padres, que andan aún reunidos por videoconferencia con Lukas y quiero pensar que no es por mí ni por las injustas tonterías que la gente decide verter en las redes sociales como si fuéramos personajes de una serie de televisión, pero me temo que soy la razón principal, así que prefiero no escucharlos.

Tesa ha avisado a su familia de que pasará la noche en mi casa y que mañana iremos juntas a la grabación del vídeo con Gerard en el plató de la tele. Después ha escrito a su hermano en privado para que no se preocupe. Le ha explicado que entre Héctor y yo no hay nada y le ha asegurado (porque yo, a mi vez, se lo he asegurado antes) que no van a aparecer de pronto fotos mías comiéndole la boca. Sobre todo porque no ha sucedido tal cosa. Para dormir, sacamos la cama supletoria que hay debajo de la mía y, una vez hecha, nos tiramos ella y yo en la mía, y Silas en la pequeña, y apagamos todas las luces. En cuanto me veo envuelta por las sábanas, las preocupaciones dejan paso al sueño y me relajo hasta el punto de casi dormirme. *Casi*, porque justo en ese momento Tesa enciende la pantalla del móvil y la habitación entera se ilumina como si acabara de entrar un meteorito por la ventana.

—Mmm..., ¿qué haces? —masculla Silas.

—Nada, vosotros dormid, es que me ha venido a la cabeza una cosa y quiero comprobar algo.

Vuelvo a relajarme y, cuando estoy a punto de quedarme dormida de nuevo, me doy cuenta de lo que acaba de decir y me incorporo, completamente alerta.

—Espera, ¿es algo del cine?

—Más bien, algo de sus propietarios.

Enciendo la luz y Silas gruñe por el fogonazo.

—Nos hemos centrado tanto en arreglar el proyector, en averiguar quién grabó la película o de qué va, que hemos ignorado lo más básico: por qué apareció allí, de quién era ese cine —explica Tesa, sin dejar de teclear en el teléfono—. Con los exámenes no he podido mirarlo, pero ahora... ¡Bingo!

Silas sube a nuestra cama y los dos rodeamos a Tesa para leer la página de un periódico local que tiene abierta. «Trágico accidente para el mundo del cine», reza el titular. La noticia está encabezada con una foto descolorida de dos veinteañeros ante las puertas del Nostalgia.

—«Blas y Félix Crespo» —lee—. Así se llamaban los propietarios del cine. Hace dieciséis años, el más joven, Blas, murió en un accidente de coche con su mujer y, al poco, su hermano Félix cerró el cine para siempre. ¿Creéis que seguirá vivo? —nos pregunta, y se sale de la noticia para entrar en el buscador de internet—. Félix... Crespo... Solar —masculla, mientras escribe.

Pero yo estoy dándole vueltas a otra cosa: ¿dónde he escuchado ese apellido antes? Me suena muchísimo. Sobre todo con el nombre de Blas... Blas Crespo... Blas Crespo... Blas... De pronto me giro y me pongo de pie tan rápido que Silas se pega un susto.

—¡Es él! ¡Es él! —exclamo, tan alto que al instante escucho los golpes en la pared, provenientes de la habitación de Néfer. Pero me da igual, señalo el póster de *Besos de tormenta* y repito el nombre que se lee en él, junto al de Ágata Buendía.

—¡Blas Crespo salía en la película!

Tesa y Silas también se acercan para comprobarlo. El hombre parece que era el coprotagonista de la historia.

—¿Y pone que murió en un accidente? —pregunta Silas, desinflando mi emoción al instante.

—Pues en la red no encuentro nada del tal Félix... ¿Creéis que también murió?

—Muerto o no, a saber dónde estará ese hombre ahora mismo...

—Aun así, habrá que contárselo a Héctor y ver si a él esos nombres le suenan de algo.

Me siento tan frustrada como emocionada por haber dado con una nueva pieza de este rompecabezas. Al fin y al cabo, aún no sé si hemos encontrado una pista o un nuevo callejón sin salida.

39

No logro pegar ojo en toda la noche, así que aprovecho para escribir lo que no he escrito en los últimos días hasta que me vence el sueño. A la mañana siguiente, el resultado son un par de ojeras tan pronunciadas que ni con todo el corrector del mundo logro cubrirlas, pero he conseguido un importante avance en la redacción. Solo me queda esperar que para la grabación de esta tarde tenga mejor cara.

Cuando los tres bajamos a desayunar, mi madre está esperándonos en la cocina con café recién hecho... y la cámara en la mano.

—Buenos días, chicos, ¿qué tal habéis dormido?

—¡Muy bien! —exclama Tesa, lanzándole un beso a los suscriptores.

—Hoy es un día importante, ¿verdad, Cali?

—¡Eso parece! —contesto, sirviéndonos tres tazas de café. Mi madre me hace gestos con las cejas para que añada algo más—. ¡Ah! ¡Es que hoy grabo con Gerard!

—Diles que voten —agrega mi madre, en voz baja, como si luego no fuera a editarlo.

—¡Así que no os olvidéis de votar! —Acerco la taza al objetivo, como si brindara con ellos y mi madre corta.

—Lukas piensa que no debemos preocuparnos por lo de ayer —comenta, y, obviamente, si Lukas lo dice, entonces ya podemos creérnoslo—. A la gente se le olvidará. Aunque te recomiendo que no leas comentarios durante unos días...

—Descuida.

—¿Sabes? Yo creo que sería de gran ayuda que pusierais algo los dos en Twitter para que vean que estáis bien. De hecho, ¿tiene Twitter el otro? Porque sería genial que lo conociera la gente de una manera más oficial y comprobaran que no hay nada entre vosotros.

Mi cerebro está a punto de sufrir un cortocircuito por sobrecarga de información después de la noche que he pasado.

—No. Héctor no tiene Twitter.

Mi madre arruga el morro, desconfiada.

—¿Que no tiene...? Pues Gerard y tú, al menos. ¿Qué tal está tu hermano, Tesa? ¿Por qué no ha venido?

—Migrañas —se inventa Tesa, y suena tan convincente que casi quiero preguntarle cómo se encuentra—. Le han dado fuerte estos días y quiere estar bien para la grabación de hoy. Por cierto, Gloria, me encantó tu último vídeo sobre los masajes eróticos.

—¡¿Los has probado?! —pregunta mi madre, emocionada.

—Aún no, pero lo haré pronto.

—¿Conmigo? —se ofrece Silas, y ella le da una colleja.

—¡Qué maravilla, cielo! A ver si le enseñas a Cali a ser menos vergonzosa con estas cosas. Que hablar de sexo es algo natural, ¿verdad? Un día tenemos que hacer un vídeo las tres, ¿os apetece? Uno sobre masturbación o sobre las expectativas de los hombres por culpa de la pornografía frente a la realidad. ¿Cerramos un día?

—Venga, la semana que viene, ¿no? —me pregunta mi amiga, y mi gesto la hace retroceder—. O... si eso ya lo pensamos para más adelante.

Mi madre pone los ojos en blanco, harta de mis escaqueos, pero nos deja marchar con la excusa de que tenemos que prepararnos para esta tarde. Cosa que realmente necesito. Primero, porque tendré que volver a ver a Gerard. Y, segundo, porque tendré que fingir que somos los mejores novios que existen por culpa del maldito premio.

Gerard ya está en los estudios de grabación cuando, después de comer, llegamos Tesa y yo. Silas nos ha acompañado hasta allí, pero luego se ha tenido que marchar porque había quedado. Mi ex se ha traído a Román, que a duras penas logra ocultar un gesto de reproche cuando me saluda. Casi parece que, de haberle puesto los cuernos a alguien con Héctor, se los hubiera puesto a él en vez de a su amigo.

Gerard está imponente, con una chaqueta y una camiseta blanca debajo, pantalones rasgados a la altura de la rodilla y botas altas. Parece uno de esos roqueros eternamente jóvenes que solo aparecen en fotografías en blanco y negro, con el pelo cuidadosamente despeinado y una sonrisa tan inocente como peligrosa. Mis sentimientos hacia él se han enfriado mucho, sin duda, pero sería mentira decir que una parte de mí no sufre cuando está cerca. Ahora más que nunca, con nuestra imagen reflejada en el espejo del camerino, veo lo que ven todas sus fans cuando salimos en fotos juntos, e inconscientemente me cubro la camiseta que llevo a la altura de la tripa.

Los organizadores nos han dejado unos minutos mientras terminan de preparar el set, y a Tesa se le ocurre la idea de que estaremos mejor si nos dejan unos minutos a solas. Román parece que quiere protestar, pero no llega a hacerlo. En cuanto se van, me acerco a la mesa del cáterin solo para no tener que mirarle a los ojos. Desde allí le pregunto qué tal está.

—Bien —responde, y al cabo de unos segundos se aclara la garganta y añade—: Tesa ya me ha contado que lo de ayer..., que no es nadie ese chico. Solo un compañero de clase, ¿no?

—Sí que es alguien: se llama Héctor —le corrijo—. Pero no somos nada, si te refieres a eso.

—Deberíamos aclararlo en nuestras cuentas lo antes posible; no quiero que sigan atacándote.

—Dudo mucho que una foto vaya a cambiar algo —le digo, mientras él saca el móvil y abre la cámara delantera para que nos hagamos un *selfie*—. No lo ha hecho en los últimos meses y no lo va a hacer ahora.

—Ven —me pide, ignorando por completo mis palabras. Se coloca a mi lado y, justo antes de darle al botón, se gira y me planta un beso en la mejilla. Cuando nos separamos, revisa la foto—. ¿Qué pongo?

—Escúchame, Gerard, por favor. Es mejor que no subamos nada. Que cada uno piense lo que quiera. Así, cuando contemos que hemos cortado, la gente se extrañará menos. Si estuviéramos saliendo... —Decir las palabras en voz alta escuece un poco—. Pero no lo estamos.

Sigue tecleando sin responder. Cuando levanta la mirada compruebo que me ha llegado una notificación al móvil y leo:

—«Hay días en los que me alegro especialmente de estar con ella.» —Le miro incrédula—. ¿En serio?

—¿Qué? ¿No te gusta?

Esta vez soy yo la que guarda silencio porque no sé qué decir. Me he quedado sin argumentos ni energía para hacerle comprender el lío en el que se está metiendo; en el que nos está metiendo por un estúpido concurso que no vale la pena el esfuerzo. ¿No sería mejor que anunciase que ya no está conmigo para rehacer su vida con otra chica? Nos quedamos sin decir nada durante más de un minuto, y cuando yo decido girarme para proponerle que valoremos la posibilidad de acabar con todo hoy, él también se aclara la voz y dice:

—Te... te echo de menos, Cali. —Me pongo rígida y aprieto los labios para guardar silencio—. Román me ha dicho que no te lo dijera, pero no puedo evitarlo. Echo de menos hablar contigo y reírnos y salir a cenar... Joder, si a veces hasta echo de menos grabar algo juntos.

Me siento extraña: le oigo, pero no logro descifrar lo que me quiere decir. Él fue quien cortó conmigo, ¿ahora pretende que volvamos? ¿Lo estoy entendiendo mal?

—Gerard, fuiste tú quien rompió conmigo y quien me pidió que fingiéramos que seguíamos juntos. ¿A qué viene esto? ¿No querrás...?

—¿Que volvamos? No, no. No. —Y es tan categórico que enciende mi enfado, aunque me contengo. ¿Cómo puedo ser tan obtusa de pensar, cada vez que le veo, que algo ha cambiado, que él ha cambiado; que aún queda algo que rescatar?—. Me refiero a que te echo de menos como amiga. Hace semanas que ni nos vemos. Y si no fuera por Tesa, no sabría qué es de ti. Buf... Igual no debería haberte dicho nada, lo siento.

—¡Gerard, deja de pedirme perdón! —exclamo, harta—. Disculparse deja de tener valor cuando no haces nada para remediar la situación. Te juro que no sé a qué viene todo esto ni por qué querías quedar conmigo el otro día, pero estoy tratando de pasar página, así que, o eres claro conmigo, o las cosas entre nosotros van a ir a peor.

El modo en el que me mira me parte el corazón, ¡y me odio por ello! Pero parece que mis palabras han surtido efecto y que, sea lo que sea lo que se está guardando, me lo va a decir. Desvía los ojos hacia el suelo, respira profundamente, y cuando se vuelve para hablarme, se abre la puerta y entran Román y Tesa, acompañados por Clara, la chica de producción. Una mirada basta para hacerle comprender a mi mejor amiga que es un mal momento, pero no hay nada que hacer. Toca seguir fingiendo.

De camino al set que nos han preparado, escucho a Román preguntarle a Gerard si cree que podrá recomendarle para rodar con él en el futuro, si finalmente gana el concurso. Que está flipando con la productora y que cree que su perfil encajaría genial para muchos de sus proyectos. ¿Este chico no se cansa de pedir?

El escenario parece el de uno de esos concursos televisivos de parejas, con dos sillones giratorios, uno junto al otro, y un enorme corazón con luces detrás. Es tan hortera que parece hecho aposta, pero no.

—Sentaos aquí —nos indica Clara, señalando los sillones—. Os hemos preparado el popular *tag* del novio o de la novia porque hemos comprobado que no lo habíais hecho todavía en vuestros canales, ¿no?

No. Porque yo me he negado en rotundo a ofrecerles aún más en bandeja nuestra vida a las gerardinas. Pero veo que al final va a ser peor el remedio que la enfermedad.

40

—Os hemos preparado diez preguntas. Las podréis ir leyendo en los tarjetones que vamos a mostraros desde detrás de la cámara y podéis apuntar las respuestas antes de decirlas en voz alta en estas pizarras. Después las mostráis a cámara y reaccionáis a lo que haya puesto el otro. No os preocupéis por nada más: nosotros nos encargaremos de la edición posterior del vídeo. ¿Estáis listos?

Yo me quedo mirando la pizarra y el rotulador que me han dado como si fuera la primera vez que veo algo similar, pero Gerard se encarga de responder por mí que estamos listos. A continuación, la chica se aleja, avisa a todo el mundo para que guarde silencio y comienzan a grabar. Por suerte para mí, como suele ser habitual cuando grabo con Gerard, él lleva la voz cantante. Primero presenta el vídeo, a continuación explica la dinámica y después me pregunta si estoy preparada. Una vez más, en mi mente digo que no, pero mi voz dice que sí.

—¿Dónde nos conocimos? —pregunta él mirando a la cámara. Después se vuelve hacia mí y levanta su pizarra—. Esta es fácil. ¿A la de tres? —Aunque me tiembla un poco la mano, trato de escribir con buena letra—. Una, dos... ¡y tres!

Ambos enseñamos a la cámara nuestras respuestas. Los dos hemos escrito que en un evento de YouTube. Quizá esto no sea tan difícil...

—Yo conocí a Tesa, su hermana. Y luego a Gerard —aclaro.

—Siguiente pregunta: «¿Cómo describirías nuestro primer beso?».

Me temo que he cantado victoria demasiado pronto y Tesa lo sabe. Desde el otro lado de la cámara me anima alzando los pulgares con energía. Después me concentro en la pregunta. Hace un tiempo supongo que lo habría descrito como especial, único, inesperado. Sin embargo, lo que escribo en la pizarra es...

—¿«Torpe»? —lee Gerard, entre divertido y extrañado. Él ha escrito «Único»—. Vas a tener que dar una explicación.

—A ver, fue bonito, pero tuvimos que acostumbrarnos el uno al otro. Tú... metías demasiado la lengua y...

—¡Suficiente! —corta él, con una risotada, y veo que la gente de producción también se ríe. A pesar de todo, vamos bien—. «¿Sabías que yo era el elegido o la elegida cuando me viste?»

Si las cámaras reflejaran lo que siento por dentro con cada una de estas preguntas cortarían la grabación... o harían zum en mi cara, quién sabe. Gerard me mira de soslayo mientras escribe y sé lo que está tratando de decirme: cíñete al guion, responde lo que esperan que respondas... Pero empiezo a entender que si vivo constantemente una mentira, ¿qué diferencia habrá con que sea realidad?

Cuando damos la vuelta a las pizarras, él ha escrito «Totalmente» con su letra perfecta. Yo, con mi caligrafía de niña de primaria: «Eso pensé en aquel momento».

Sé que le está haciendo daño. Lo veo en sus ojos. Y también sé que no le duele porque sea la verdad, sino porque ahora más que nunca necesita que mienta. Aun así, se limita a reír y a continuar con el resto de las preguntas: cuál fue la primera impresión que nos llevamos el uno del otro («¿Quién es este chico tan presumido?», «¿Quién es esta chica tan reservada?»); si tenemos alguna tradición (ir al cine y después al italiano); quiénes son nuestros mejores amigos (Román, Silas y Tesa); quién dijo «Te quiero» primero (él); quién se arrepiente de habérselo creído (yo). Bueno, esta última pregunta no la han hecho, pero como si sí.

—¡Penúltima pregunta! —avisa. Lo normal es que ese tipo de aviso espante a la audiencia, pero con Gerard jamás sucede. Casi puedo imaginarme a las futuras espectadoras suspirando porque vayan a tener que esperar una semana para su próximo vídeo—. ¿Qué es lo que más nos gusta del otro?

Durante todos esos meses, cuando me hacían esta pregunta sobre Gerard mis amigos o mi familia, siempre respondía lo mismo de manera automática: su alegría, la energía que desprende, lo guapo que es, obviamente... Pero ahora, con la mirada clavada en la pizarra y el rotulador quieto, me obligo a pensar con sinceridad qué contestar.

—¿Ya lo sabes? —me pregunta Gerard, y entonces escribo—. ¿Ya?

Cuando mostramos a la cámara las pizarras, él ha escrito: «Que consigues ver lo mejor de cada uno y sacarlo a la luz». Yo: «Que hace que todo el mundo a su alrededor se sienta parte de algo más grande».

Los dos nos miramos y sonreímos.

—¿Ya hemos terminado? —pregunto, esperanzada.

—¡Solo queda una! —nos responde la chica, y cuando la leo me da un vuelco el corazón.

—«¿Qué es lo que menos nos gusta del otro?»

Por supuesto, cómo no. Que no falte el salseo. De nuevo nos concentramos en las pizarras, y aunque siento los ojos de Gerard buscando los míos, trato de ignorarlo. Esta vez he decidido jugar de forma sincera y me siento mejor que contando mentiras o medias verdades.

—Ya está —digo. Él tarda unos segundos más, hasta que me hace un gesto para mostrar nuestras respuestas.

Gerard ha escrito: «Que no te importa lo que piensen los demás». A continuación lee la mía:

—«¿Que, por miedo a que no te quieran los demás, temes quererte como eres?» —Veo que le ha afectado, pero antes de que la cámara pueda captarlo, hace un mohín con la mano y se vuelve hacia el frente—. Pues sí que nos hemos puesto intensos, ¿no?

En cuanto anuncian el fin de la grabación, me despido de la gente, le doy un abrazo a Tesa, que ha quedado con Andrei, y acordamos vernos mañana por la mañana para terminar de arreglar el proyector.

No quiero estar más tiempo en este sitio. Además, necesito avanzar con el texto para el IPNA antes de que empiecen todas las festividades, cenas y comidas navideñas. Por suerte, un coche de producción se encarga de llevarme a casa y en cuestión de media hora estoy entrando por la puerta.

—Tenemos que hablar —dice mi madre, sin darme tiempo siquiera a descalzarme. Mi padre apaga la tableta digital y también me mira, y no sé si está cansado o decepcionado.

Me temo lo peor, pero resulta que se han enterado de cómo ha ido la grabación y no les ha gustado mi actuación. Sobre todo a mi madre. Qué inesperado. Ha bastado poner un pie en el salón para comprender que la culpa la tenía yo.

Al parecer, un amigo de Lukas que trabaja en el equipo de producción le ha llamado para preguntarle si yo estaba bien y si me ocurría algo, pues me había notado muy alterada, según él. Después le ha contado sus impresiones sobre las respuestas que he dado a algunas de las preguntas con mi ¿exnovio? y él, como buen representante que es, ha tardado cero coma en llamar a mis padres y advertirles.

—Nos ha dicho que ni siquiera te has molestado en quedarte un rato más hablando con ellos.

—¡Es que no tenía nada que contarles! —exclamo, exasperada—. Además, ellos no son los que tienen que votarnos.

Mi madre bufa como una mala profesora que le ha tocado en clase una alumna que retrasa a todo el grupo.

—No seas obtusa, Cali. Esa gente nos puede ser muy útil en el futuro. Siempre hay que quedar bien. Además, ya te lo dije: cada voto cuenta.

—¡Cada voto cuenta *para ti*! —grito, poniéndome en pie—. ¿Qué es lo que no les ha gustado? ¿Que dijera la verdad? ¿Que nuestro primer beso fue torpe? ¿Que en ese momento pensé que podíamos ser la pareja ideal y que ya no lo creo? ¿Eh? ¿Cuál ha sido la verdad que más les ha molestado? Averígualo, y después habla con Lukas, que seguro que tú sabes qué hacer para convencerle de que la editen.

—¡Cali, ya es suficiente! —me ordena mi padre, y también se pone de pie.

Mi madre guarda silencio y me mira como si no me reconociera. Quizá todo esto sirva al menos para que se dé cuenta de que es así, de que no me conocen. O tal vez se ha dado cuenta de que, por mucho que evite pensar en algunas cosas, tampoco estoy ciega. En cualquier caso, yo no puedo soportar más la situación y me escabullo fuera del salón con los ojos húmedos.

—Cali, ¿adónde vas? ¡Cali!

—¡Dejadme en paz! —les grito, y vuelvo a la calle dando un portazo.

Mientras bajo los escalones y mi padre sale detrás de mí, pienso que tampoco ha sido tan malo que no me dieran tiempo ni para quitarme los zapatos porque así puedo echar a correr. Hace apenas unas horas, lo que más deseaba era alejarme todo lo posible de Héctor y de sus misterios. Ahora lo único que deseo es refugiarme en uno de ellos.

41

No miro atrás. Solo corro. Sin pensar hacia dónde ni hasta cuándo. Atravieso varias calles, giro en la siguiente esquina y me dirijo a la salida de la urbanización. A esas horas hay poca gente por las aceras y muchos menos coches. Mejor, ahora es uno de esos momentos en los que me gusta imaginar que el mundo se ha quedado vacío, en silencio, y que estoy completamente sola.

El tono de mi móvil rompe esa ilusión, pero lo dejo sonar hasta que para, un rato después. Luego bajo el ritmo hasta ponerme a caminar. No estoy llorando, pero sé que es porque el enfado que siento me lo impide. La frustración es tan grande que me asusto al pensar lo cerca que estoy de odiar a mi madre en este preciso instante. ¿Por qué no me ve? ¿Por qué se cree que soy un lienzo en blanco en el que puede pintar lo que a ella más le convenga? ¿Por qué no se conforma conmigo, con quien soy?

Esta última pregunta arrasa todas las demás, como una ola derrumba un castillo de arena, y por fin llegan las lágrimas. ¿Es esto lo que se supone que significa hacerse adulto?

Saco el móvil y veo que mi madre me ha dejado varios mensajes pidiéndome que vuelva a casa y que lo siente, y yo me pregunto si siente que nos hayamos peleado o que no haya sido capaz de enseñarme a comportarme delante de las cámaras. Prefiero no pensar en ello, así que no respondo y abro las redes sociales de Harlempic para ver las últimas fotos que ha colgado en su cuenta. Hay dos nuevas desde la última vez que lo miré. En una sale una muñeca de porcelana abrazando una planta de cactus, la otra es una ventana con el cristal roto en una decena de aristas y un cielo estrellado al fondo. En el texto que la acompaña hay una pregunta: «¿Te atreves?».

Hay ocasiones en las que me da miedo pensar en lo mucho que parece conocerme este fotógrafo. Cuesta creer que sea la casualidad lo que le lleva a poner determinadas fotos cuando más creo necesitarlas. O a lo mejor es pura sugestión. Lo mismo da. A veces creo que el sentido de la vida radica en encontrar todas las casualidades posibles que nos demuestren que no estamos solos y que todo lo que nos sucede, lo que nos emociona, lo que nos preocupa, lo que nos define tiene una réplica en los demás, incluso en aquellos que no conocemos.

No hace falta prestar atención al camino ni al metro que tomo para saber que me dirijo al cine. No quiero molestar a Tesa en medio de su cita, y Silas estará liado con sus cosas. En momentos como este es cuando más echo de menos a Gerard: una de las cosas que más me atrajo de él al principio fue su capacidad para entender rápidamente lo que me pasaba por la cabeza y tranquilizarme. Una pena que la principal razón de que yo esté ahora como estoy sea precisamente él. Así que solo me queda desaparecer en el lugar que se ha convertido en mi segunda casa los últimos meses. Mientras camino hacia el cine, pienso en lo poco que me ha costado dejar de sentir ese lugar como un lugar extraño y hostil para identificarlo como un refugio.

Es de noche cuando llego. Antes de entrar, escribo un mensaje en el grupo general de la familia avisando de que voy a pasar la noche fuera. No quiero que se preocupen ni que avisen de mi desaparición en todas las redes sociales. Y entonces cruzo el agujero en la puerta de madera y me siento como si fuera Alicia adentrándose en El País de las Maravillas. El cine de siempre parece un lugar nuevo al venir por primera vez sola y a estas horas. Más tenebroso, quizá, pero desde luego mucho más mágico.

La luz que suele penetrar durante el día a través de los cristales de las ventanas de los pisos superiores y de las rendijas de entre los tablones que tapian las de abajo ha sido sustituida por la de las farolas de fuera. El resultado es sobrecogedor. Cuando era pequeña, nuestros padres nos llevaron a mi hermana y a mí a ver el musical de *El fantasma de la ópera*. En él, hay una escena en la que el fantasma rapta a Christine, la protagonista, y la lleva a su mundo bajo los cimientos del teatro de la Ópera de París. Caminando ahora por el interior de estos cines abandonados, me cuesta no imaginar la melodía del órgano del fantasma reverberando en las paredes.

Cuando subo, veo a Abel. Se encuentra recostado en las butacas, con la radio encendida. Me saluda y sonríe antes de volver a tumbarse y a marcar con su pie el ritmo de la canción que está sonando. Siento como si hubiera viajado al pasado. Ahora me fijo más que nunca en la gente que lo pasa mal en el metro, en el autobús, en la calle... Es rara la vez que, cuando me monto en el tren, no viene alguien a pedir limosna, a contar que no tiene trabajo, que tiene una familia que cuidar o que está enfermo. Son gente que, con toda probabilidad, no ha vivido su vida entera de ese modo; gente que, por juegos del destino, ha acabado sin nada, cantando en la calle o vendiendo paquetes de chicles a cambio de unas monedas.

De pronto me invaden las dudas. ¿Qué hago aquí? Yo, que tengo una familia y una casa en la que refugiarme, que no me falta nada, ¿qué hago aquí? ¿Quién me creo que soy? Lo que para mí es una especie de aventura o un juego, para personas como Abel es el día a día. La vida real. Y el mero hecho de estar aquí me hace sentir fatal. Darme cuenta de esta verdad me impide seguir en el cine. Estoy a punto de dar media vuelta cuando Abel me llama:

—¡Eh! ¡Oye! ¡Hola! —Agita los esqueléticos brazos en el aire como si fuera una marioneta movida por hilos invisibles—. ¡Sube, sube! Que estoy harto de estar solo.

—La verdad es que estaba a punto de irme y...

—Va, ven, tengo un paquete de galletas —añade.

Su insistencia acaba por convencerme. Puedo ser otras cosas, pero no maleducada, y creo que me va a sentar bien hablar un rato con él. Hoy parece animado, más despierto y menos agresivo, y me cuesta muy poco imaginarlo como un cliente habitual del cine que queda con sus amigos para ir a ver una película.

—Buscas a los demás, ¿no? —pregunta cuando me acomodo a su lado—. ¿A Héctor? Pues no está. A veces viene cuando no estáis y hablamos. Luego me trae comida. Es un buen chico. ¿Sois novios?

—¿Qué? No —respondo, sorprendida ante el torrente de información.

—Pues lo seréis. O no tenéis que serlo. Podéis echar un polvo y ya está, que lo demás es un engorro.

No puedo controlar mi gesto y el hombre se echa a reír cuando me ve ruborizarme.

—Me gusta veros. Sí. Se os ve felices, y aquí hacía mucho que no se sentía esa felicidad. ¿Verdad? Verdad. Por eso se agradece. Sí. Cuando la gente que nos rodea es feliz, podemos fingir que parte de esa felicidad también nos pertenece, ¿correcto? Correcto.

Quiero responderle que apenas conozco a Héctor como para saber qué nos deparará el futuro cuando se oyen unos golpes en la puerta de la sala y los dos nos volvemos hacia ella, asustados.

Tardo unos segundos en reconocerlo, por el simple hecho de que mi mente no concibe verlo allí. Gorka se pasea entre las primeras filas de butacas, observándolo todo con un brillo sombrío en los ojos que hace que me estremezca.

—Así que este es el picadero de Héctor... —dice—. ¿Cómo puede haber sido tan capullo de ocultármelo todo este tiempo?

42

Abel apaga la radio y se incorpora. Temo por un instante que vaya a darle un brote de malhumor, como cuando me descubrió por primera vez en el edificio, así que trato de calmarle acariciándole el brazo y susurrándole que no pasa nada, que es solo un amigo. Mientras, con la otra mano, saco el teléfono móvil, pero me detengo antes de hacer nada sin saber a quién llamar. Héctor no tiene móvil y dudo que Silas o Tesa llegaran a tiempo.

—¿Qué haces aquí? —le pregunto, poniéndome de pie.

—¿Interrumpo algo? Yo también quiero pasar la noche en este sitio, ¿no puedo?

Entonces me fijo en el botellín que sujeta, y comprendo la razón por la que arrastra las palabras de esa manera: está borracho.

—¿Y Héctor? ¿Dónde está?

—¡Y yo qué sé! —exclama, y da un trago—. Liándose con otras, supongo. ¿Habíais quedado?

Por cómo sonríe, sé que sabe que no. Me pregunto cómo ha descubierto el cine, pero está claro que no es casualidad que haya aparecido ahora, cuando estoy sola, y eso me preocupa. ¿Desde hace cuánto que nos sigue? ¿O solo me sigue a mí?

—¿A qué has venido, Gorka? —insisto, más por ganar tiempo que por otra razón.

—Tenía curiosidad por saber qué hacíais aquí. ¿Bebéis? ¿Fumáis? ¿O hacéis algo más divertido?

—He venido a recoger unas cosas, pero ya me iba. Y tú también deberías irte ya —le cuento, saliendo al pasillo entre las butacas y bajando.

Sé que pretende hacerme enfadar. Busca pelea. Y aquí no están ni Pedro ni Héctor para defenderme en caso de que no se limite a ladrar, y decida morder.

—¿Tan pronto? Venga, mujer, si encima he traído cerveza. Toma un poco —me dice, interceptando mi paso cuando llego al final de la escalera.

—No tengo ganas, y es tarde. Le he pedido a mi hermana que venga a buscarme en un rato —improviso.

—Primero Héctor y ahora tu hermana, ¿en qué quedamos? Cualquiera diría que te molesta que esté aquí y que quieres deshacerte de mí. —Desvía la mirada hacia las últimas filas de butacas—. ¿Quién es ese viejo?

—No es nadie. Solo un mendigo que vive aquí. Gorka, por favor. Vamos fuera.

De un último sorbo se acaba el botellín y eructa.

—Es muy tarde. Escucha, se me ocurre que podemos quedarnos aquí y entrar en calor. —Se me acerca y me acaricia el brazo, pero yo me alejo de forma automática y él se ríe—. Te lo dije el día que nos conocimos: ¡te lo pasarías mejor conmigo!

—No quiero pasármelo mejor.

Pero por segunda vez, cuando trato de pasar, me lo impide.

—¡Deja que se marche! —grita Abel, bajando la escalera atropelladamente. Gorka se está desternillando del pobre hombre hasta que llega frente a él y recibe un fuerte empujón.

Entonces deja de reírse, y en un ataque de rabia estrella la botella contra la pared, provocando una lluvia de cristales, y se queda enarbolando el cuello del botellín roto como si fuera un cuchillo. Abel parece comprender la gravedad de la situación y retrocede. Entonces yo me coloco frente a él, saco el móvil y empiezo a grabar.

—¿Qué haces? —pregunta, sin bajar el arma improvisada—. ¡Suelta el móvil si no quieres que te haga daño de verdad!

—Estoy grabando un vídeo que subiré a todas mis redes sociales si no te marchas de aquí y nos dejas en paz —digo, y después le señalo para que salga en pantalla—. Este chico de aquí se llama Gorka y está tratando de acosarme. Tiene un arma en la mano y nos está amenazando con ella. Por favor, que venga alguien cuanto antes a los antiguos cines Nostalgia.

—No vas a subirlo —afirma, pero su voz tiembla un poco—. Si lo haces, todo el mundo conocerá vuestro secreto.

—¿Te crees que me importa algo que la gente sepa dónde estamos? ¡Más problemas tendrás tú como se enteren! ¿O no? ¡Suelta la botella si no quieres que lo suba ahora! —Por dentro estoy temblando como una hoja, pero mi voz suena firme y en mis ojos debe de ver que voy en serio, porque obedece y levanta las manos, como si le estuviera apuntando con una pistola—. Lárgate de aquí.

—Borra ese vídeo.

—Fuera —ordeno, dando un paso hacia él.

Gorka bufa, conteniendo con dificultad el odio que ahora siente hacia mí, pero al final acaba retrocediendo y abandonando la sala. Yo le sigo afuera, y me quedo en lo alto de la escalera mientras él la baja canturreando:

—Algún día te pillaré...

—¡Sigue amenazando, sigue! ¿No quieres saludar a la cámara?

Por respuesta, me saca el dedo corazón y, antes de salir por el agujero de la pared, da tal golpe a los tablones que hace que me estremezca. Hasta que no estoy segura de que se ha marchado y de que no parece que vaya a volver a entrar, no bajo el móvil. Y cuando lo hago, me tengo que apoyar en la barandilla para no desplomarme por el bajón de adrenalina.

—¿Se ha ido? —pregunta Abel, a mi espalda—. ¿Se ha ido? Porque si no se ha ido...

—Sí, ya no está, tranquilo —le digo, para que pueda relajarse—. Oye, Abel, espero que no te moleste si paso aquí la noche. No quiero salir a la calle después de...

Antes de que termine la frase, ya me está agarrando de la mano para que suba hasta su lugar. Una vez allí, se sienta y comienza a ahuecar la almohada desgastada que tiene entre sus pocas pertenencias para cedérmela a continuación.

—¿Y tú? —pregunto.

—Seré todo lo pobre que el mundo quiera que sea, pero no he olvidado los modales. Yo me apaño con este abrigo —aclara, gurruñando la prenda y apoyando luego la cabeza en ella—. Buenas noches.

Por primera vez en lo que me parece una eternidad, me relajo. Poco a poco, la pelea con mis padres, el concurso, las amenazas de Gorka... comienzan a enredarse y confundirse en mi memoria, y no sé cuándo el sueño vence el pulso y termino cerrando los ojos.

Lo siguiente que recuerdo es despertarme con un punzante dolor de cuello y los ojos de Héctor y de Tesa mirándome desde arriba.

—¿Qué haces aquí? —pregunta, más divertido que otra cosa—. Pensaba que se había colado alguien más...

Me desperezo lentamente y giro el cuello poco a poco para desentumecerlo.

—¿Qué hora es?

—Las once de la mañana —contesta Tesa—. ¿Has pasado la noche aquí?

Respondo que sí y me doy cuenta de que Abel no está. He dormido tan profundamente que ni soy consciente de cuándo se ha marchado. Me levanto, me estiro y les pido que salgamos fuera de la sala.

—Anoche me peleé con mis padres.

La luz de la mañana baña toda la escalinata que ayer por la noche me parecía sacada de una pesadilla.

—¿Y te escapaste de casa? —pregunta mi amiga.

—Necesitaba estar sola y pensar. Por eso vine aquí... No pensaba pasar toda la noche, pero entonces apareció Gorka y...

—Espera. —La sonrisa curiosa de Héctor desaparece de un plumazo—. ¿Gorka ha estado aquí?

Le cuento lo ocurrido y les enseño el vídeo grabado con el móvil. A cada segundo que pasa, más enfadados los noto.

—¿Quién es ese imbécil?

—Ese imbécil es como mi hermano —contesta Héctor—. Y hace unos días se largó de la residencia sin dejar ni rastro. Pedro denunció la desaparición porque aún está bajo su tutela, pero en un par de semanas dejará de ser problema suyo. ¿Qué leches hacía aquí?

—Estaba borracho. Debió de verme y me siguió, no lo sé...

—Mierda. Nunca le había visto haciendo tanto el idiota como en estos últimos meses, con el alcohol y las drogas. Deberías haber llamado a la policía. Te arriesgaste demasiado grabando.

—Puede..., pero lo importante es que se marchó.

—Si le llego a pillar, le arranco la cabeza de un guantazo —gruñe Tesa, enfadada como nunca la he visto.

Para cambiar de tema, y también porque no puedo esperar más tiempo, decido contarle lo que hemos descubierto sobre Blas y Félix Crespo. Sin embargo, ninguno de los nombres le dice nada y comprendo que, por el momento, hemos llegado a un callejón sin salida.

—¿Quieres que te acompañe a casa? —me pregunta Héctor, después—. ¿O prefieres quedarte aquí?

Niego con la cabeza y comienzo a bajar la escalera.

—Vamos a arreglar ese maldito proyector y salir de dudas. ¿Cuánto crees que te queda? —digo, porque sé que si me encierro en mi cuarto, no dejaré de darle vueltas a todo. Prefiero combatir el miedo estando entretenida en lugar de salir corriendo.

—Antes de Navidad lo tendré listo. Ya me han llegado las piezas que faltaban —contesta, palmeando el enorme bolso que cuelga de su hombro.

—Pues manos a la obra —digo.

—Sí, manos a la obra —repite Héctor, pero en sus ojos aún se mantiene un brillo que me hace estremecer.

43

Durante los siguientes días apenas hablo con mi madre. Cada vez que nos cruzamos, nos saludamos como dos perfectas desconocidas y seguimos nuestro camino. Ella no me perdona que me marchara de casa y yo no le perdono que no sepa ver lo que me pasa. Y me da pena pensar que, si no lo solucionamos pronto, cumpliré los dieciocho estando enfadadas.

Con mi padre la situación está un poco más calmada. Primero, porque se molestó en venir a verme a mi cuarto cuando escuchó que volvía a casa para que habláramos, y segundo porque me pidió disculpas en nombre de ambos, aunque solo acepté las suyas, no las de mi madre, porque estoy casi segura de que se lo inventó para tratar de calmar la situación.

Me consuela que mi padre me felicitara por mis respuestas en la grabación con Gerard. Dice que he sido sincera y valiente y que lo que le pasa a mi madre es que no está acostumbrada a mostrar esas dos cualidades en pantalla, y teme que me hagan daño. Si ellos supieran...

—Aunque creas que estamos sobrexpuestos por los vídeos y las redes —me dijo—, lo más importante, que es quiénes somos realmente y quiénes queremos ser, no lo mostramos jamás en pantalla, porque seríamos vulnerables y porque tampoco somos tan valientes como para arriesgarnos. Visto lo visto, no es tu caso.

Y entonces lo hice: le conté lo de Gerard. Avergonzada, confesé que habíamos roto. Mi padre siempre había estado ahí para ayudarme, para apoyarme, y ahora lo necesitaba de verdad. El pobre no supo ni cómo reaccionar. O más bien, sí. Porque se limitó a abrazarme, que es lo que yo necesitaba. Y cuando terminé de hablar, le había empapado la camisa de lino del pijama con algunas lágrimas traicioneras y me sentía muchísimo más tranquila.

Me preguntó si quería que diera parte en el concurso, y aunque tuve la tentación de decirle que sí, al final decidí que no. Le había prometido a Gerard que jugaríamos hasta el final y, a pesar de todo lo ocurrido, sentía que no podía dejarlo tirado. No sin levantar sospechas y preguntas y comentarios incómodos en todas las redes.

Mi padre no insistió más. Le hice prometer que no le contaría nada a nadie, ni siquiera a mi madre, y después me dejó dormir hasta la hora de la comida. Desde entonces no hemos vuelto a hablar del asunto, pero cada vez que surge algún comentario al respecto, yo le miro y me siento protegida.

Con las vacaciones de Navidad, el tiempo que pasamos en el cine se multiplica. Y para combatir el frío, hemos traído estufas eléctricas, que nos acompañan mientras nosotros le damos conversación a Tesa y ella sigue tratando de arreglar el proyector o cuando nos sentamos a ver películas. Después del encontronazo con Gorka, Abel pasa más tiempo con nosotros. Y a veces hasta se encarga de elegir el título de la peli que vamos a ver. Muchos son clásicos que todos deberíamos sabernos casi de memoria, pero que, por una razón u otra, hemos pospuesto y hemos terminado por creernos que las hemos visto cuando no es así: *Cantando bajo la lluvia, Psicosis, Casablanca, E.T. el extraterrestre...* Juntos comprendemos por qué se les llama clásicos.

No vuelvo a preguntarle a Héctor por Gorka, y doy por hecho que, si han hablado, él tampoco me lo va a decir. Lo bueno es que no vuelve a aparecer, y para mí es suficiente. A cada día que pasa, más frío hace y también más cerca está el 4 de enero, mi cumpleaños. Y con él, mi ansiada mayoría de edad. Aunque, en realidad, no soy como algunos que piensan que los dieciocho les van a otorgar superpoderes o una madurez añadida. Yo me conformo con quedarme como estoy.

El 25 de diciembre nos levantamos en casa con una montaña de regalos bajo el árbol de Navidad que hemos decorado con motivo de la promoción de una tienda online. Como un quinto miembro más, la cámara nos acompaña durante la apertura de regalos en un directo seguido por miles y miles de personas que parecen estar más interesados por ver qué nos hemos comprado nosotros que por lo que les han regalado a ellos.

Bolsos, camisas, corbatas, bonos para cenar en restaurantes exclusivos, sesiones de masaje, un móvil de última generación para mi hermana, una tableta con teclado para que yo pueda escribir en cualquier lugar... Vamos abriendo un paquete tras otro hasta el último sobre, rojo. Cuando mi hermana lo lee, se descubre que es un bono de quinientos euros de la cadena de electrodomésticos que ha patrocinado esta parte de nuestra Navidad para regalar a uno de nuestros seguidores. Mis padres se encargan de explicar a los espectadores lo que deben hacer para entrar en el sorteo y después despedimos el vídeo.

En cuanto la cámara se apaga, yo me derrumbo en el sofá con el móvil, para escribir y responder a todo el mundo. Es entonces cuando mi padre se acerca con una última caja envuelta en un papel antiguo y una cuerda negra con un lazo encima. Hay una etiqueta con mi nombre atado a ella.

—Feliz Navidad, cielo —me dice—. Esto prefería no sacarlo en el vídeo.

Me apresuro a desatar el cordel y a desenvolverlo con cuidado, y una vez que comprendo de qué se trata, contengo un grito de emoción.

—¿Es un reproductor de Súper-8?

—Me sorprendió ver sobre tu escritorio las cintas y pensé que igual lo querías. ¿Te gusta?

Por respuesta, me lanzo sobre él para abrazarle.

—Eres el mejor. El mejor —digo—. ¿De dónde lo has sacado?

—Era mío. Ya sabes mi obsesión por todo tipo de cámaras... Estaba roto, pero lo llevé a reparar y lo han dejado perfecto.

Me alegro de que no me lo haya dado con la cámara delante porque se me saltan las lágrimas de la emoción. Esa misma tarde, después del banquete que prepara mi padre, llamo a Tesa, Silas y a la residencia de Héctor, y quedamos en vernos en el cine. Lo único que les digo es que se traigan las cintas de Súper-8 que se llevaron. Cuando llegan, saco el proyector. Al verlo, Tesa pega un grito y Silas se apresura a quitarme la máquina de las manos para estudiarla.

—¿Funciona?

—Eso dice mi padre. No he querido probarlo sin vosotros.

Una vez dentro, lo conectamos y Tesa se encarga de colocar una de las cintas en los pequeños tornos. Héctor se mantiene a mi lado, frotándose las manos, nervioso, con la mirada clavada en la pantalla blanca.

—Creo que ya está —anuncia Tesa, y lo acciona.

De pronto la imagen en el trozo de la pantalla que cubre el proyector crepita y surge una imagen en un color desvaído que toma forma hasta que aparece una mujer que debe de rondar la veintena, de pelo oscuro y una sonrisa preciosa que saluda a la cámara. Está paseando por un frondoso bosque y, aunque parece que le pide a quien graba que pare, se está riendo. Un rato después, quien aparece en pantalla es un hombre de unos treinta años, apuesto y con un porte de actor.

—¡Blas Crespo! —exclama Tesa, recordando la foto que encontramos en la red. Aunque más joven, no cabe duda de que es él.

—Y ella debe de ser Ágata Buendía —apunto yo—. Puedo reconocerla por la silueta del póster.

No sabemos lo que se dicen, pero parecen estar pasándoselo tan bien que es imposible verlo y no sonreír.

Hay un corte y después aparecen en un coche. Esta vez es ella la que graba mientras él conduce. Un lago. Se bañan. Primero él, luego ella. Son planos tan bonitos que podría pertenecer a cualquier película. Forman una historia que conmueve solo con las imágenes, sin música ni diálogos, ni otros artificios modernos.

No hace falta que me gire para saber que Héctor está tenso, expectante. Casi parece gritarle a la pantalla que le resuelva de una vez por todas sus dudas; que le cuente si esos a los que está viendo son sus padres.

Cuando termina la cinta, seguimos en silencio.

—Pon otra —pide Héctor, y Tesa obedece.

En esta cinta parece que están celebrando un cumpleaños, y hay muchísima gente que baila con vasos en las manos. Parecen los ochenta, por las ropas y los peinados. Tardo en darme cuenta de que se trata del vestíbulo de los cines Nostalgia. Está tan bonito, tan bien decorado, con las lámparas de araña iluminadas, la moqueta perfecta, la escalinata y la pasarela resplandecientes... Y en esta cinta descubrimos a Félix. El segundo hermano Crespo. Es un poco más alto que Blas, con barba y bigote, y un abrigo que le cubre hasta las rodillas. Sin duda, la que se lleva la palma es ella. Lleva un vestido blanco que me recuerda el famoso atuendo de Marilyn Monroe, y que dibuja su perfecta figura, y el pelo suelto en tirabuzones, y no puedo evitar acariciarme el mío, imaginando cómo sería tener esa melena, ese cuerpo.

Así vamos viendo todas las cintas, una tras otra, en las que siempre salen ella o los hermanos. A veces en la ciudad, otras en el cine, en el coche, en la playa... y en lo que parece ser un rodaje.

—¡Es la película! ¡La estaban grabando!

No parece que tuvieran un equipo muy amplio y Félix ha desaparecido de escena desde hace varios minutos de metraje. Allí están solo Ágata y Blas, y ella parece estar dando órdenes a las otras seis personas que los acompañan, además de al hermano.

Entonces ocurre: el clip se corta y cuando comienza el siguiente, en pantalla aparece Ágata con una guitarra y cantando sin sonido una canción que, en ese instante, Héctor comienza a reproducir con su voz, con las palabras coincidiendo exactamente con los labios de ella. Es su canción. La de los dos.

Cuando termina, Ágata mira a cámara, sonríe y hay corte a negro.

—Es ella... —musita Héctor, a mi lado.

—¿Crees que... crees que son tus padres? —pregunto en voz baja, con miedo.

—Sé que ella es mi madre —me asegura con los ojos brillantes por las lágrimas—. Y necesito saber qué fue de ella y de la película. No... no tiene sentido que hicieran incluso el póster y que nunca se llegara a estrenar.

Me duele no tener respuestas para él, así que me limito a agarrarle la mano.

—Gracias. A los tres —dice Héctor—. Ha sido el mejor regalo de Navidad que podía imaginar. ¿Puedo llevarme...? —Y señala las cintas y el reproductor.

—Claro —respondo, mientras Silas va recogiéndolo todo. Justo en ese momento comienza a sonar el teléfono de Tesa, que se disculpa para poder contestar.

—Espera, te acompaño fuera —se ofrece Silas—. Yo me tengo que ir ya. Tengo cena con los primos.

Ambos se despiden de nosotros y nos dejan solos.

—Aún estoy asimilando lo que acabo de ver... —comenta Héctor, reclinándose en su butaca y echándose el pelo hacia atrás—. Temo que todo sean imaginaciones mías o un enorme error. ¿Y si fue una casualidad que apareciera en el orfanato con aquella cinta? ¿Y si la película no tiene nada que ver conmigo ni con mis padres?

Me vuelvo hacia él, seria.

—Claro que tiene que ver, Héctor. Una cadena tan inmensa de casualidades no puede considerarse más que destino —añado acariciándole el antebrazo.

Él me mira, esperanzado. Como si por primera vez estuviera demostrándole al mundo y a sí mismo que no está loco, que otros ojos también están viendo lo mismo, que se está haciendo real lo que hasta hace unos días habían sido meras ilusiones.

Pero advierto algo más, algo que tiene que ver con cómo comienza a acariciarme el reverso de la mano que sujeta su antebrazo, con cómo percibo con una claridad ensordecedora su respiración y con el color rosado de sus labios sobre la piel morena; con la barba incipiente que remarca aún más el dibujo de su mandíbula y el tacto y el sonido que debe producir al acariciarla.

Y, sobre todo, me mira como si me pidiera permiso para recortar los centímetros que nos separan. Y yo, sin pronunciar palabra, se lo doy. Y él alarga el cuello y yo me inclino sobre el reposabrazos de mi butaca para...

—Era Andrei, que habíamos quedado y se me ha ido el santo al cielo —nos cuenta Tesa, apareciendo de nuevo, y en el momento en el que levanta los ojos de la pantalla de su móvil, añade—: Vale, veo que no pasa nada si me marcho.

Y aunque nosotros nos hemos separado en cuanto ha entrado, es evidente que aún queda un rastro en el aire del beso que podría haber existido.

—Me voy contigo —le digo, levantándome y abandonando la sala con ella, nerviosa.

—¿Seguro que no te quieres quedar? —me pregunta con un tono bastante obvio.

—No, vámonos mejor —contesto, acalorada. Una parte de mí se

239

alegra de que nos haya interrumpido. No sé qué me ha sucedido, pero es probable que me hubiera invadido el arrepentimiento de no habernos detenido a tiempo.

Héctor no trata de convencerme para que me quede con él. Nos sigue en silencio, con la bolsa del reproductor y las cintas. Una vez fuera del cine, nos despedimos como siempre y yo bajo la mirada tras los dos besos de rigor.

—¿He visto lo que he creído ver? —pregunta Tesa, de camino al metro. Yo tardo en responder, pero acabo asintiendo—. Estabas a punto de besarle.

—De besarnos. Los dos. No yo sola.

—¡¿Y por qué no te has quedado?! —exclama, llevándose las manos a la cabeza—. Es un buen tío, aunque a veces se pase de misterioso y vuestros comienzos no fueran nada prometedores. ¡Y encima canta y toca la guitarra! Por no mencionar lo bueno que está, porque, sí, aunque nunca lo hemos mencionado, es evidente.

—¡Te has vuelto loca! ¿Y qué pasa con tu hermano?

—¿Qué pasa con él? Hasta donde yo sé, rompisteis, ¿no?

—No para el resto del mundo.

—¡Que le den al resto del mundo! ¿Cuándo vas a entender que eres tú quien vas a tener que vivir tu vida, no ellos? Mira, cuantas más decisiones te obligues a tomar por los demás, menos vas a reconocerte en ellas.

—No empieces...

—¡Sí, empiezo! ¡Ya lo creo que empiezo! —me espeta—. Sabes que te quiero mucho, pero como no te espabiles, vas a empezar a arrepentirte de haber obedecido y haber sido tan fiel a todo el mundo, excepto a ti misma.

—Solo ha sido un beso.

—¡Un beso nunca es solo un beso! Y si piensas así es porque nunca te han dado uno de verdad.

Sus palabras me atraviesan y se cuelan entre mis costillas, pero contengo las lágrimas y el enfado. Porque son verdad y porque no sé cómo cambiar para dejar de ser así. Tesa se da cuenta y me pide disculpas. Aunque no hace falta, porque sé que tiene razón. Hoy ha sido un beso que podría haber sido más que un beso. Pero y mañana, ¿qué? Con un poco de suerte y algo menos de miedo, pienso, llegará el día en el que me sienta más cerca de ser quien quiero ser y un poco más lejos de ser quien soy sin realmente quererlo.

44

Salvo Nochevieja y Año Nuevo, que recibimos la visita de nuestros abuelos y tíos, pasamos los siguientes días yendo y viniendo al cine.

Hay poco que podamos hacer para ayudar a Tesa, pero a ella le gusta tener compañía y siempre trata de explicarnos dónde va o para qué funciona cada parte de la máquina. El resto del tiempo, tengo que seguir grabando con mis padres y mi hermana algunos vídeos para el canal y para el concurso, animar a la gente a que nos vote y mantener las redes sociales vivas, tratando de encontrar cosas que contar en ellas y fotos que subir mientras mantengo en secreto la parte más importante de mi vida ahora mismo.

Con Gerard tengo que grabar dos vídeos más, uno para el canal de mi familia, en el que intervienen todos: mis padres y mi hermana, y otro en el suyo, en el que también salen Tesa, Silas y Román. Al menos en esos siento menos presión y los disfruto porque no dejan de ser juegos para que el público vea que no pasamos todo el día solos y que tenemos una relación sana en la que también pasamos ratos con la familia y los amigos, frase literal de Lukas esta última para ganarnos el afecto.

Además, el del canal de mi familia también nos beneficiará para la otra candidatura. El hecho de saber siempre que cuando termine de grabar me voy a escapar al cine con Silas, Tesa y Héctor me anestesia contra todo y me dejo dirigir con una docilidad que está sorprendiendo hasta a mi madre.

El día que grabamos el vídeo con los amigos, Gerard me pide que quedemos alguna tarde a tomar algo y charlar. Me lo dice de manera tan seria que no me atrevo a decirle que no, y por un instante temo que se haya enterado de mi casibeso con Héctor, aunque eso sea imposible.

La víspera de mi cumpleaños, nos encontramos en una de mis cafeterías favoritas para merendar. Se llama Oz y es un local que me enamoró por su decoración, y que me terminó de conquistar por las tartas que preparan.

Por fuera es de un azul chillón que destaca entre las demás fachadas como un pedazo de cielo entre nubes blancas. Por dentro, tiene un divertido camino de baldosas amarillas igual que el de la película de Judy Garland, y cada mesa y silla es de una forma y de un color distinto.

En cuanto nos ve entrar, el camarero nos reconoce y viene a saludarnos y a tomarnos nota. Es el único lugar en el que puedo decir eso de «lo de siempre» y que realmente alguien sepa a qué me refiero. Encontramos una mesita al fondo, apartada, con el dibujo de la bruja verde sobre la superficie.

Mientras llega el té chai y el pedazo de tarta de zanahoria, nos ponemos al día con cierta incomodidad por parte de ambos. Yo le hablo de la situación tan tensa que hay en casa últimamente y de lo mal que me sienta ir a inaugurar los dieciocho de esta manera. Él me habla del canal y de lo rápido que está creciendo últimamente, cosa que me alegra de verdad.

En ese momento llega el camarero. Pone las cosas sobre la mesa y, cuando se va, me inclino para hablarle en voz baja porque me he animado:

—Estamos restaurando un proyector de cine.

—¿Un proyector? —pregunta, tan extrañado como cabe esperar.

Aunque no le doy detalles sobre la historia de Héctor, le cuento por encima lo que nos traemos entre manos para que comprenda por qué paso tanto tiempo con el nuevo compañero de clase. Pero mientras hablo, advierto que no me está prestando toda la atención, como si tuviera en mente otra cosa, y si fuera cualquiera de los demás del grupo podría pensar que le aburro, pero a Gerard le leo el pensamiento con muchísima facilidad y sé que no es eso. Así que en mitad de mi relato, me interrumpo.

—¿Qué quieres contarme? —le pregunto, y él, de primeras, trata de negar que quiera decirme nada. Pero mi silencio es suficiente para que termine bajando la guardia. Y cuando se acerca, me tranquiliza darme cuenta de que ya no me pongo nerviosa. Que no espero un beso. Que no lo ansío tampoco.

—Verás, es que...

De pronto temo que, ahora que estoy superando todo lo que tuvimos, me quiera pedir perdón, porque se ha dado cuenta de que estaba confundido, y me diga que en realidad sí que me quiere. Y en ese mismo milisegundo me pregunto si estoy preparada para escuchar algo así o si sabría cómo responder sin hacerle daño.

—Lo que pasó esa noche en tu casa... en tu cama —aclara, como si no fuera evidente a qué noche se refiere—. No fue... un gatillazo.

—Ah —contesto yo, hundiéndome un poco más en la vergüenza. Porque si no fue eso, entonces solo puede ser que definitivamente no le gustaba; que se lo pasaba bien conmigo, que le agradaba besarme, pero que más allá de eso...

—Llevo toda la... la vida pensando que... —Se convulsiona en un sollozo tan fuerte que no me sale otra cosa que acariciarle el brazo y mirar alrededor, pero nadie está pendiente de nosotros—. Y ahora que no... Joder. Joder, joder... Pe-perdóname, Cali. Por favor.

—¿Por qué? Gerard, tranquilo. No pasa nada.

—Sí que pasa. Sí que pasa —dice, aturdido—. Soy... gay.

—No lo eres —replico, como si pudiera reescribir un guion—. Solo estabas... nervioso.

Pero Gerard me mira con los ojos enrojecidos y niega.

—No, Cali. Lo soy. Y este último mes he estado viendo a un chico. Se llama Ciro —confiesa, y acalla con esas palabras mis pensamientos.

—Vaya... —logro decir, sin saber muy bien cómo sentirme.

La posibilidad de que nunca se hubiera sentido atraído por mí me perfora las entrañas. Quiero desaparecer. Hacerme diminuta. Descubrir que esto no es más que una serie de televisión y que yo solo soy una espectadora que sabe que al final de la temporada se solucionará todo. Cualquier cosa menos el nudo que siento ahora mismo a la altura del pecho y que hace que me avergüence de mí misma.

—No sabía cómo decírtelo ni si debía, pero he pensado que era lo más justo... —confiesa—. Por eso rompí contigo. Desde el momento en el que lo acepté, comprendí que seguir era mentirte, y solo pensar en algo así me mataba. No se lo he contado a nadie del grupo aún porque quería que fueras la primera en saberlo.

Yo asiento, mientras poco a poco voy asimilándolo todo. No es fácil, pero al instante comprendo: ¿qué cambia esto? Nada. Me dejó de querer, independientemente de que le gustaran los chicos o no.

—Ciro se mudó con su familia a mi barrio este año y hace un par de semanas, en una cena que organizaron mis padres en la urbanización, empezamos a hablar. Creo que os llevaríais muy bien. Escribe y tiene una web en la que... Perdona, no sé ni siquiera si quieres escucharlo. Tampoco sé si debería darte detalles. La verdad es que estoy hecho un lío.

Yo también. No logro saber muy bien cómo sentirme. ¿Feliz por él? ¿Enfadada porque se diera cuenta conmigo, por no haberlo sabido yo antes? ¿Indiferente porque ya no seamos nada? ¿Agradecida porque haya tenido el coraje de compartirlo conmigo? ¿Temerosa por él de que el público se entere y lo juzguen...?

Igual que yo estoy haciendo ahora mismo.

Entonces me doy cuenta de que, desde que me lo ha dicho, no le he mirado a los ojos. Y cuando levanto la cabeza, encuentro la respuesta, porque esa mirada sigue siendo la de una de las personas que más me importan en la vida, y con la que he compartido momentos geniales, y con la que espero seguir compartiéndolos. Cada uno tenemos nuestras guerras, y las de los amigos no solo hay que respetarlas, sino que también hay que ayudarles a vencerlas.

—Gracias por contármelo —le digo, y con esas tres palabras su gesto se ilumina con una sonrisa, como si se hubiera liberado de pronto de un terrible peso—. Ahora mismo no sé muy bien si lo que más quiero es escuchar tu historia con... ¿Ciro? —él asiente—, pero sé que algún día lo haré y espero que me la contéis juntos.

—Eres la mejor, Cali —declara, y se levanta para darme un beso en la mejilla con sabor a epílogo, a final agridulce. A principio feliz.

Después le hace un gesto al camarero y le pide la cuenta.

—¿Nos vamos? —propone, y sé que está haciendo un esfuerzo por recuperar la normalidad entre nosotros, cosa que agradezco y acepto.

—¿Adónde? —pregunto.

—¿Cómo que adónde? Pues a ver ese cine vuestro del que me has hablado. ¡Me muero de curiosidad!

Por un instante, casi por costumbre, me preparo para convencerle de que no es buena idea. Pero al final, y más después de la conversación, opto por animarme.

Desde la cafetería no queda muy lejos el cine, y aunque han anunciado tormentas para dentro de unos días, aún hace bueno así que optamos por ir caminando.

—Es aquí —anuncio, apartando uno de los tablones para dejarle pasar. Una vez está dentro, cruzo yo mientras trato de disculpar el desorden—. Como podrás imaginarte, tampoco hay muchas opciones para...

—¡¡¡Sorpresa!!!

El grito, las luces, las guirnaldas, el confeti y la cantidad de caras conocidas que de pronto me rodean me provocan tal shock y tal alegría que rompo a llorar sin remedio.

45

Me da la sensación de que está todo el mundo: mis amigos, Abel, mi hermana..., y lo primero que pienso es que Héctor nos va a matar, pero entonces le veo entre los demás, alzando un botellín de cerveza y aullando como el que más, y me relajo. Después trato de asimilar que toda esa gente de grupos tan distintos en mi vida estén mezclados y sonriendo y disfrutando... por mí.

—¿Qué hacéis aquí? —logro balbucear cuando me recupero.

Tesa se acerca y me planta un beso en la mejilla.

—¿Tú qué crees, loquita? —contesta mientras me seca las lágrimas con sus manos—. ¡Que en unas horas es tu cumpleaños y queríamos celebrarlo contigo!

—Pero...

—Ya puedes querer a tu amiga, lo ha organizado todo ella —dice mi hermana, acercándose por detrás para darme un beso—. Y te voy a dar una colleja por ocultarme lo que estáis haciendo aquí, tratando de revivir el cine. Qué genial.

—¿Ah, sí? Bueno, es que por el momento es secreto.

—No diré nada. Pero me encanta.

Tesa y yo intercambiamos una mirada y enseguida me pongo a saludar a los demás. Román está charlando con Silas, que me guiña un ojo, divertido. Detrás de él aparece Andrei, y siento cómo mi hermana levanta un muro de hielo cuando voy a saludarle.

—¿Qué tal? —le saludo, acercándome para darle dos besos. No

pienso convertir en mía la animadversión de mi familia hacia la suya—. ¡Bienvenido!

—Gracias por invitarme, Cali —dice, y con una mirada de Tesa comprendo que debo seguirle el rollo.

—¡Por supuesto!

Héctor y Abel aparecen en ese momento. El hombre me pide un abrazo y yo se lo doy. Después me acerco a Héctor para lo mismo.

—Feliz no cumpleaños —dice—. Al menos hasta medianoche. ¿Te ha gustado la sorpresa?

—Mucho. Pero pensé que querrías mantener esto como un secreto...

—Este cine no es solo mío: es de todos. Así que mientras no hagamos demasiado ruido, nadie tiene por qué enterarse. ¿Vienes?

Me ofrece el brazo como si de pronto se hubiera transformado en el príncipe de un cuento de hadas y yo fuera la princesa en vaqueros. Me agarro a él y juntos atravesamos la puerta de la sala uno, seguidos por los demás. Se me pone la piel de gallina cuando admiro cómo lo han decorado todo. Parece la escena de la cinta de Súper-8.

Hay guirnaldas que cuelgan desde la enorme lámpara de araña en el centro y que cruzan hasta las paredes en todas las direcciones como si formaran el esqueleto de una carpa circense. También hay globos repartidos entre las butacas, que contrastan con el rojo desgastado de las paredes. Al fondo, sobre el escenario en el que se apoya la enorme pantalla de cine, han dispuesto bandejas de cartón con un montón de bebida y comida: sándwiches, patatas, refrescos, gominolas... En el instante en el que llego allí, comienza a sonar la música por los altavoces. Cuando me giro y alzo la mirada me encuentro con Tesa, que me saluda desde la sala de proyecciones y me lanza un beso.

—¿Habéis arreglado los altavoces? —pregunto, emocionada.

—Lo hemos arreglado todo —responde Héctor—. También el proyector.

Me llevo las manos a la boca, sobrecogida, y hago un esfuerzo por contener las lágrimas. Pero entonces advierto que Román ha sacado su cámara de vídeo portátil y que está grabando un vídeo. Siento como si alguien hubiera reventado un globo en mi estómago.

—Perdona un momento —le digo a Héctor, y me acerco a Román para quitarle la máquina de las manos.

—¡Eh!, ¿qué haces? —exclama, molesto—. Trae.

—Hoy no se graba —afirmo, borrando todos los clips que ha sacado del cine—. Esto es un secreto. Y queremos que siga siéndolo. —Le tiendo la cámara de vuelta y él me la arranca casi de la mano.

—Tú estás flipando. ¿Y qué cuento mañana en mi canal? Nadie dijo que no pudiéramos grabar.

—Pues ya te lo está diciendo ahora, tío —le suelta Gerard, apareciendo de pronto detrás de mí—. Ya se te ocurrirá alguna manera de rellenar el vídeo de mañana.

Román lo mira dolido y ofendido, como si le acabara de traicionar delante de todos. Siento lástima, pero no podemos correr más riesgos de los que ya estamos corriendo con esta fiesta. Y menos por un vídeo suyo. Al final, Román pone un gesto de no entender nada y se guarda la cámara. Después aparta a Silas de su camino y se marcha por donde ha venido.

—¡Román, tío, no te largues! —le pide Gerard.

—Voy al baño, ¿eso puedo, o también tengo que mear en la calle?

Gerard va a responder, pero le sujeto del brazo y le hago un gesto para que le deje ir.

—Se le pasará. Ya sabes cómo se pone siempre...

Clavo la mirada en Silas y le invito a bailar. Los demás nos siguen y nos repartimos por los pasillos, entre las butacas e incluso sobre el escenario de la pantalla para mover el esqueleto al ritmo de la lista de reproducción que ha preparado Tesa con todas las canciones que nos han acompañado desde que nos conocemos. Cantamos a gritos, bebemos y comemos hasta que apenas queda nada y me río como hacía tiempo que no lo hacía.

Hasta llego a creerme que por fin formo parte de la vida como siempre lo había imaginado.

Un rato después, Gerard se me acerca para preguntarme, rojo como un tomate, si puede venir Ciro a la fiesta. Que ha terminado de trabajar y que le apetece salir a dar una vuelta, pero no conoce aún a mucha gente. Yo asiento y enseguida corre a teclear un mensaje. Me quedo bailando con Néfer y al poco descubro a Andrei y a Tesa besándose en pleno baile. Mi hermana arruga la nariz, desaprobándolo, pero le doy un codazo y ella se ríe y me pide perdón. La abrazo y le agradezco que también esté aquí.

Estas últimas semanas parece que ha comprendido el daño que me ha hecho mi madre, y la noto más amable y cariñosa conmigo.

—Entonces ¿te vas a ir a esa academia en verano? —me pregunta.

—Aún no lo sé: depende de muchas cosas. Estoy... escribiendo un texto para presentar mi candidatura.

—¡¿Has escrito un libro?! —exclama ella, pero le pido que baje la voz.

—No quiero que se entere nadie. Y no es un libro. Es más bien un relato. No sé cómo de largo me quedará, pero quiero contar la historia del cine y tal.

Prefiero decir «y tal» a tener que contarle la verdad sobre Héctor. Aparte, me da vergüenza decir en voz alta que estoy robándole su historia.

—Pues me alegro mucho por ti, Cali. Estoy orgullosa de que hayas podido escapar de todo esto —añade con tono agridulce.

—¿A qué te refieres?

—¡A eso! Que no te has conformado con todo lo que ha venido, que has buscado otras cosas. ¿Sabes lo que daría yo ahora mismo por empezar la universidad?

Dejo de moverme y frunzo el ceño.

—¿Y qué te lo impide?

—Pues que ya tengo veinte años. Que tendría que haberlo hecho hace dos.

—¿Y quién dice eso? ¿Quién ordena cuándo debe empezar uno la universidad o lo que le dé la gana? Has estado dos años trabajando y viviendo por el canal de YouTube, ¿y qué? ¡Eso que te llevas! ¿No eras tú quien me decía que de las experiencias es de donde sacamos luego nuestras historias para los vídeos? Pues aquí tienes parte de la tuya. Ahora que empiece la siguiente.

—¿Tú crees? Pero papá y mamá... Las promos no dejan casi tiempo para...

—Mira, Néfer, la cuestión es saber cuáles son tus prioridades ahora mismo —me sorprendo diciéndole—. Puede... puede sonar egoísta, pero al final del día tú eres quien ha vivido tu vida: ni papá, ni Lukas, ni los suscriptores lo han hecho por ti. Solo tú.

No dice nada más, se limita a abrazarme y es suficiente. Creo que Néfer y yo nunca hemos tenido una conversación tan seria, tan real, tan adulta como esta. Y por primera vez siento que ha dejado de verme solo como su hermana pequeña, para verme también como una amiga.

La fiesta sigue y, como había anunciado, un rato después Gerard aparece con un chico delgado, esbelto, con gafas de pasta, jersey de tweed y el pelo corto y oscuro. Ciro. Lo primero que hace es felicitarme y decirme que sigue el canal de mi familia desde hace mucho tiempo. Como mi hermana está al lado, nos felicita a las dos por el trabajo en internet y me parece que lo hace con un tono de voz de lo más tierno. Basta con ver cómo Gerard lo mira para saber lo mucho que le gusta, y me alegra comprobar que no siento ni una punzada de celos.

Gerard presenta a Ciro a todos como un amigo, pero Román sigue igual de huraño, y enseguida regresa a sentarse en los escalones que suben al escenario. Decido ir tras él para explicarle con calma la peculiaridad de este lugar y la razón por la que preferimos no grabar, pero de pronto se apagan las luces y Héctor aparece por el fondo de la sala con una tarta envuelta en el halo de las velas encendidas.

Todo el mundo comienza a cantarme la canción de cumpleaños feliz y, como siempre, no sé si cantar con ellos o aplaudir o qué, pero lo que no puedo dejar de hacer es sonreír. Cuando llega hasta donde estoy yo, en mitad del pasillo central, termina la melodía y yo cierro los ojos, tomo aire y soplo con todas mis fuerzas hasta que se apaga la última vela.

—Ahora, sí: feliz cumpleaños —me dice Héctor, y me besa en la mejilla contraria a Gerard.

Siento hasta la última terminación nerviosa concentrada en los centímetros en los que su piel toca la mía, pero en ese momento todo el mundo estalla en aplausos y vítores, y deseo que nadie lo haya notado.

46

En cuestión de minutos, el pastel queda reducido a un puñado de migas y nata esparcida. Sentados en las butacas y sobre la moqueta, todo el mundo da buena cuenta de la tarta servida en platos de plástico. Bueno, todos no, porque de detrás de la pantalla surgen Ciro y Gerard, riéndose y de la mano, y no tienen pinta de haber probado el pastel. Otro que tampoco ha aparecido para tomarse la tarta ha sido Román, así que me acerco a los demás y les pregunto por él.

—Acaba de irse —responde Andrei—. Que se encontraba mal. Creí que os lo había dicho...

—Pues no —dice Gerard, sacando el móvil y revisando las notificaciones—. Ha puesto un par de tuits un poco melodramáticos. Voy a llamarle. —Se aleja.

Pongo los ojos en blanco porque no entiendo cómo puede llevar tan mal que otros sean el centro de atención durante un rato. No pienso dejar que nos amargue lo que queda de noche, así que enseguida me obligo a dejar de pensar en él y a seguir disfrutando de mi fiesta de cumpleaños.

A medianoche comenzamos a recoger el lugar. Tesa saca unas cuantas bolsas de basura industriales y nos repartimos por las distintas plantas del cine para limpiarlo todo. Cuando nos vamos a ir, Héctor se acerca.

—Tesa, Silas y yo habíamos pensado... ver la película —esto último lo dice en voz baja, como asustado de poder gafarlo—. ¿Te quedas?

—¡Por supuesto! —respondo, emocionada.

Me despido de mi hermana y del resto de los amigos. Ella me da un beso y me pide que llame a un taxi cuando acabemos. Que me lo paga ella si hace falta. Verla tan preocupada por mí me encoge el corazón. Empiezo a pensar que es verdad eso que nos dice mi padre constantemente de que, por muy mal que se lleven dos hermanas, hay algo más fuerte que lo resiste todo y que perdura en el tiempo. Y ese algo lo hemos encontrado esta noche.

Cuando subo con Héctor a la sala de proyecciones, Tesa se queda detrás para hablar con Andrei y despedirse de él con calma. Una vez solos, me apoyo en la pared y suspiro sin creerme aún del todo la tarde que hemos pasado.

—Tienes la mejor amiga del mundo —me dice.

—Lo sé. Aunque me ha chivado que no lo ha hecho sola.

Héctor se sonroja un poco antes de dar una palmada en el aire.

—¿Puedes esperar aquí? Querría darte mi regalo de cumpleaños.

Sale del cuartucho sin darme tiempo a decirle que no hace falta, que no quiero ningún regalo de cumpleaños, que para mí la fiesta ha sido más que suficiente. Cuando regresa, un minuto después, trae consigo el estuche de su guitarra. Sin decir nada, saca el instrumento y comprueba que esté afinado. A continuación, me mira, se aclara la garganta y comienza a cantar y a tocar. Y la melodía rasga el aire igual que su voz rasga mi alma como nunca lo ha hecho nadie.

Y esta vez no lloro, como la primera vez que le escuché en el metro, sin saber quién era él ni qué significaban en realidad esas palabras. Le escucho conmovida, y le imagino de niño, le imagino de adolescente, le imagino buscando el origen de esa canción... de su propio origen. Y entiendo a otro nivel cómo ese viaje nos ha unido y me ha cambiado a mí como debería hacer cualquier pieza de arte que se precie.

Canta, pero me está hablando. Me está mirando. Me la dedica, y siento cómo poco a poco deja de ser suya para hacerla nuestra. Y ahora sí que me cuesta contener las lágrimas.

Rasga con fuerza las cuerdas y dejo que su voz y la música se fundan con el silencio hasta que termina la canción y solo quedan nuestras respiraciones marcando el ritmo del tiempo.

Comienzo a aplaudir. Despacio. Y con cada aplauso, me acerco unos centímetros más a él hasta que estamos tan cerca que no me cuesta acompasar mi respiración a la suya. Y entonces estiro el cuello, ladeo la cabeza y le beso. Y él me sujeta el cuello con delicadeza y enreda las puntas de sus dedos entre mi cabello. Su manera de besar es muy distinta a la de Gerard. Es más impulsivo, más salvaje, dominante, pero amable. Y lo único que logro pensar es que me gusta, que me encanta; que mi cuerpo llevaba esperando aquel encuentro desde la primera vez que nos miramos y que jamás, jamás, jamás he sentido algo parecido.

Esta urgencia que nace en sus labios y que se extiende por mi pecho y mi cintura me hace sentir tan ligera que podríamos comenzar a flotar y ni me daría cuenta porque ya no sé si estamos en el interior del cine o cayendo al vacío en plena Garganta del Diablo.

Entonces decido que no puedo mantener por más tiempo el secreto de lo que estoy escribiendo, que tengo que contárselo y afrontar las consecuencias si me dice que lo deje. No puedo seguir ocultándoselo.

—Héctor, verás...

Pero en ese momento los dos advertimos un aroma extraño que no consigo identificar. Héctor frunce el ceño y se separa.

—¿Huele a... humo? —dice.

Lo siguiente que escuchamos es el grito de Tesa en el piso de abajo.

—¡¡Fuego!! ¡¡¡La pantalla está ardiendo!!!

Héctor se levanta y a través de la ventana del proyector comprobamos cómo las llamas están devorando el plástico blanco de la sala uno y cómo el fuego se extiende a toda velocidad por el techo de madera y el suelo enmoquetado.

—¡Tenemos que salir de aquí ya!

Basta con que pongamos un pie en el pasillo para encontrarnos envueltos por una nube de humo.

—¡Cali! ¡Héctor!

Distingo vagamente su silueta entre el humo.

—¡Estamos aquí arriba! —le contesto, antes de sufrir un ataque de tos.

—¡Tenemos que largarnos!

—¿Y el proyector? —pregunto, absurdamente preocupada por la máquina antes que por salvar mi vida.

—¡Olvídate del proyector! ¡Coge los rollos de la película! —me ordena Héctor y yo regreso al cuartucho para guardar las cajas en la maleta donde encontramos las cintas de Súper-8. Después la saco de allí casi a rastras de lo mucho que pesa.

Cuando llego al final de la escalera, veo una silueta que apenas logro distinguir, corriendo como un diablo y perseguida por Héctor. El humo me impide al principio comprender de quién se trata, pero cuando lo hago, me invaden la ira y el miedo. Gorka.

—¡Héctor! —Dejo la maleta en el suelo y corro tras ellos.

Cuando llego, están enzarzados en una lluvia de puñetazos tan salvaje que parecen gorilas fuera de sí.

—¡Lárgate! —me ordena Héctor sin dejar de pelear.

Le sangra la nariz y Gorka le tiene sujeto por la espalda. Pero en un veloz movimiento, Héctor se deshace de él y de un empujón lo lanza contra la barra del antiguo bar y, del golpe, da una vuelta y cae al otro lado.

Advierto entonces el estado del suelo: el calor lo atraviesa y lo noto en mis zapatillas, e incluso en mi piel. Parece una pesadilla.

—¡Tenemos que salir! —le suplico.

Héctor lo intenta, pero en ese momento Gorka le agarra de las rodillas y tira de él.

—¡Espero que estés grabando esto! —me dice con una sonrisa que parece un puñal.

Sin pensármelo, corro hacia ellos y siento el suelo crujir bajo mis pies. Grito y con todas mis fuerzas le pego una patada al matón en la cara. Del dolor, Gorka suelta a Héctor y yo le ayudo a levantarse. Después escapamos de allí a toda prisa.

—¿Y la película? —me pregunta entre toses. Le señalo la maleta al comienzo de la escalera y corremos hacia ella. La levanta y se la carga a la espalda.

A nuestro alrededor, el fuego comienza a oscurecer el suelo y a devorar la moqueta.

—¿Dónde están los demás? ¿Y Abel?

—¡Ha salido con Tesa! —grito.

Pero justo antes de llegar al agujero en la puerta, Gorka vuelve a aparecer y se lanza sobre mí con una cara de maníaco.

—¡No tendrías que haberme amenazado! —aúlla.

Pero Héctor intercepta el golpe y, como un toro encolerizado, le embiste con la cabeza y lo estampa contra la baranda de la escalera, que por culpa del fuego se rompe y se clava en su brazo, arrancándole un alarido.

En ese momento se viene abajo parte de la estructura del segundo piso y solo me da tiempo a cubrirme detrás de Héctor para sobrevivir al derrumbe. Cuando recuperamos la estabilidad, advierto que está pálido y lo único que escucho son los gritos de Gorka. Así que, sin dejar de toser, le hago volver en sí y, entre los dos, agarramos al chico y la maleta.

Apenas me quedan fuerzas. Siento los pulmones sofocados por el humo. No veo nada. Quiero pensar que todo el mundo ha salido. Que somos los últimos. Necesito pensarlo para no volverme loca. Encuentro a tientas el agujero de la pared y aparto los tablones para sacar a Gorka primero y ayudar a Héctor después. A continuación, tiro la maleta fuera y por último salgo yo.

Me arrastro como puedo por la acera, tosiendo, hasta que siento unas manos que me sujetan y me apartan del edificio en llamas.

—¿Estás bien? ¡No te duermas!

Es Tesa. Tiene el rostro manchado de hollín y está despeinada, pero por lo demás está bien. A lo lejos escucho la sirena de un camión de bomberos y luces de colores acercándose por la calle.

—¿D-dónde está Gorka? —pregunta Héctor a mi lado, con la voz ronca.

Tesa mira a su alrededor y antes de que me sobrevenga el mareo veo su gesto de preocupación.

—No... no está. Se ha largado —dice—. El muy cabrón se ha largado.

Yo niego, con las lágrimas humedeciendo levemente mis mejillas, porque de pronto no me quedan fuerzas ni para hablar.

—Estaba... estaba...

Pero no logro terminar la frase. El cansancio me vence y el embotellamiento que siento en la cabeza acaba arrastrándome a la oscuridad.

47

Paso mi cumpleaños en cama. Mis padres interrumpen toda su actividad en las redes y se quedan cuidándome. Desde la cama, les oigo discutir por quién de los dos tiene la culpa de lo que ha sucedido. No entienden que nada de esto tiene que ver con ellos. Aunque parezca surrealista, es la primera vez en años que no publicamos nada durante varios días seguidos. Cuando descubren que he despertado, comienzan los interrogatorios, suyos y de la policía.

¿Desde cuándo visitas ese lugar? ¿Qué hacíais allí? ¿Quién forzó la instalación eléctrica del edificio? ¿Quién provocó el incendio?

Tengo miedo por lo que pueda pasarnos, por el castigo que quieran imponernos, por lo que le hagan a Héctor. Y todo por culpa del maldito Gorka, que sigue desaparecido y aún no hay noticias de él. Se ha evaporado. Y lo peor es que, de encontrarle, será su palabra contra la nuestra, porque solo yo le vi con claridad, aparte de Héctor, que sigue en el hospital por contusiones graves e intoxicación por humo.

Si no fuera por Tesa, mi hermana y el resto de mis amigos, me estaría volviendo loca. A veces deseo que todo sea una ilusión. Creo que lo preferiría. Mi madre se siente tan culpable como enfadada, pero la barrera que hemos construido entre ambas es tan alta que ninguna tiene la energía suficiente para cruzarla y hablar. Así que hoy le he pedido a Néfer y a Tesa que fuéramos a dar un paseo y hemos caminado hasta el cine.

En cuanto he visto el edificio, me he echado a llorar. Mi hermana ha tratado de consolarme, y he agradecido en silencio cada palabra suya de ánimo. Tesa también ha llorado, aunque evitando que nos diéramos cuenta. Ver el lugar tan destrozado, con las bandas policiales impidiendo el paso, las paredes ennegrecidas y los cristales reventados ha sido demasiado para todas. Es como mirar un cadáver. Se acabaron las risas, las historias, los recuerdos...; se acabó la vida que le habíamos devuelto.

—Vámonos —les he pedido, y Néfer, que se está comportando como la mejor hermana del mundo, ha dirigido mis pasos hacia el metro y de vuelta a casa.

Con los bomberos y la policía, también llegaron los vecinos, quienes, cuando nos vieron a Tesa y a mí allí, dejaron de grabar las llamas para enfocarnos a nosotras. La cosa se complicó cuando mi hermana, Gerard, Silas y hasta Ciro regresaron para enterarse de lo que había ocurrido y llevarnos a casa. En internet y en los medios generalistas la historia se ha vuelto viral, y creo que eso es lo que peor ha llevado mi madre: de pronto la familia entera se ha visto envuelta en el escándalo de los cines Nostalgia.

Radios, televisiones, periódicos, portales en la web suplican por una exclusiva sobre mi relación con el edificio por teléfono, correos electrónicos, mensajes directos, de Lukas, de mis padres... Hubo una chica que incluso consiguió mi teléfono y empezó a preguntarme por el tema directamente, sin tan siquiera presentarse. Algunos hasta trataron de entrevistar a Abel, a quien han admitido en un centro para indigentes, y al final todo el escándalo ha salido a la luz con detalles.

Lukas dice que lo mejor que podemos hacer es tratar de ignorar el barullo y esperar a que se pase. Cómo no. Lo que le preocupa en realidad es que pueda afectar a alguna de nuestras candidaturas en los premios y mi madre se deprima aún más.

Casi se me para el corazón cuando, para distraerme, me he conectado a internet con el móvil y he visto que Harlempic ha subido una nueva foto... y que es de los Nostalgia. En primer plano sale una

261

margarita que había crecido en uno de los agujeros de la pared y que había sobrevivido al incendio. Desenfocado se advierte el resto del edificio y las cintas policiales. Me lo tomo como la prueba que necesitaba para confirmar que es de aquí.

Dos días después, le pido a mi padre y a mi hermana que me lleven a ver a Héctor. Cuando llegamos al hospital, nos informan de que, aunque está fuera de peligro, le quieren tener en observación. En la entrada nos encontramos con una nube de periodistas que corren a por nosotros para acribillarnos a preguntas.

—¿Es verdad que estabais haciendo ritos satánicos en el interior del cine?

—¿Nos confirmas si murió alguien en el incendio?

—¿Es el chico que está hospitalizado el culpable de todo?

—¡No! —exclamo antes de que mi padre se deshaga de ellos y nosotras pasemos dentro.

Una vez solos, él se queda abajo y mi hermana y yo subimos a la habitación de Héctor. Pero antes de llegar, advertimos un tumulto con médicos y enfermeros corriendo de un lado a otro y mi hermana se acerca a una chica que debe de rondar su edad para preguntarle qué sucede.

—El chico del incendio se ha largado y nadie lo encuentra.

«Ni lo van a encontrar», pienso, al comprender que Héctor se ha escapado.

48

El primero que me llama es Pedro. Necesita saber con urgencia dónde está Héctor, que no es ninguna broma. La policía está buscándole a él y a Gorka, aunque Gorka ha cumplido dieciocho años y es mayor de edad. Yo le juro que no sé dónde están y le pido disculpas. La impotencia de no poder ayudarle me hace más daño a mí que a él.

Por la tarde quedo con Silas y Tesa por insistencia de ellos. Enseguida entiendo la razón principal: Gerard ha hablado con ellos y les ha contado lo de Ciro. Quieren saber cómo estoy, cómo lo llevo. Lo primero que hago es disculparme por no habérselo dicho, pero Tesa me interrumpe: sabe que le hice una promesa a su hermano y que la he mantenido. Les digo que estoy bien, en ese sentido. De hecho, estoy perfectamente. Considero que es una de las pocas historias felices que me rodean ahora mismo y debemos conservarla y protegerla.

—¿Román también lo sabe? —pregunto.

—Que yo sepa, no —dice Silas. Me cuenta que el chico lleva ausente desde mi cumpleaños, y que no saben por qué está tan raro, pero que se le pasará con el tiempo, suponen—. A mí me lo dijo hace unos días y yo le recomendé que hablara también con Román, pero le da palo.

—Hasta que no deje de preocuparle lo que piensen los demás, va a ser como caminar por un campo de minas... —añade Tesa.

Suspiro y me encojo de hombros.

—Lo que está claro es que no es nada fácil para Gerard. Y también que nos quiere y que nos necesita a su lado más que nunca.

El día siguiente lo paso entero metida en casa. No deja de llover en ningún momento. Los chicos escriben en el grupo para que vayamos al cine, pero no tengo ganas. Silas y Tesa no se han separado de mí en los últimos días, pero ahora mismo necesito estar sola. «¿Dónde estará?» es la única pregunta, el único pensamiento que soy capaz de hilar ahora mismo. Temo que cometa una locura, que la desesperación le lleve a buscar a Gorka y a tomarse la justicia por su mano.

Tesa vuelve a mandarme un mensaje, esta vez por privado, no por el grupo. Me manda un *link* a un vídeo para tratar de hacerme reír, pero escribo los «jajás» sin tan siquiera abrirlo.

No lo has visto, ¿verdad?, me responde, al momento. Y esto sí que me hace gracia.

Estoy preocupada..., escribo, sin pensarlo más. Sin tan siquiera mirar la pantalla táctil. Lo hago con los ojos cerrados, golpeando el cristal del móvil con los dedos como si fueran los segundos que paso sin saber de Héctor convertidos en balas. Le echo muchísimo de menos.

Ya lo sé, cielo, responde Tesa. ¿Quieres que vaya y veamos una peli juntas?

Ojalá bastara con algo así para distraerme.

Creo que me voy a ir a dormir ya.

¡Pero si son las nueve!

Siento estar así..., escribo, y una lágrima se estrella contra la pantalla. Gracias por estar ahí.

Siempre, preciosa. Un besito.

Me siento fatal por dejarla preocupada, pero es como si mi energía para el día a día se hubiera reducido a la mitad desde el incendio y no me veo con ganas de continuar hablando de un hoy, pudiendo dormir y despertar en un mañana.

Así que dejo el móvil en la mesilla de noche, apago la luz, me acomodo y cierro los ojos.

Y de pronto me despierto. He oído algo. O he notado algo. ¿Qué...?

¡Clac!

El ruido me hace dar un respingo y me incorporo. Poco a poco mis ojos se acostumbran a la luz que entra a través de las cortinas.

¡Clac! ¡Clac!

Tardo en reconocer el sonido. Algo está golpeando el cristal de la ventana. Cojo el móvil y miro la hora. Son las tres de la mañana. ¿Está granizando? ¿En pleno verano? ¿Una rama?

¡Clac!

Esta vez suena tan fuerte que temo que se parta el cristal y me levanto para bajar la persiana. Y entonces le veo.

Allí abajo, en la acera, con la capucha de la sudadera puesta y a punto de lanzar otra piedra contra mi ventana. Y en ese momento me da igual que lo haga y que el cristal estalle en mil pedazos. De hecho, me encantaría que lo hiciera, porque tendría la confirmación que necesito para saber que no estoy soñando, que Héctor ha vuelto.

49

Bajo descalza hasta la puerta principal y la abro tratando de no hacer ruido. Por suerte, no está echada la llave y las bisagras están bien engrasadas. En este rato, Héctor ha saltado la verja y me espera en el dintel de la puerta con los brazos cruzados, tratando de protegerse del frío. Está temblando y no tiene buena cara.

Cuando entra, subimos a mi habitación. Hasta que no cierro, no me atrevo ni a tomar aire. Por suerte, mis padres siempre han tenido el sueño profundo y mi hermana probablemente, de estar despierta, ande viendo una serie o escuchando música con los auriculares.

—N-no quiero manchar nada, pero no sabía dónde ir —dice, castañeteando los dientes y tiritando por el frío. La lluvia le ha debido de pillar a la intemperie porque tiene la sudadera empapada.

—Quítatela —le digo, y cuando lo hace me doy cuenta de que la camiseta y los pantalones están igual de mojados. Me aclaro la garganta y trato de que no se note lo nerviosa que estoy—. Vamos, eso también.

Tiene los brazos tan entumecidos que le cuesta sacarse la ropa. Enseguida recojo las prendas del suelo y las escondo detrás de la cama, en parte por si entra alguien de improviso, en parte por alargar el momento de verle semidesnudo. Cuando me vuelvo, me obligo a mirarle a los ojos, y entonces me doy cuenta de la mala cara que tiene. Enseguida me siento culpable por lo idiota que soy a veces y le digo que se siente en la cama mientras busco algo de ropa en mi armario sin mucho éxito.

—Todo te va a estar pequeño... ¡ah, espera! —exclamo en un susurro, y le lanzo unos pantalones de chándal holgados y una camiseta XL de una promo—. Pruébatelos y métete dentro de la cama. Voy a traerte algo para que entres en calor.

En la cocina, caliento té con miel, limón y jengibre, y cuando está listo, se lo subo en una bandeja para no quemarme. Cuando llego, Héctor ya está arropado con la sábana y la colcha. Le dejo la bebida humeante en la mesilla y regreso al armario para sacar un par de mantas que le echo encima.

—¿Mejor?

Él asiente y se incorpora.

—Cuidado que quema —le advierto cuando vierte parte de la infusión en la taza que le he traído.

—No tratarás de anestesiarme, ¿verdad? —bromea.

—¿Para qué, si ya te tengo en mi cama?

Al reírse, se le ilumina el rostro. Me tranquiliza ver que tiene mejor aspecto que cuando ha llegado. Le da un par de sorbos a la infusión y yo me siento al borde de la cama.

—¿Dónde has estado?

—Escondido. En donde he podido...

Me lo cuenta con una tranquilidad que me abruma. Tiene tan interiorizado que no existe un hogar para él que de pronto siento que algo dentro de mí se acaba rompiendo. Así que aparto la mirada para que no me vea llorar.

—Cali, ¿estás bien? —me pregunta al tiempo que me pone una mano en el hombro. Y yo niego en silencio porque me preocupa hablar y que mi llanto despierte a alguien—. Cali, no llores, por favor.

—Estoy... estoy bien —digo, tomando aire y haciendo ademán de levantarme para acercarme a la ventana, pero entonces Héctor me sujeta de la muñeca y hace que me vuelva hacia él.

—No lo estás. Y es por mi culpa —gruñe para sí—. Sabía que pasaría esto...

—¿El qué? —pregunto, quitándome las lágrimas con la mano.

—Que tú también acabarías sufriendo. Como todos los que me rodean. Mis padres, el cine, ahora tú... Debería marcharme.

Trata de levantarse, pero esta vez soy yo la que le detiene.

—Ni se te ocurra. No pienso dejar que vuelvas a desaparecer —le digo—. No de esta manera. ¿Es que no... no entiendes aún que tú no tienes la culpa de lo que le pase a los demás? ¿De que cada uno es culpable de creer lo que quiera, de querer a quien le dé la gana y de confiar en quien le apetezca? Las consecuencias las asume cada uno. Tú no debes asumir las de todos.

Suspiro y trato de encontrar las palabras para definir todo lo que me quema en el estómago y en los lagrimales.

—Mis padres se van a separar —confieso, esbozando una sonrisa mientras niego—. No me lo han dicho, pero lo sé. Igual que sé que mi madre y Lukas tienen... algo. Empezamos este maldito canal para que salvaran su matrimonio ¿y de qué ha servido? De nada.

He elevado la voz sin darme cuenta, pero me da igual. Como si se levanta mi madre. Me seco las lágrimas y respiro hondo, aunque me cuesta parar de llorar ahora que he empezado. Después de decirlo en voz alta, asumo que esa batalla no es mía, sino de mis padres, y que debo aplicarme lo que le estoy diciendo a Héctor.

—A veces —añado—, siento que he vivido toda mi vida engañada. ¡Y ni siquiera por otros! Ha sido por mí misma. ¿Sabes? Era más fácil pensar que el desorden, lo que se salía de la norma, las injusticias, estaban tan lejos que no había ni que preocuparse por que existieran. Y de pronto llegas tú y pasa todo esto y entiendo que lo poco que sabía de la vida era en realidad una versión para niños, mucho más edulcorada. Creo que he perdido el tiempo y he malgastado todas las oportunidades que la suerte me ha brindado. Por eso lloro. Porque me abruma haber estado ciega tanto tiempo. Por eso y porque ni siquiera me he atrevido a querer como a mí me hubiera gustado querer, por miedo a no ser como los demás esperaban que fuera. Y ahora...

Inconscientemente, me quedo en silencio por miedo a asustarle. O por miedo a asustarme.

—¿Y ahora...?

Y por cómo me mira, entiendo que no hay razón para asustarse.

—Ahora he descubierto que, pase lo que pase, merece la pena luchar por lo que siento.

Antes de que la última palabra abandone mis labios, Héctor la atrapa entre los suyos y me la devuelve. Su mano me sujeta la nuca y se enreda en mi pelo mientras se acerca a mí. Yo hago lo mismo. Sin separarnos, me giro por completo y acaricio sus hombros, su pecho, su cintura. Mis manos quieren recorrer toda su piel y siento que no doy abasto. De un tirón, aparta la sábana y las mantas y me tumba sobre él.

Sus manos comienzan a buscar el borde de la camisa de mi pijama y, cuando rozan mi piel, siento un escalofrío. Héctor lo nota y me deja boqueando en el último beso.

—¿Todo... bien? —pregunta con la voz tan grave que me vibra hasta el pecho.

—Sí. Pero soy... soy virgen —confieso.

Y él no dice nada más. Vuelve a acercar su boca a la mía y continuamos besándonos, pero esta vez sus manos buscan los botones de mi camisa y los va desabrochando uno a uno. Cuando cae abierta, recorre con los dedos mi cintura y, al acariciarme los pechos, suspiro. Es la primera vez en años que alguien me acaricia la tripa y no me siento incómoda; al contrario.

Me muerde el labio, muy suave, y de nuevo vuelve a besarme. Le quito la camiseta y esta vez soy yo quien acaricia sus pectorales, su cintura y el borde elástico del pantalón de chándal que le he dejado. Entre los pocos pensamientos lógicos que consigo hilar, maldigo el momento en el que se los he dado. Pero antes de que llegue a decir nada, él se incorpora y, sin apartarme, se lo baja y después se lo quita con ayuda de los pies. Siento su erección sobre el pantalón del pijama y esta vez soy yo quien se quita la ropa.

He imaginado muchas veces esta escena, advierto mientras nos desnudamos por completo. La he temido y la he deseado a partes iguales. Pero siempre he creído que me sentiría vulnerable, desprotegida. Ahora que está sucediendo me doy cuenta de lo equivocada que estaba. De lo a gusto y tranquila que Héctor me hace sentir, de lo mucho que se preocupa por mí, tal como me lo hace saber con cada mirada y con cada caricia, sin tener que pronunciar palabra. Y se lo agradezco en silencio.

Cuando llega el momento, saco de la mesilla de noche uno de los preservativos y Héctor se lo pone. No aparta sus ojos de los míos en ningún momento, y aunque estoy nerviosa, consigue que no esté asustada. Aun así, duele. O más bien molesta. Al menos al principio. Pero él cumple lo que promete su mirada y pronto el dolor y la extrañeza dan paso al placer, a la seguridad, a la confianza. Y, tras los primeros minutos, ambos nos dejamos arrastrar por la pasión y el deseo. Y dejamos de medir el tiempo en minutos para pasar a hacerlo en gemidos acallados, en sudor, saliva, abrazos, roces y besos. Y es entonces cuando entiendo, como tantos otros, por qué el amor real ni se entrega ni se recibe; se hace.

50

Me encantaría decir que dormimos abrazados hasta que el aroma a tostadas o la luz del amanecer nos despierta, pero en realidad son los golpes en la puerta lo que nos hace pegar un bote y descubrir que tenemos escasos segundos para evitar un montón de problemas. Un instante antes de que abran, Héctor rueda sobre el colchón y se tira al suelo, fuera de la vista.

—¿Todavía sigues en la cama? —pregunta mi madre.

—Eh... sí, me he quedado frita... —Me obligo a bostezar—. ¿Qué pasa?

—¡¿Cómo que qué pasa?! Que tenemos cita en la peluquería dentro de una hora, luego manicura, comemos y enseguida llega Carola para maquillarnos. Tu hermana ya está desayunando. Te quiero abajo en quince minutos, duchada y preparada para irnos.

Héctor asoma entonces la cabeza y comprueba que volvemos a estar solos.

—¿Tenéis una boda? —pregunta.

—La gala de un concurso de YouTube, esta tarde. Mi familia está nominada.

Héctor se ríe y después se acerca para darme un beso.

—¿Y no puede la famosa quedarse toda la mañana conmigo en la cama?

—La única manera que tienes de pasar el día entero conmigo es raptándome... o viniéndote con nosotras a todos esos maravillosos recados.

—Elijo la primera opción —añade, acariciándome la cintura y rememorando en mi piel la noche que hemos pasado.

Me cuesta horrores separarme de él y salir de la cama, pero temo que mi madre empiece a gritar en cualquier momento. La situación es emocionante, adictiva, pero también peligrosa.

—Pedro te está buscando. La policía... —empiezo a decir.

—Lo sé. Solo necesito esconderme aquí hasta que decida qué voy a hacer. Si me hubiera quedado en el hospital, me habrían llevado directamente a un reformatorio o algo peor. Sin pruebas y con Gorka desaparecido, yo soy el único culpable de lo ocurrido...

Desearía poder rebatirlo, pero creo que tiene razón.

—No salgas de mi habitación si no es para ir al baño —le advierto—. Es la puerta que hay en frente. Tranquilo, mi padre no va a entrar. Ahora te subo comida y agua para que pases el día. Tienes libros de sobra para entretenerte y mi ordenador, si le quitas el volumen. Ya esta noche veremos qué hacemos con...

Prefiero no decirlo en voz alta.

—Creo que me arriesgaré a quedarme dormido —contesta, estirándose como un gato sobre el colchón.

Nunca habría imaginado que mi pantalón de chándal pudiera quedarle tan bien a alguien, pienso antes de marcharme. Eso, y que espero con todas mis fuerzas que Héctor siga aquí cuando regresemos.

Ese último pensamiento me acompaña toda la mañana. En la peluquería, yendo de tiendas, durante la sesión de manicura, en la comida... Mi hermana y mi madre ni se dan cuenta de que estoy más ausente de lo habitual, pero suponen que es por el cine y Héctor, así que no preguntan.

En cuanto estamos de vuelta, subo corriendo a mi habitación sin saludar siquiera a mi padre y a Lukas, que nos esperan en el salón. Cuando abro la puerta, me da un vuelco el corazón al no verle tumbado en la cama, como esperaba..., pero entonces me fijo en la cabeza que asoma por el otro lado del colchón y vuelvo a respirar.

—Vaya... —dice él, y entonces recuerdo que llevo un nuevo peinado. Me acerco para darle un beso y confirmar que es real, que no me lo estoy imaginando.

—¿Te gusta? —pregunto, tocándome uno de los mechones ondulados.

—Mucho. —Y por cómo me mira sé que no lo dice solo por cumplir—. Al final he preferido quedarme aquí escondido por si venía alguien.

Ha tirado al suelo el puñado de mantas y se ha montado un pequeño fuerte con la comida de la mañana.

—¡Cali, en diez minutos llega Carola —grita mi madre desde abajo—, así que prepárate y baja, que ya vamos tarde!

Le hago un gesto a Héctor y regreso al armario. Cuando saco el vestido azul que compré con Tesa para la gala, silba y después se tapa la boca.

—No mires —le pido.

—¿Por qué, si ya te he visto desnuda?

—Porque cuando compré este vestido me imaginé pidiéndote que abrieras los ojos para verme con él puesto.

La respuesta le convence y obedece. Me deshago de la ropa que llevo, la lanzo a una esquina y me pongo el vestido. En realidad, no es nada del otro mundo, pero hace mucho que no me pongo uno. Sin embargo, cuando encontré este, me enamoré perdidamente de él. Por primera vez sentía que mis caderas, mis piernas, mis pechos y todas las curvas de mi cuerpo eran perfectas; y pensé que este vestido estaba hecho para mí.

Una vez lista, le pido a Héctor que abra los ojos.

Esta vez sí le cambia la cara y me confirma que he acertado. No puedo evitar sonreír y dar una vuelta rápida con él para que la falda gire a mi alrededor. «Soy yo, esta soy yo», quiero gritar. Pero me contengo.

—¡Cali! —Mi madre.

—Tengo que bajar —digo.

—Lo sé —responde él, sin apartar los ojos de mí—. ¿Vendrás a despedirte antes de irte?

—Por supuesto.

Bajo al salón y me entrego a las manos de Carola, una vieja amiga de mi madre que lleva encargándose de maquillarnos desde hace años y que siempre hace auténticas maravillas.

Una vez lista, le digo a mis padres que me den un minuto, que he olvidado una cosa en mi habitación. Cuando entro, Héctor salta del escondite de detrás de la cama para darme un beso y un abrazo.

—Ojalá pudieras venir —le comento—, aunque solo fuera para verte con traje.

—Ya habrá oportunidad, seguro.

Y aunque lo dice con sinceridad, siento el miedo a que quizá eso nunca suceda.

Entonces se vuelve a abrir la puerta y Néfer irrumpe con una sonrisa de sorpresa en los labios.

—¡Lo sabía! —susurra al ver a Héctor—. ¡Es que lo sabía!

—No le digas nada aún a papá ni a mamá. Por favor —le suplico.

—Claro que no, ¿quién te crees que soy? Pero tú ten cuidado y no hagas ninguna estupidez —le advierte a Héctor.

—Deberíamos ir bajando o sospecharán.

Mi hermana se despide de Héctor, pero cuando va a salir, se vuelve y dice:

—También sabía que acabaríais juntos.

Cierra la puerta y él me mira sin comprender.

—¿Cómo...?

—Aunque a veces no lo parezca, somos hermanas.

51

El lugar está a rebosar de fans cuando llegamos. El coche que nos ha puesto la organización nos deja a la entrada y Lukas se baja a toda prisa para abrirnos la puerta. En cuanto mis padres ponen un pie fuera, nos reconocen y los vítores, gritos y aplausos se elevan por mil, y de inmediato se multiplican por dos cuando mi hermana sale detrás de mí. Me hago fotos con los fans, firmo autógrafos y después paso al vestíbulo del teatro en el que tendrá lugar la entrega de premios.

Cuando llegan mis padres y mi hermana, nos piden que posemos para el *photocall* y respondemos a algunas preguntas de la prensa. Bueno, lo hacen los demás. Yo me mantengo al margen hasta que se refieren a la candidatura de Gerard y no me queda otra que contestar. Justo cuando estoy respondiendo, el griterío estalla en el exterior y sin necesidad de volverme sé que mi ¿exnovio? ha llegado. En efecto, acompañado de Tesa cruza la alfombra roja firmando autógrafos, regalando sonrisas y dando besos. Mi amiga también recibe su merecido reconocimiento y después me ve y se dirige al interior del teatro.

—¡Menuda locura! —exclama después de saludarnos a todos. Entonces se fija en mi vestido y aplaude—. No recordaba que te quedara tan, tan bien. Estás preciosa.

—Tú también vas genial —le digo. Se ha puesto un traje con chaqueta y pantalones de vestir, y una camiseta blanca con un bulldog sacando la lengua. Lleva su cabello rubio suelto en ondas—. ¿Y Andrei?

—Llegará más tarde, con su familia —comenta, mirando de soslayo a mi madre, que arruga el morro en cuanto oye mencionar a los Del Valle.

—¿Vamos entrando? —ordena mi madre, aunque utilice los signos de interrogación.

Todos obedecemos, pero cuando voy a seguirles se detiene.

—Tú no, Cali. Tú espera a Gerard y entra con él.

Por suerte, en ese momento entra mi pareja de esta noche y delante de las cámaras que nos siguen continuamente tenemos que fingir un beso que ninguno queremos darnos, pero que nos hace reír. A continuación, los mismos periodistas de antes le hacen preguntas similares a él, y Gerard responde con esa facilidad que siempre le he envidiado y que ahora no puedo por más que admirar, teniendo en cuenta lo que de verdad está pasando en su vida. Pero el juego es el juego, supongo, y yo le sigo la corriente hasta que tenemos que marcharnos nosotros también para ocupar nuestros asientos.

Como cabe esperar, nos toca juntos en la misma fila. A un lado, Tesa, que me agarra la mano por encima de las piernas de su hermano; y al otro, mi familia, que admira embelesada la decoración de la preciosa sala en la que nos encontramos.

La gala transcurre como está planeado y como nos habían indicado en los guiones previos que recibimos de Lukas hace días. Uno a uno, se van entregando todos los premios y entre galardón y galardón hay un espectáculo de baile o un puñado de chistes mal hilados entre los dos presentadores que hacen de maestros de ceremonias. Todo el espectáculo se está retransmitiendo en directo por internet, y al parecer ya es *trending topic* nacional. Como suele ser habitual, los premios más jugosos los han dejado para el final, y pronto le llega el turno al de las familias.

Después de una breve presentación, se proyecta un vídeo resumen de cada uno de nuestros canales y la gente aplaude. Mientras, nosotros nos damos todos las manos y esperamos la decisión con los nervios a flor de piel.

—Y el Videonet Award a la mejor familia es para... ¡los Dábalos!

Mi madre pega un grito que probablemente haya reventado más de un tímpano, pero como todos estamos gritando igual que ella, ni lo noto. A toda prisa, sin perder el orden, bajamos la grada hasta el escenario entre los aplausos de la gente para recoger el premio.

Es mi madre quien dedica unas palabras a las otras dos familias finalistas y luego valora lo que cada uno de nosotros ha hecho para merecer este premio, hasta el punto de emocionarme. Por último, antes de regresar a nuestros asientos, los cuatro nos fundimos en un abrazo y recibimos de nuevo el aplauso del público. Duele darme cuenta de que no recuerdo la última vez que lo hicimos sin que alguien nos grabara.

—Ahora, a por el segundo —me susurra mi madre mientras regresamos a nuestros asientos, y de golpe se me corta la risa.

La categoría de mejor *youtuber* de entretenimiento es la última, porque saben que es una de las que más revuelo levantará. Cerca de nosotros están los otros finalistas: dos veinteañeros gais que cuentan toda su vida en la red y que incluso se han grabado en plena bronca doméstica más de una vez para compartirla con sus fans, y una chica que hace bromas de cámara oculta.

—Dale un beso a Gerard —me indica mi madre musitando y cruzándose por delante de Néfer para llegar a mí. Y después me insiste con un gesto hasta que me vuelvo y le planto un beso en la mejilla.

Él me mira desconcertado durante una décima de segundo, pero enseguida le cambia la cara y me devuelve el beso, esta vez en los labios.

—Tampoco te pases —le advierto.

En ese momento acaba el breve espectáculo de magia y anuncian su categoría. Miro a Gerard y él sonríe, confiado. Él nunca duda. Lo tiene claro. El mundo está a sus pies para cumplir sus deseos. Es la actitud que le ha llevado hasta este momento. Eso y la suerte. Le doy la mano y se la aprieto con fuerza. «Ojalá no gane», pienso. Y me siento una traidora, pero no me importa. Acabo de darme cuenta de algo: ojalá no gane porque, si lo hace, tendremos que continuar fingiendo más tiempo o la gente se enfadará. Dirán que solo aparentábamos por ganar, el premio se convertirá en un castigo. Y no solo para Gerard, sino para mí también. «Ojalá que él no sea el...»

—Y en la categoría de mejor canal de entretenimiento, el premio es para... ¡¡Gerard Silva!!

«... ganador.»

Esta vez creo que incluso las cámaras captan lo falsa que es mi sonrisa. Gerard me sujeta la cabeza y me besa, y tengo que contenerme para no apartarle de la impresión. Entonces mi madre nos abraza a los dos, y mi padre y mi hermana le dan la enhorabuena. La única que aplaude con cara resignada es Tesa, que comprende tan bien como yo lo que va a suceder a partir de ahora.

Mientras Gerard baja, siento que todos saben la verdad. Que no estamos juntos. Que rompimos hace semanas. Que él es gay. Que en realidad nunca nos quisimos como tendríamos que haberlo hecho, porque ni sabíamos, ni nos apetecía. Y me encojo en mi asiento.

—¡Hola a todos! —dice Gerard, deslumbrando al público con su sonrisa—. Gracias por este premio a todos los que nos habéis votado, pero, sobre todo, gracias a Cali. Sin ella, esto no tendría sentido. Y ese «esto» lo abarca todo... —De repente se interrumpe al darse cuenta de que la gente empieza a revolverse en sus asientos y a sacar el móvil.

Tesa también saca el suyo y, al instante, se le va el color de las mejillas. Sin importarme quién nos mira o nos graba, le quito el teléfono al tiempo que Gerard, aún en el atril, saca el suyo del bolsillo. La verdad me ciega desde ese cristal retroiluminado y el móvil se me cae al suelo del temblor.

Me levanto y salgo corriendo del patio de butacas porque no puedo soportar la vergüenza, ni las miradas, ni las malditas cámaras. Pero de nada sirve huir. En mi mente permanece grabada la foto que parece que se haya extendido de pronto por todo internet.

Gerard el día de mi cumpleaños.

En el cine, detrás de la pantalla de la sala uno.

Besando a Ciro.

52

La vuelta a casa es un cúmulo de instantes que me cuesta ordenar y que deseo olvidar por completo.

Las cámaras, la gente, las preguntas, la mirada de mi madre..., pero sobre todo el miedo de no saber quién ha podido filtrar las fotos por internet. Bueno, confirmarlo. Porque estoy bastante segura de quién ha sido, sobre todo teniendo en cuenta las consecuencias. Hemos perdido ambos galardones. Gerard el de mejor youtuber de entretenimiento, al considerar el jurado que ha estado mintiendo todo este tiempo, y el de la mejor familia porque ha quedado patente que no hay comunicación entre nosotros y que parece que solo somos perfectos ante las cámaras.

Los Del Valle han sido los que se han llevado el reconocimiento y yo no quiero ni hablar con Tesa porque sigue poniendo la mano en el fuego por Andrei... ¡Incluso cuando es evidente que, de todos los que estuvimos en el cumpleaños, él es el único que saldría beneficiado con lo que ha ocurrido!

El bochorno continúa incluso cuando llegamos a casa. Lukas nos recomienda encarecidamente que apaguemos los móviles y que no miremos las redes sociales en los próximos días. Mucho menos, ahora. Creo que somos *trending topic*, ya no solo el concurso, sino Gerard, Ciro, yo y hasta el apellido de mi familia.

Pobre Ciro, que ni tiene canal ni debe entender qué está pasando... Para mañana probablemente haya artículos y vídeos investigando al chico que aparece en la foto besando a Gerard, pistas que indujeran a pensar desde hace tiempo la verdad sobre Gerard, datos sobre nuestra crisis como familia, y a saber cuántas cosas más. Las personas a veces se comportan como una manada de hienas y hemos dejado un rastro de sangre para que nos devoren.

Mi móvil vuelve a vibrar. Es Tesa otra vez. Desde que salimos del teatro me ha llamado ocho veces. ¿Es que no entiende que no me veo con ánimos para hablar con ella? Sea lo que sea, puede esperar hasta mañana. O hasta que corte con Andrei, si de mí dependiera. Apago el móvil definitivamente y me lo guardo.

Después de recibir sus consejos, mi padre le da las gracias a Lukas y le pide que nos deje solos.

—Esto concierne solo a la familia... —le dice.

Por un instante parece que mi madre va a intervenir para que se quede, pero al final, añade con los ojos clavados en el suelo:

—Mejor hablamos mañana.

—Ahora, todas al salón —ordena mi padre cuando nos quedamos solos, y creo que porque no suele ser habitual que se imponga de esa manera, obedecemos sin rechistar—. ¿Qué nos ha pasado? —pregunta, aún de pie, frente a nosotras. Nunca le había visto tan abatido y... ¿enfadado?

—Que hemos perdido el concurso y hemos hecho el ridículo otra vez —responde mi madre.

—¡¿Eso es todo?! ¿De verdad que el estúpido concurso es lo único que te importa?

—Carlos baja la voz, por favor.

—¡No pienso bajarla! —replica él—. Estoy harto..., harto de que en esta casa solo se haga lo que tú digas, como tú digas y cuando tú digas.

—¡No sigas por ahí! —le advierte ella.

—Nuestra familia se descompone y a ti lo único que te preocupa es qué dirán en internet.

—¿Qué insinúas? ¿Que todo esto ha sido culpa mía?

—Fuiste tú la que insistió en participar en el concurso. Te dije que no era buena idea, ¿o no?, que lo dejáramos correr. Que no era un buen momento. ¡Pero, como siempre, insististe, y yo no supe decirte que no, y aquí estamos!

—¡Perfecto! ¡¿O sea, que ahora es culpa mía que el novio de nuestra hija sea gay y la haya estado poniendo los cuernos con un chico?!

—Eh, a mí nadie me ha puesto los cuernos —replico. Y mi madre se vuelve hacia mí hecha un basilisco.

—¿Disculpa? ¿Lo sabías?

Ups.

No solo mi madre me mira desconcertada. También Néfer y mi padre lo hacen, y ambos además parecen sentirse traicionados.

—¿Desde cuándo? ¿Por qué no nos lo dijiste?

—Para no hacer daño a nadie —respondo con un hilo de voz—. No supe que a Gerard le gustaba Ciro hasta hace unos días. Pero me pidió que siguiéramos adelante con el concurso. Y tú..., mamá, tú estabas muy ilusionada. Y pensé que si te lo decía me obligarías a seguir adelante con él.

—Cali, yo nunca... —se justifica, dolida. Pero después se calla y se da cuenta de que tengo razón.

—No quería traicionar a Gerard —añado, esta vez mirando a Néfer, tratando de que me perdone por no haber confiado en ella—. Y no sabéis..., no imagináis lo difícil que ha sido para mí.

Les aguanto la mirada a todos hasta que siento la caricia de mi hermana en la espalda y me relajo.

—¿Sabéis qué? —dice mi padre, al cabo de unos instantes de silencio—. A la mierda todo. No quiero hablar más del tema por hoy. Creo que lo que nos hace falta es una noche de fajitas.

Y en eso todas estamos de acuerdo.

Creo que la última vez que hicimos noche de fajitas yo tenía quince años. Hasta entonces, al menos una vez a la semana, mis padres compraban tortas de maíz, pollo, pimientos, cebolla, yogur griego, aguacates para hacer guacamole, nachos y queso para gratinar, y nos poníamos al día de lo que había pasado durante la semana.

Mis padres nos contaban alguna anécdota divertida de sus trabajos o de cuando eran jóvenes, y mi hermana y yo les hablábamos de quién era novio de quién esa semana, con qué compañeros de clase nos llevábamos mejor, a quién habíamos dejado de hablar, qué profesores creíamos que nos tenían manía..., y después de la cena veíamos una película. No recuerdo exactamente cuándo dejamos de hacerlo, pero sí lo mucho que disfrutaba con esas noches y lo que las echo de menos. Por desgracia, también soy consciente que los problemas que tenemos entre nosotros no se solucionarán tan fácilmente. Pero por algún sitio hay que empezar, ¿no?

Mi padre y Néfer salen a comprar las cosas que faltan, y mi madre y yo nos metemos en la cocina para empezar a cortar las verduras y el pollo. Mientras lo hacemos, guardamos silencio. Pero es un silencio pegajoso, incómodo, que de pronto se interrumpe cuando mi madre se echa a llorar y deja el cuchillo en el fregadero. Al verla, se me olvidan todas las rencillas entre las dos y me acerco a abrazarla.

—Lo siento mucho... —me dice, y yo trato de consolarla y de pedirle también perdón por todo lo que me he callado, pero no me deja—. Sé... sé que sabes que Lukas y yo... No sé cómo he dejado que pasara... —Y vuelve a llorar.

—¿Has hablado con papá? —pregunto sin saber qué más decir. Si existía algún ápice de duda en mi cabeza, se ha esfumado con su confesión.

—Aún no, pero te prometo que lo haré pronto. Solo... por favor, no me juzgues... Yo no... No sé cómo...

Jamás he visto a mi madre tan vulnerable y solo puedo abrazarla hasta que se calma. Aunque somos una familia, la situación entre mis padres es algo que deben resolver ellos. De hecho, habría preferido mantenerme en la ignorancia, pero nadie elige las cartas con las que jugar. Y, sí, me gustaría pensar que siguen siendo tan fuertes como yo los imaginaba de pequeña, pero crecer es descubrir que ellos son tan vulnerables como nosotras.

Cuando se recompone, me sonríe y me da un beso en la mejilla.

—Te prometo que a partir de ahora intentaré hacerlo mejor.

—Creo que todos lo haremos —respondo.

Y así, poco a poco, como por arte de magia, el silencio opresivo que nos envolvía va desapareciendo para dejar paso a uno natural, uno que nos reconforta y que nos hace sentir más unidas, con alguna mirada de vez en cuando o algún comentario aparentemente liviano, pero que lo significa todo precisamente por su normalidad.

Para cuando mi padre y Néfer están de vuelta, la comida está ya lista. Mientras calientan en el horno los nachos con queso, yo aprovecho para escabullirme y subir a ver a Héctor.

—¡Vamos a cenar! —digo mientras abro la puerta—. Voy a subirte un plato con... ¿Héctor?

En la habitación no hay nadie. Miro al otro lado de la cama por si se ha quedado dormido; en el baño, por si está allí; en el resto de las habitaciones... Pero no hay ni rastro de él, y la posibilidad de que haya vuelto a esfumarse sin razón me paraliza. Entonces me fijo en que el ordenador está encendido y el miedo de que esta vez haya tenido motivos me sobrecoge aún más. Corro al escritorio, muevo el ratón y todos mis temores se hacen realidad cuando en la pantalla aparece el documento en el que estaba escribiendo su historia y la del cine para la beca.

—No. No, no, no...

Bajo con el cursor del ordenador una página tras otra, imaginando cómo ha debido de ser leer con sus ojos todas las páginas, conjeturas y anotaciones que he hecho, y a cada segundo que pasa, más odio y vergüenza siento.

Pero esta vez decido no quedarme esperando a que regrese. Tengo la intuición de que sé dónde encontrarle, así que me pongo un abrigo, les explico a mis padres que necesito salir urgentemente y que prometo contarles la razón cuando vuelva y, a continuación, salgo corriendo en dirección a los restos del cine Nostalgia, con la esperanza de que no sea ya demasiado tarde y de que esté en lo cierto.

53

El barrio de Chamberí parece más tétrico y gélido con el esqueleto calcinado del edificio junto a la plaza. Siento escalofríos de pensar que Héctor se haya atrevido a cruzar las bandas policiales que lo protegen y ahora se esté paseando por los restos de la estructura. Rodeo el edificio sin saber muy bien por dónde acceder. La entrada principal está vallada, y nuestro agujero entre los tablones está tapiado por los escombros resultantes del incendio. Aun así, estoy pensando en colarme por otro agujero que descubro, justo cuando lo veo. Está sentado en un banco, enfrente de los restos del cine, y tiene la mirada perdida en la azotea.

—Héctor...

No advierto que está llorando hasta que me encuentro a un paso de él.

—Lárgate, Cali. Quiero estar solo.

—Héctor, lo siento...

—¡Que te largues! —exclama, esta vez mirándome. Pero no me muevo.

—Al menos déjame explicarte...

—¿El qué? ¿Que, aunque a ti no te lo parezca, me has utilizado, que mi historia te gustó y decidiste explotarla? ¿O es que pensaste que, a cambio de ayudarme, a mí me daría igual que compartieras mi vida y mi intimidad a saber con quién? Ahórratelo. No es la primera vez que me traicionan...

Siento el latido de mi corazón en los oídos y un nudo en la garganta al escuchar sus últimas palabras. Cuando me recompongo, añado:

—Era para una beca. Pensé que... pensé que tu historia y la del cine podía ser interesante de narrar.

—¡Cali, esa historia es mi vida! ¡Y tú me la has robado!

—¿Podemos tranquilizarnos un momento, por favor? Y deja de gritarme.

Mi reacción parece desconcertarle tanto que obedece y yo aprovecho para explicarme:

—Sí, te robé tu historia. Pero solo cuando empezó a ser también la mía. Cuando me involucraste en ella. Mira, no sé quién te traicionó en el pasado ni por qué, pero no era lo que yo quería, ¿de acuerdo? Puede que no debiera haber escrito algunas cosas, sobre tu pasado o tu vida de ahora, pero conseguir esa beca cambiaría mi vida. O igual no. No lo sé. Pero quiero descubrirlo. Y llámame pretenciosa, pero pensé que lo que estábamos viviendo merecía la pena ser contado porque me parecía precioso y porque tu tenacidad es admirable... e inspiradora.

Trata de decir algo, pero no le dejo. Me siento a su lado y añado:

—Tú fuiste quien dijo que todos cambiamos, ¿te acuerdas? Pues yo no soy la misma Cali que empezó el proyecto cuando apenas te conocía, igual que tú no eres el mismo Héctor que desconfiaba de mí entonces. La historia no la ha leído nadie más que tú y yo, y si lo que quieres es que la borre, lo haré inmediatamente. Te lo prometo. Pero quiero que te quede claro solo una cosa: aunque la empecé a escribir con la única intención de ganar esa beca, ahora mismo solo quiero terminarla porque no quiero olvidar ni uno solo de los días en los que la hemos construido juntos.

—¿Y si no tiene final? —pregunta, desconcertándome—. ¿O lo tuvo el día del incendio?

—Pues no me da la gana —suelto, y el comentario le hace sonreír—. ¿Qué? Lo digo en serio. No me da la gana pensar que ese es el final. Si es nuestra historia, nosotros decidiremos cuándo termina, y yo desde luego no quiero que sea aquí. ¿Y tú?

Héctor niega con un gesto que me hace imaginarlo cuando era niño.

—Estábamos tan cerca... —se lamenta—. Tesa ya había arreglado el maldito proyector. Podríamos haber visto la película.

—Aún podemos. Le preguntaré a mis padres, seguro que conocen a alguien que puede echarnos una mano. Aunque habrá que esperar a que se pase un poco la tormenta.

Cuando me mira confundido, recuerdo que Héctor ni tiene redes sociales, ni las necesita, ni sabe lo que ha sucedido en los premios. Así que se lo explico, sobre todo por cambiar de tema y rebajar la tensión hablando sobre algo que no seamos nosotros. También le cuento la conversación que he tenido con mi madre.

—La vida no deja de recordarme que hay demasiada gente mala por naturaleza... —comenta, cuando acabo, y temo que se refiera a mí también, pero luego pregunta—: ¿Cómo están tus padres?

—Se les pasará —contesto—. Se nos pasará a todos. Otra cosa, no, pero fuertes sí somos.

Héctor asiente y se reclina en el banco, sin apartar la mirada del edificio calcinado.

—Puedes terminar la historia —dice—. Pero déjame elegir a mí el final.

—Claro. Gracias.

—¿De verdad piensas todo lo que has escrito ahí sobre mí?

—He omitido solo las peores cosas, para que no caigas mal a quien lo lea —bromeo, y después me acerco a él para darle un beso, aliviada y feliz—. Me alegro de haberte encontrado.

—En el fondo quería que lo hicieras. Estoy harto de huir... Igual yo también he cambiado y me he dado cuenta de que no sirve de nada tratar de prohibirnos ser quienes somos o creer en lo único por lo que merece la pena luchar.

Regresamos dando un paseo, pero al cabo de un rato de caminar optamos por tomar un autobús que nos deja en la esquina de casa. A punto de llegar, quedo con Héctor en que primero entraré yo y esperaremos a que no haya nadie para que pueda entrar él. Pero en ese momento advierto la silueta de un hombre con sombrero y gabardina que sube los escalones de la entrada y llama a la puerta principal.

—Escóndete —le indico a Héctor, que corre a agazaparse entre los arbustos del jardín más cercano—. Voy a ver quién es. Te haré una señal desde mi habitación cuando sea el momento.

En los segundos que tardo en recorrer el tramo hasta la puerta, mi padre sale y le pregunta al tipo su nombre y qué quiere. Pero antes de responder, el desconocido advierte mi presencia tras él y se vuelve. Cuando se quita el sombrero y puedo verle el rostro a la luz de la entrada, lo reconozco antes de que pronuncie su nombre.

—Me llamo Félix Crespo, soy el propietario del cine que quemaron. Y he venido a hablar contigo.

—¿Usted es Félix Crespo?

Héctor ha salido de su escondite y se ha acercado también al escuchar el nombre.

—¿Qué está pasando? —pregunta mi madre, que sale con Néfer. Al reconocer a Héctor, añade enfadada—: ¿Qué hace él aquí, Cali? La policía lo está buscando. Y la gente de la residencia también. ¿Y usted quién es? —dice al reparar en el hombre de la gabardina.

—Ya se lo he dicho a su marido: soy Félix Crespo y he venido a hablar con su hija. Es importante.

—Usted no va a hablar con nadie, y menos a estas horas. No sé quién le ha dado nuestra dirección, pero más le vale marcharse ahora mismo. Cali, entra en casa ya.

—Es por *Besos de tormenta* —revela Félix Crespo, dirigiéndose a mí.

—¿No me ha oído? —le advierte mi padre, acercándose a él con actitud amenazadora. Pero yo corro a su lado.

—Papá, espera un momento.

—Os vi en las noticias y después vi el cartel de la película en uno de tus vídeos de internet y pensé que no podía ser casualidad, ¿me equivoco? —Niego, mientras Héctor se mantiene impertérrito, con la boca convertida en una fina línea y los ojos clavados en el propietario del cine—. No vengo a culparos por lo que ha sucedido, sino a por respuestas. ¿Quiénes... quiénes son tus padres, chico?

—No lo sé —contesta Héctor con la voz ronca.

El hombre asiente, con lágrimas de emoción en los ojos.

—Pero yo sí. Yo sí sé quiénes fueron.

54

—Mi hermano Blas y yo nunca nos llevamos bien. Siempre tuvimos nuestras rencillas, nuestras peleas, y aunque nos queríamos, también lo envidiábamos todo del otro.

Estamos en el salón después de poner en antecedentes a mi familia. Les he hablado de cómo llegamos al cine, de la película *Besos de tormenta*, de mi interés por ayudar a Héctor... Mis padres guardan silencio, aturdidos o conmovidos por la historia, quizá ambas cosas. Félix ni siquiera se ha quitado la gabardina que traía y está sentado en el sillón orejero en el que suele recostarse mi madre. El resto nos hemos distribuido entre los demás sofás y mi padre se ha sentado en una silla.

—Yo era el hijo perfecto para nuestro padre. Organizado, brillante en los negocios, aplicado... Pero Blas, no. Blas era libre, le apasionaba la aventura, el juego, la diversión. Cuando nuestro padre murió, me encargué de dirigir el negocio familiar: los cines Nostalgia. Para Blas, sin embargo, ese edificio era una cárcel más que un lugar en el que disfrutar.

»Por culpa de ese sitio, mi padre apenas pasaba tiempo con nosotros, decía. Había escuchado tantas veces que yo lo heredaría, que yo sería el cargado de perpetuar su fama, que acabó detestándolo con toda su alma. Lo que él quería era estar al otro lado del proyector: actuar, triunfar en la gran pantalla. A mí me fascinaba la otra parte del cine. Me pasaba horas enteras viendo correr las bobinas en las máquinas hasta el proyector, limpiando las películas, las lentes...; el cine se convirtió en mi vida. Traté de explicarle que hay gente que nace sin estrella por mucho que luche por pertenecer al firmamento, pero no me escuchó...

Héctor permanece quieto, como un tigre aguardando entre la maleza. Apenas le oigo respirar a mi lado.

—Nunca nos entendimos. Las pocas veces que venía a visitarme tras regresar de sus viajes se aburría escuchándome contarle las últimas novedades técnicas que llegaban de fuera, el argumento de las películas que había proyectado los meses anteriores, los problemas que me había encontrado con algunas de ellas. Él solo quería hablar de sí mismo y de lo que había aprendido en la escuela o en la calle, o a qué actor o actriz había descubierto y convertido en sus maestros... Creo que en el fondo tratábamos de hacernos daño: cada palabra mía le recordaba la vergüenza que había supuesto para nuestro padre por no haber sido capaz de perpetuar su legado. Para mí, cada una de sus anécdotas me recordaba que él era más libre de lo que yo lo sería nunca. Por eso evitábamos esos encuentros cuanto podíamos. No espero que lo entendáis. Hay sentimientos que tienen más fuerza que la coherencia y nos vuelven animales irracionales. Pero al final se quedó sin dinero. Y cuando regresó con el rabo entre las piernas, ella ya estaba en el cine.

—¿Ágata? —salto, sin poder controlarme—. ¿Ágata Buendía?

El hombre asiente.

—Mi padre decía que no es bueno remover el pasado porque los fantasmas se alteran. Pero yo pienso que si no lo hacemos no se irán nunca y al final seremos sus presos. Ágata había llegado al cine dos o tres meses antes de que Blas regresara. Era directora, guionista, actriz y cantante, y tenía una película escrita que quería rodar. Otra cosa no, pero energía le sobraba por todos lados. Cuando se reía, su risa se escuchaba desde el vestíbulo hasta la azotea del edificio... No me extraña que Blas... —Calla un segundo y la poca alegría que acaba de dejar entrever se disipa—. No me extraña que mi hermano se enamorara de ella. Fui yo quien los presenté, así que asumo toda la culpa. Fui yo quien la convencí para que hablara con él cuando regresó, que tenía contactos, le dije, que podría ayudarla con su película. A su lado, me sentía como un personaje del cine mudo, grabado en blanco y negro, o como el apuntador del teatro, escondido mientras que ellos eran estrellas hechas en tecnicolor. Ella tan moderna, con el pelo cortado a lo *garçon*, una sonrisa que te impedía negarle nada y las ansias de hacer del mundo su escenario; y él tan apuesto, tan hambriento de fama... Sin darse cuenta, Ágata se convirtió en mi luz, pero también en la de mi hermano. Al final, los dos se marcharon para trabajar juntos, sin que yo supiera cuándo los volvería a ver.

Al escucharle hablar, dejo de ver al hombre que tengo delante, arrugado, con la gabardina y la mirada cansada, y en su lugar aparece el veinteañero que sonreía junto a su hermano en la fotografía en blanco y negro que encontramos en internet.

—Nunca llegué a ver la película que grabaron. Un año después de marcharse, regresaron con mil anécdotas que contarme, siete bobinas y un favor que pedirme. Estaban convencidos de que esa película les catapultaría a la fama, pero no habían encontrado ninguna distribuidora interesada en ella por el momento. Cuestión de tiempo, decían. Lo único que necesitaban era un lugar donde estrenarla para poder mostrársela al público y que el boca a boca hiciera el resto. «Pan comido», recuerdo que me dijo Blas. «Al fin y al cabo, tenemos un cine.» —Félix se ríe, agotado—. Ya veis: «*Tenemos* un cine», dijo... Al parecer, ahora el negocio era de los dos.

»Por otro lado, la película llevaba tanto tiempo dando tumbos que algunas de las bobinas estaban desgastadas, sucias o rotas. Así que les propuse un trato: a cambio de proyectarla en el Nostalgia cuando limpiaran y arreglaran las bobinas, ella trabajaría de taquillera y él de acomodador.

Pensé que estando cerca cabría la posibilidad de que Ágata terminara fijándose en mí; de que llegara a olvidar a mi hermano. Fui un idiota. Lo único que conseguí fue sufrir cada segundo que la tuve a mi lado. Pero prefería sentir ese dolor a saberla lejos. Trataba de quedarme a solas con ella, terminaba de recoger cuando mi hermano se marchaba, le hablaba de cosas del trabajo como si fueran una aventura genial, la invitaba a cenar... Pero al final del día era yo quien tenía que soportar ver cómo se daban la mano al caminar, cómo se despedían de mí y se marchaban a dormir juntos, dejándome solo... No obstante, eso no hizo más que convertirlo todo en un reto aún más emocionante. Hasta que un día, cuando creí que la manera en la que Ágata me miraba se parecía a la mía, le confesé mis sentimientos... y sin esperar la besé. Pero ella me abofeteó justo cuando mi hermano regresaba de la imprenta con el póster que había diseñado en secreto para la película. Lo había visto todo.

»Ese día descubrí que la fiereza que solía exhibir mi hermano no era solo fachada. Y aunque traté de serenarle mientras recibía sus golpes, no hubo manera. Ágata pedía que nos separásemos, pero en algún momento ella había dejado de ser el motivo de nuestra pelea y habíamos acabado pegándonos, dominados por la rabia que sentíamos el uno por el otro, por quiénes éramos, por lo que habíamos hecho o dejado a medias. Y empezamos a echarnos en cara todo lo que no nos habíamos dicho en los últimos quince años: cómo me había dejado solo; cómo yo me había convertido en nuestro padre, por pura cobardía... Nos dijimos cosas horribles. Palabras que la propia sangre nos debería haber impedido pronunciar. Yo acabé con la nariz rota y él con el labio partido. Pero la que más lloraba, la que más sufría era Ágata.

»Esa misma noche perdí a mi hermano y a la única mujer por la que había logrado sentir algo parecido al amor. Fui un imbécil. Un monstruo. Blas dejó tirados los pósteres, salió del cine, hicieron las maletas, se llevaron la película y desaparecieron. Pensaba que para siempre, pero no fue así.

»Diecisiete años después apareció Blas en la puerta del cine. Pensaba que había venido a enterrar el hacha de guerra, pero enseguida comprendí que lo único que quería era dinero. Él y Ágata se habían arruinado. La película solo había llegado a proyectarse en salas independientes, y no habían tenido el más mínimo apoyo de la prensa. Le di parte de mis ahorros, porque me sentía culpable de todo lo que había ocurrido, pero le dije que se marchara. A Blas no le pareció suficiente: me dijo que Ágata estaba embarazada de dos meses, que eran mi única familia. Pero después de diecisiete años de rencores acumulados, para mí él era poco más que un desconocido. Cuando insistió, lo eché sin más contemplaciones. Y aquella sí fue la última vez que lo vi.

Félix se acomoda en el sillón mientras el presente va ganando terreno al pasado. Ninguno hablamos. No nos atrevemos. Tampoco sabemos qué decir.

—Siento que si he guardado mi secreto todo este tiempo es porque en mi interior esperaba que algún día llegara alguien reclamándomelo.

Hay algo fascinante y aterrador en ver a un adulto llorar, pienso de nuevo. Porque de pronto comprendes que ellos también sufren y han sufrido, igual que aman y han amado antes que tú, y que han cometido errores que les perseguirán toda la vida. Cuando Félix se recupera, continúa hablando:

—Fue un accidente de coche. Un día, mientras comía, me llamó la policía. Habían muerto los dos. Blas y Ágata. Cuando pregunté por el bebé, me dijeron que no habían encontrado ninguno. Ni en el coche, ni en su casa. De hecho, les había costado encontrar mi teléfono para comunicarle a algún familiar la tragedia. Les pedí que se aseguraran: tenía que haber un bebé. Según las cuentas y lo que Blas me había dicho, Ágata había dado a luz ocho meses atrás. Y, en efecto, cuando un día después me presenté en el diminuto sótano en el que mi hermano y ella habían vivido los últimos años, encontraron los documentos de nacimiento de un niño, pero ni rastro de él.

Félix respira hondo tras decir esas palabras y yo me pregunto si llega el día en el que uno puede hablar de la muerte de un hermano sin ahogarse.

—La policía me explicó que muy posiblemente lo hubieran abandonado en algún convento u hospital para que otros se hicieran cargo de él en mejores condiciones. Pero que, por desgracia, había cientos de casos similares cada año y que, sin más datos, era imposible seguir el rastro. Aun así, no me rendí. Después de arreglar los papeles del funeral, al que solo asistí yo, y de llevarme las pocas pertenencias que guardaban en aquel agujero, entre ellas la maleta con la película, volví. Busqué por todas partes, y lo hice durante años. Me olvidé del cine y el negocio se convirtió en un agujero de pérdidas, así que, con el tiempo, terminé despidiendo a la gente y cerrándolo. Me obsesioné con localizar a mi sobrino y al final terminé yéndome de esta ciudad que tan horribles recuerdos me traía y marchándome lejos. Hasta que ocurrió el incendio y vi las noticias... y te encontré, Héctor.

55

Héctor se mantiene inmóvil a mi lado, pero su actitud ha cambiado. No está rígido, parece derrotado. Mira a Félix, pero no lo hace de la misma manera. Su nombre ahora significa algo más, igual que las imágenes de las cintas de Súper-8 que encontramos en el cine. Sigue siendo el mismo, pero ya no lo es. Y supongo que a Félix Crespo le pasa igual.

Héctor estaba en lo cierto. Todo el tiempo lo había estado: había seguido el camino de migas hasta el final. Su madre era Ágata Buendía. Su padre, Blas Crespo. Ambos habían actuado en una película que apenas nadie conocía. Encontrar algo tan querido como a tu familia debe de ser sobrecogedor. Pero encontrarla para descubrir que la has perdido para siempre tiene que romperte los esquemas, partirte en dos, triturarte por dentro y sacudir hasta el más lejano de tus recuerdos, la más diminuta de tus células, el más nimio de tus pensamientos. Por eso, lo único que me sale es abrazarle.

—Perdóname, perdóname, por favor... —suplica Félix desde el sofá, tan inclinado hacia delante que casi parece estar de rodillas.

Jamás sabré qué ha podido sentir Héctor al escuchar la historia. Pero las palabras de su tío han provocado una onda expansiva y a nosotros nos ha embargado de pronto una necesidad imperiosa de comprobar que estamos todos, al alcance los unos de los otros.

El abrazo que le doy a Héctor trata de contener su ira, su dolor, su desesperanza. Quiero transmitirle todo el alivio, el perdón y el cariño que siento hacia él. Pero sé que no es a mí a quien le gustaría estar abrazando. Sé que el abrazo a su madre que no existirá es un abrazo que araña el corazón y las entrañas y que exige que los demás encontremos a un ser querido y compartamos el momento, como un virus que necesitara reproducirse en más lugares, en más vidas, para seguir existiendo. Mi hermana busca a mi madre, y mi padre me acaricia la espalda.

Y en mitad de esta muestra de cariño, Félix, al borde del sillón, solo, y con las lágrimas derramándose por sus mejillas.

—Necesito estar solo... —pide Héctor, poniéndose en pie.

—Héctor, por favor... —le dice su tío, pero al pasar a su lado y tratar de sujetarle la mano, él lo aparta y sigue hacia la escalera que sube al segundo piso.

—Señor Crespo —mi padre se levanta y le pone una mano sobre el hombro—, le agradecemos lo que ha hecho, pero creo que es mejor que se marche. Ahora mismo su presencia aquí solo lo complica todo más. Déjeme un teléfono y le llamaré si hay novedades.

Félix no trata de rebatirle. Al contrario, se levanta dócilmente y después de susurrar nuevas disculpas, se marcha con mi padre. Hasta que no oímos la puerta principal cerrarse, nadie dice nada.

—Tenemos que hablar con la policía —sugiere mi madre—. Y con los servicios sociales. Su tutor nos pidió que le avisáramos si teníamos noticias de él. ¿Desde cuándo está contigo?

—Desde anoche. Pero no podemos ir a la policía —respondo, mirándola asustada.

—¿Cuál es tu plan entonces? Su tutor también merece saber que está bien, ¿no crees?

Pensar en lo mal que debe de estar pasándolo Pedro es suficiente para que asienta, y mi madre no necesita más para salir del salón en busca de su teléfono móvil. Qué lejana resulta la gala de premios y las guerras de egos, pienso en un instante de lucidez.

—Pero tenéis que creerme: él no fue quien provocó el incendio del cine. ¡Fue Gorka!

—Te creemos —se apresura a decir mi padre—. Pero eso no quita que tenga que comparecer.

—Papá tiene razón, Cali —conviene mi hermana, acariciándome el brazo—. No puede vivir toda la vida huyendo de la justicia. Si no es culpable, cuanto antes se aclare todo, mejor.

—Voy a ir a ver cómo está —les digo, aunque en el fondo, lo que quiero es comprobar que no ha huido por mi ventana.

Cuando llego a la puerta de mi cuarto, llamo y espero hasta que oigo su voz.

—Adelante —dice, y asomo la cabeza—. Hola, pasa.

—¿Cómo estás? —pregunto, y me siento a su lado en la cama.

Él se encoge de hombros.

—¿Se puede estar aliviado y furioso al mismo tiempo? Porque es así como me siento —responde, y por fin rompe a llorar todo lo que no ha llorado abajo—. Estoy asustado. Ya no están, Cali. No están...

Yo le abrazo y le acaricio la espalda, tratando de calmarle.

—Lo siento muchísimo, Héctor.

—No quería creer... Lo sabía... sabía que no debía creer... Tendría que haber dejado de buscar respuestas.

—Deja de decir eso. Las dudas te habrían consumido toda tu vida.

—Fue todo culpa de ese hombre... —afirma con voz gutural y una rabia que me asusta—. Si él hubiera ayudado a mis padres...

—¿Qué? Dime, ¿qué habría pasado? No lo sabes. Ni tú ni nadie. La vida es la que es, y ya está. No te tortures imaginando otras realidades. Félix se equivocó, lo hizo muy mal y por su culpa sufrió mucha gente. Pero ya lo sabe. Y estoy segura de que cada día se arrepiente por sus decisiones. Pero podría haberlas enterrado, en lugar de haber venido. Eso, aunque ahora no lo veas, le honra.

—No es justo... —repite cubriéndose la cara con las manos—. ¡¡No es justo, joder!! Todo ha sido por mi culpa. ¡Como siempre! Si yo no hubiera nacido...

—¡Héctor, para! Ni se te ocurra insinuar algo así, porque no te lo voy a permitir. Tú no tienes la culpa de nada de lo que les ocurrió a tus padres. De nada. Estoy harta de que solo veas el supuesto dolor que provocas y no todo lo bueno que haces por quienes hemos tenido la oportunidad de conocerte. Tus padres se habrían sentido orgullosos de verte crecer, de conocerte ahora. Te salvaron y lo mínimo que se merecen es que aproveches al máximo cada segundo de tu vida. Eres luz, Héctor Crespo. Y no te puedes permitir el lujo de apagarte porque mucha gente te necesita.

Me mira cuando guardo silencio y después se acerca para besarme.

—Te quiero —dice, aún con los ojos húmedos sobre mi hombro, y a mí me tiembla todo por dentro cuando yo también se lo digo.

—Vamos a hacer todo lo posible para que la película de tus padres se estrene en un cine. Te lo prometo.

56

Dicho y hecho. Basta con hablarlo con mis padres para que se pongan manos a la obra. A la mañana siguiente, Lukas nos ha conseguido el contacto de un amigo suyo que le debe un favor y que regenta Metraje, una de las cadenas de multicines más famosas del país. La mañana que queramos, podemos ir con él para una proyección privada, solo para nosotros.

Esa misma mañana también aparece en casa Pedro, que se funde en un emotivo abrazo con Héctor en cuanto se ven. Mi madre se ha encargado de ponerle al día de los detalles de la historia de Félix Crespo, y el educador le ha dicho que a partir de ese momento él gestionará los posibles futuros encuentros entre tío y sobrino. De Gorka sigue sin haber noticias, nos cuenta después. Es como si la tierra se lo hubiera tragado y está dolorosamente convencido de que no va a volver nunca más a la residencia. Pero a mí se me ocurre una idea que llevamos a cabo entre todos, incluidos nuestros amigos: para demostrar que Gorka estuvo en el cine el día del incendio, difundimos su foto por nuestras redes y pedimos a la gente que si tienen alguna prueba de que vieron a ese chico el día del accidente, nos lo hagan saber. Dos días después, comienzan a llegar testimonios y fotografías útiles que nos encargamos de compartir con la policía: un grupo de chicas que estaban cerca del cine tomando algo y se fotografiaron sin darse cuenta de que, a lo lejos, salía Gorka con un bidón de metal; el dependiente de unos ultramarinos por el que el chico pasó a por cerillas, camino del cine; incluso una grabación de una mujer que vio cómo logramos escapar del incendio con Gorka a rastras y cómo él salió corriendo en cuanto recuperó la consciencia.

Es un milagro. Es un cúmulo de casualidades tan perfecto que cuesta creerlo. Pero entre eso y que Félix Crespo ha retirado la denuncia del incendio, para hacer frente a los cargos que le imputan a Héctor, basta con que haga algunas horas de servicio comunitario. El alivio que sentimos todos al escucharlo es inmenso, y es el propio Héctor quien nos pide que invitemos a su tío al estreno de *Besos de tormenta*.

Esa mañana, nos reunimos a la entrada del cine mi familia, Héctor, Pedro, Lukas, Silas, Félix, Gerard, Ciro, Román, Abel, Tesa y Andrei. En cuanto llega Tesa, me falta tiempo para abalanzarme sobre ella y estrecharla entre mis brazos. Los últimos días, con el caos, aunque ya se lo he contado todo, no hemos podido vernos y no podía soportarlo más.

—Perdóname —le digo, mientras los demás van pasando. Y me vuelvo hacia Andrei—. Tú también. Si Tesa confía en tu palabra, yo también. No debí juzgarte y acusarte de haber subido la foto de Gerard y Ciro a internet.

—No pasa nada —responde él, dándome un abrazo. Y no es fácil, porque prefiero poder odiarle a él que vivir con la duda de quién lo hizo entonces.

Una vez dentro, nos sentamos en las mejores butacas y aguardamos hasta que las luces se apagan y arranca el proyector. A un lado tengo a Tesa y a Silas, al otro, a Héctor, que me agarra la mano con fuerza. Y entonces, tras la cuenta atrás, comienza la película...

No es solo la historia, sino cómo está contada. La música, la dirección, los planos, los diálogos... Es tan sencillo imaginarla convirtiéndose en un clásico que duele que solo nosotros la hayamos visto terminada.

Y Blas y Ágata están fantásticos. Ella sobre todo. Tan joven, tan guapa. ¿Es esa luz que desprende en pantalla a la que se refería Félix cuando hablaba de ella? Y qué voz... No hay duda de que Héctor ha heredado ese don de ella. Me pregunto cómo habría sido de diferente su vida si la película hubiera llegado a los cines. Ahora, quizá, sería una reconocida directora y actriz y viviría una vida llena de opulencia y lujos, con varias casas, viajando por el mundo entero para seguir rodando nuevas películas, con todo el firmamento cinematográfico queriendo trabajar con ella. Y Blas está deslumbrante. Más allá escucho los sollozos contenidos de Félix al verle actuar. Podrían haber sido tan grandes... Y, sin embargo, nadie les dio la oportunidad que merecían; nadie los descubrió. Se volvieron invisibles antes de tiempo.

Cuando termina, estamos todos llorando y aplaudiendo. A mi izquierda, Tesa me agarra la mano con fuerza mientras se sorbe los mocos. A mi derecha, Héctor respira profundamente con los ojos brillantes. Mientras arrancan los créditos, suena de fondo la canción que tan bien conozco gracias a Héctor y su guitarra.

Todos somos capaces ya de tararear la melodía con las lágrimas corriéndonos por las mejillas.

—Me dijo que la proyectarían en el mundo entero —oigo decir a Félix, sin apartar la mirada de la pantalla—. Tenía razón: habría sido un éxito...

—Es preciosa —comenta mi hermana. Y enseguida los demás lo corroboramos, saliendo poco a poco de la magia que parece habernos envuelto a todos.

—Tenemos que hacer algo —dice mi madre, poniéndose en pie de golpe y secándose el rabillo del ojo con cuidado de no estropearse el maquillaje, como si las lágrimas no hubieran hecho ya de las suyas.

—¿Algo de qué? —pregunta mi padre.

—Con esta maravilla. ¡Con los cines Nostalgia!

—¿Una recogida de firmas para que los reabran? —sugiere Néfer.

—No, una recogida de fondos —propone mi madre—. Sé que

después de lo del concurso mucha gente estará enfadada con nosotros, pero aun así podemos llegar a un montón de personas que querrán ayudar, ¿no? Los Nostalgia son un símbolo de nuestra ciudad y ya visteis la cantidad de vecinos que lamentaron el incendio. Si todos pusiéramos una mínima parte...

—Me parece una gran idea —confiesa mi padre.

—Me pongo a hacer gestiones —añade Lukas—. Vamos a ver cómo podemos organizarlo.

Cuando salimos, le damos las gracias al hombre encargado del cine.

—Y por eso, niños, siempre es bueno hablar con los papás —comenta Silas, abrazándonos por detrás a Héctor y a mí—. La de líos que nos hubiéramos ahorrado viniendo aquí desde el principio.

—¿Y habernos perdido esas sesiones de cine para nosotros solos? Ni loca —responde Tesa.

Héctor, a mi lado, camina en silencio hasta que nos separamos del grupo.

—¿En qué piensas? —le pregunto.

—En que por fin he entendido lo que es un beso de tormenta —dice.

—¿El qué?

—Pues esto. La vida. El día a día. Que al final merece la pena creer en historias de amor, aunque en ocasiones duela. Y no hace falta ni que esté lloviendo, ni que nos estemos tocando para sentir un beso de tormenta. Porque a veces, en lugar de lluvia, hay un padre borracho, o una madre ausente, o matones, o deudas, o accidentes, o insultos, o inseguridades..., o la muerte de un ser querido. Y en vez de un beso, hay una caricia a tiempo, un abrazo, un mensaje de móvil o una llamada... Da lo mismo: al final, todo se reduce a sentir cerca a esa persona que quieres y que te ve como realmente eres, y poder mirarla a los ojos y saber que, ocurra lo que ocurra, como dice la canción de... mi madre, venga lo que venga, podrás con ello si no estás solo.

57

Reconstruir los cines Nostalgia cuesta más de dos millones de euros.

Cuando nuestro padre nos lo dice un día después de clase, no nos lo creemos. Lo primero que hacen es llamar a Félix Crespo, que promete que, si encontramos a alguien de confianza a quien vendérselo, él se lo entregará por una décima parte de lo que de verdad costaría una vez que estuviera arreglado. Para él, no es más que una caja de malos recuerdos y necesita deshacerse de ella y que vuelva a ser algo especial para otros.

Así que, mientras nos ponemos las pilas con el nuevo semestre en el colegio, mis padres van pidiendo informes técnicos y presupuestos para saber cuánto cuesta la obra y negocian con el amigo de Lukas para ofrecerle el cine a cambio de que garantice cumplir con todas nuestras condiciones. Entre otras, que Abel pueda trabajar allí con un sueldo digno y una formación. Y el hombre, no solo acepta sino que además se compromete a pagar un cuarto del precio total de la reconstrucción.

El problema radica en que se necesita una reforma completa: desde la primera planta hasta el tejado. Tratarían de salvar cuanto se pudiera de la estructura original, pero es difícil. Lo que no han devorado las llamas, lo han hecho los años y las inclemencias del tiempo, y es un peligro estar allí sin asegurar los cimientos.

En un primer momento nos desinflamos por completo. ¿De dónde vamos a sacar semejante cantidad de dinero? No hay tanta gente en la ciudad interesada en ese viejo edificio. Mucho menos después de lo ocurrido y de los titulares que se han escrito sobre el origen del incendio, nuestra involucración y la desaparición de Gorka.

Sin embargo, en cuanto tenemos toda la documentación y anunciamos la recogida de dinero a través de una plataforma de *crowdfunding*, comienzo a recuperar la fe en la humanidad. No tiene que ver con nosotros, ni con Gerard, ni con el cine en sí. Tiene que ver con salvar un símbolo de la ciudad, un bastión del arte, como lo llama mi padre en el vídeo que grabamos, y con recuperar algo que nos pertenece a todos.

En el colegio, la directora organiza una recogida de dinero con una tómbola en la que participa todo el mundo. Un día aparecen en casa la familia Del Valle al completo. También quieren poner su granito de arena en el proyecto de la reforma del cine donando la mitad del dinero obtenido en el concurso, y además se comprometen a movilizar a sus seguidores con un vídeo. A mi madre le pilla tan de sopetón esta decisión que sus prejuicios contra ellos se esfuman tan deprisa como aparecieron y les invita a tomar un café.

Desde luego, nuestra posición después del concurso de YouTube no es la más favorable. Pero, como pasa siempre con estas cosas, el tiempo acaba poniendo todo en su lugar y la gente se olvida de este tipo de tonterías. Sí, hemos perdido suscriptores con motivo de mi falsa relación con Gerard, pero enseguida los hemos vuelto a recuperar e incluso hemos seguido creciendo por contar otras verdades. Y el vídeo que grabamos juntos ayudó bastante a ello.

Fue idea de mi madre. Gerard estuvo a punto de cerrar el canal por la presión mediática. Solo Tesa y yo logramos convencerle de que no lo hiciera, porque acabaría arrepintiéndose. Lo que hizo fue alejarse de todas las redes una temporada y comenzó a asistir a terapia con mi madre en nuestra casa. Lidiar él solo con toda la fama y su conflicto interno había terminado pasándole factura, y que alguien le hubiera robado de aquella manera tan ruin su derecho a contarle a quien quisiera y cuando quisiera que era gay lo había rematado.

Fue después de una de estas sesiones de terapia cuando mi madre nos animó a contar nuestra versión de los hechos delante de una cámara, pero no a subirlo. Eso tendría que ser una decisión que Gerard tendría que meditar. Mi madre lo propuso porque realmente creía que desahogándonos podríamos pasar página, sobre todo él, y así demostrar a otros que el miedo y la vergüenza por ser uno mismo nunca traen nada bueno.

En el vídeo compartimos parte de la verdad. Solo parte, porque el resto nos pertenece a nosotros. Pedimos disculpas, sobre todo Gerard, y él declaró que lo hizo porque sabía que tendría que dar muchas explicaciones y no se veía con fuerzas. Cuando subió el vídeo, porque sí, al final lo hizo tras pedirme permiso, hubo gente que aceptó sus disculpas y otros que le acribillaron a insultos solo por ser quien era. Por suerte, hay problemas en la vida que se resuelven clicando en el botón de bloquear o silenciar.

Ojalá todo fuera así de sencillo.

En cualquier caso, ya fuera gracias a nuestros vídeos o al inmenso apoyo que recibimos por parte de cientos de artistas, amigos con presencia en internet y hasta administraciones públicas, conseguimos prácticamente todo el dinero que necesitábamos.

Así que, cuando un viernes después de clase nos reunimos todos en el salón para lograr los últimos quince mil euros que faltan, los nervios se palpan en el ambiente. Hemos puesto en la pantalla de la televisión la página web y cada diez minutos actualizamos los datos para ver cómo, poquito a poquito, va aumentando la cifra con cada aportación. En internet, por las menciones que recibimos, parece que todo el mundo está pendiente de ese pequeño cine en ruinas y su futuro.

Mi padre ha preparado con ayuda de Lukas y de Néfer comida para todos y yo me he encargado de la selección musical, porque no puedo soportar vivir esto en silencio.

—No lo vamos a conseguir... —masculla mi hermana, desesperada.

—¡No seas gafe! —le replico, dándole un empujón suave—. Lo vamos a conseguir. Lo vamos a conseguir.

Después de recaudar casi dos millones, parece que quince mil es poco. Pero sigue siendo muchísimo. Una barbaridad. Infinito.

—¿Y si nos quedamos a punto de lograrlo? —pregunta Tesa, a mi lado.

—Ya casi está —le digo.

—Lo sé, lo sé, pero ¿y si al final no...?

—¡Mirad! —Mi hermana se pone de pie a mi lado y yo me vuelvo tan rápido que me da un mareo y tardo en enfocar los ojos en la televisión.

—¿Lo hemos...? Es imposible... ¿Lo hemos conseguido de verdad? ¡¡Lo hemos conseguido!! —exclama, y se acerca a la pantalla para señalar con el dedo—. ¡Que lo hemos conseguido! ¡Dos millones! ¡Lo pone! ¡Lo pone!

Mientras todos gritan, compruebo que es cierto. En la pantalla aparece el mensaje de felicitación por haber logrado el objetivo. En internet, la gente se vuelve loca. En casa nos volvemos locos.

Y ha sido por una única aportación.

—¿Quién ha sido? —pregunto, acercándome.

Néfer se aparta el flequillo de delante, teclea, busca... y lee:

—Harlempic. ¿Ese no es el fotógrafo que te gusta...?

—Lo es —sentencio, y me doy cuenta de lo maravilloso que es formar parte de este universo y ser consciente en ocasiones de su perfecto engranaje.

58

Dos días después de lograr nuestro objetivo, nos encontramos a las puertas de los restos calcinados del cine. La gente abarrota la calle y la plaza contigua. Han cortado el tráfico y han colocado un pequeño escenario y un sistema de megafonía para que se escuche el mensaje.

—El mes que viene comenzarán las obras para reconstruir uno de los cines más emblemáticos de la ciudad —anuncia mi madre, y todos estallamos en aplausos. Con nosotros está el director de la cadena de cines que ha adquirido el edificio. De hecho, ha sido él quien le ha pedido a mi madre que diera ella el discurso. Debe de haber concentradas casi mil personas allí. Hay también cámaras de televisión y radios, periodistas con móviles y cuadernos, amigos...—. Y si esto ha sido posible ha sido gracias a vosotros, los que nos acompañáis esta tarde y los que nos veis desde casa. Los que habéis aportado vuestro granito de arena para salvar del olvido al arte y a la cultura.

Nunca me había sentido tan orgullosa, tan feliz, de poder llamar familia y amigos a las personas que me rodean. Todos nosotros nos miramos cuando el público vuelve a estallar en aplausos. Lo hemos conseguido. Juntos lo hemos hecho realidad. Mi familia.

Desde mi silla en el escenario oteo la muchedumbre preguntándome quién de todos será el fotógrafo. Por la mañana le he escrito varios mensajes animándole a venir al evento y casi me ha dado un vuelco el corazón cuando me ha respondido diciendo que allí estaría. Le he rogado que se acerque a saludarme, pero no he obtenido más respuestas, y siento que si hoy no le conozco, ya no tendré más oportunidades en el futuro.

Aun así, hoy es un día para estar feliz. Mi madre presenta en ese momento la otra parte del proyecto, la que ayudará a reintegrar en la sociedad a muchos de los mendigos que podrían haber vivido, como Abel, en los Nostalgia. Hasta que terminen las obras, cosa que llevará un tiempo, el propietario de la cadena de cines que ha adquirido el emblemático edificio ha ofrecido a los indigentes interesados trabajar en sus otras salas de cine para que vayan cogiendo práctica.

—Por último —dice mi madre una vez que se acallan los aplausos—, queremos anunciar que a partir del viernes que viene se podrá disfrutar en todos los cines de la cadena Metraje la película inédita *Besos de tormenta*. Y que, un mes después, se colgará en internet con la opción de que, quien quiera, aporte el precio que considere justo por disfrutarla. Todo lo que se recaude irá destinado a programas para ayudar a indigentes de la ciudad.

A mi lado, Héctor me aprieta la mano y sonríe como nunca le he visto sonreír. A mí me cuesta contener las lágrimas.

Una vez terminado el discurso, nos quedamos una hora saludando a fans que se han acercado al evento animados por nuestros mensajes en la red mientras Héctor responde a decenas de periodistas que quieren saber más sobre esa canción que desencadenó todo y sobre sus padres. Me alegra comprobar que, de nosotros, Gerard vuelve a ser quien más personas tiene a su alrededor y que, a pesar del vapuleo que recibió las primeras semanas después de la gala, hay muchísima gente aún que le quiere y le anima a seguir.

—¿Nos vamos? —propone Silas cuando la cosa se calma y se marchan los últimos seguidores. Después nos rodea a Héctor y a mí con su brazo para llevarnos a uno de los taxis que ha pedido para ir a Oz, donde ha reservado una mesa en la esquina más alejada.

Ya allí, mientras nos sirven los batidos que hemos pedido los primeros, van llegando los demás hasta que estamos todos.

—Pues ya está —dice Román, sentándose a mi lado—. También os digo que la promo que les hemos hecho a los de Metraje, tendrían que habérnosla pagado.

No puedo evitar volverme y fulminarle con la mirada, aunque él ni se da cuenta. Creo que nunca me acostumbraré a su manera de pensar. Lo ha dicho sin tan siquiera apartar los ojos del teléfono móvil. De reojo veo cómo se dedica a contestar a gente en Twitter y a agradecer su apoyo con el tema del cine cuando todos sabemos que no ha aportado prácticamente nada de dinero y que solo ha hecho acto de presencia en el evento de hoy porque sabía que habría mucha gente. Desde el día de mi cumpleaños en el cine, no nos hemos visto tanto con él. Aunque no nos lo ha confirmado, Tesa y yo creemos que Gerard se ha dado cuenta por fin de la clase de persona que es Román y ahora prefiere mantenerse lejos de él.

—¿Siguen sin saber nada de Gorka? —pregunta Silas.

—Nada. Se ha esfumado por completo. Y si Pedro sabe algo, no me lo ha dicho.

Todos asentimos, comprensivos. Todos, menos Román, que sonríe y le da a «Me gusta» a un nuevo mensaje en su móvil, ignorándonos.

—En realidad, ya es mayor de edad —añade Héctor—, así que puede hacer lo que le dé la gana. Pero me alegro de no tenerle cerca.

Tesa le abraza y le da un beso en la mejilla. En ese momento llega el camarero con las bebidas que faltan y comienza a repartirlas.

—¿Un café solo? —Todos nos miramos entre nosotros, pero nadie responde—. ¿Un café solo? ¿Nadie?

—¡Román! —exclama Tesa—. ¿No es tuyo el café? ¿Quieres dejar el puñetero móvil de una vez?

Enfadada, le da un manotazo al aparato y este se cae en la mesa sobre uno de los vasos, cuyo contenido acaba derramado sobre Román y el aparato.

—¡¿Estás idiota o qué?! —grita él al tiempo que se levanta con los pantalones empapados.

Rápidamente, yo cojo el teléfono y me pongo a limpiarlo con una servilleta de papel. Sin querer, como la pantalla está desbloqueada, pulso en el cristal y de pronto veo algo que me deja helada.

—¡Trae! —me ordena Román, alargando la mano, pero yo me aparto, me pongo de pie y les muestro a todos la pantalla del móvil.

—No me lo creo... —exclama Tesa, y mira a Román y después a su hermano.

—¿Qué? —pregunta Román, que intenta de nuevo quitarme el móvil, pero le paso el teléfono a Silas para que no lo alcance—. ¡Las... las descargué! ¿Vosotros no?

—Aquí hay fotos que no se subieron a internet —dice Ciro, sentado al lado de Silas. Y desliza el dedo para ver el resto de la galería.

—¿Fuiste tú? —Gerard se pone de pie y aprieta los puños.

—¡Tíos!, ¿qué estáis diciendo? ¿Cómo iba a...?

—¡Solo se filtraron dos fotos y aquí hay como cinco más! ¿De dónde las sacaste entonces?

—¡De internet! ¡Estaban por ahí, en un blog! —asegura Román, con voz aún más de pito, con la mirada cada vez más nerviosa.

—Lárgate de aquí —le ordena Gerard—. No quiero volver a verte en mi vida. ¿Me has oído?

El paso que da al frente es suficiente para que Román retroceda.

—Tío... solo fue... n-no pensé que...

—Guárdate tus excusas para quien le importen —replica Gerard, y le lanza el móvil a la cara.

El aparato cae al suelo y Román lo recoge y lo guarda. Después busca en nuestros ojos cierta compasión. Nos da igual que el resto del bar nos mire. No nos movemos. No hablamos. Solo le miramos corroborando que, por encima de cualquier otra cosa, nunca supo ser un buen amigo. Al cabo de unos segundos, Román no puede soportarlo más y sale del bar a toda prisa.

Nosotros también tardamos en reaccionar, como un cuerpo que tarda en dejar de sentir un miembro recién amputado.

59

Dos días después de terminar los exámenes y de que todos hayamos aprobado, me despido de mis amigos, mi madre y mi hermana para marcharme con mi padre al aeropuerto; me voy a la academia de París. Hace una semana me llegó la carta de aceptación y aún no me lo creo. Terminé de escribir el texto con Héctor y, desde el momento en el que lo envié, estaba convencida de que no lo lograría. Aún ahora, de camino al aeropuerto, me cuesta asimilarlo.

Afuera se ha desatado una tormenta de verano. Mientras tomamos la autopista, miro en silencio el paisaje y juego a imaginar carreras entre las gotas de lluvia sobre el cristal de mi ventanilla. Mi padre lleva la música puesta y tararea en voz baja la melodía. La próxima vez que le vea, probablemente vivirá en otra casa, igual en otra ciudad. Quién sabe.

Hace unas semanas tuvimos una conversación los cuatro donde nos anunciaron que habían comenzado con los trámites del divorcio. Ni a mi hermana ni a mí nos pilló por sorpresa. De hecho, después de los últimos meses, ambas coincidimos en que sería lo mejor para todos. Aun así, y a pesar de las veces que Néfer me ha advertido que no piense eso, no puedo evitar tener la sensación de que estoy escapando y que debería quedarme para tratar de ayudar en lo que pueda...

Por otro lado, ya han pasado varios meses desde que descubrimos que Román había sido quien había colgado las fotos en internet, pero según me ha contado Tesa quedaron para hablar con él hace unos días y Román le confesó a Gerard que lo había hecho sin pensar ni meditar las consecuencias. Que lo que le había enfadado había sido descubrir que su mejor amigo no le había contado la verdad, que se había sentido engañado y traicionado y que quería que Gerard se sintiera igual para que supiera lo que dolía. Tesa no me ha dado casi detalles del encuentro, solo sé que, después de escucharle, su hermano se levantó y se despidió repitiendo prácticamente las mismas palabras que le había dicho en Oz: que no quería volver a verle. Esa misma noche, Román dejó de seguirnos y nos bloqueó en todas las redes sociales para después publicar varios tuits sin mencionarnos pero que claramente iban dirigidos a nosotros.

—¿En qué piensas? —me pregunta de pronto mi padre.

—En nada... —miento. No puedo explicarle todo lo que me pasa por la cabeza ahora mismo. Para que no insista, cojo el móvil y me pongo a revisar notificaciones. Esta noche, Harlempic ha subido una nueva foto y aún no la he visto, así que abro el programa y leo el texto que la acompaña tras estudiarla en detalle.

—Te gusta ese fotógrafo, ¿no?

—Mucho —respondo, haciendo clic en el «Me gusta» de la imagen—. Y, además, donó todo ese dinero... Me hubiera encantado conocerle en el pregón del cine.

—¿Por qué?

—Para agradecérselo en persona. Para conocerle. Y no sé, decirle lo mucho que me gusta lo que hace. Para preguntarle.

—¿El qué?

—¿Cómo que el qué, papá? Pues todo: cómo hace las fotos, cómo decide qué enfoque tomar, si descarta muchas antes de elegir la correcta o acierta a la primera, si utiliza algún programa de retoque. Yo qué sé, todo.

—¿Todo eso al acabar el discurso de tu madre y con los fans ahí?

—Vamos a ver, cuando pudiera, sí, no sé. Pero no pasó, así que da igual. Le habría pedido su teléfono para quedar otro día, si pudiera... ¿Cuándo si no?

—Pues ahora.

—¿Como que ahora?

Mi padre me mira y sonríe antes de volver a poner los ojos en la carretera. Siento un sudor frío. No puede ser. ¿Puede? El reproductor de Súper-8, las cámaras de casa...

—¿Tú... eres Harlempic?

—¿Decepcionada?

—Pero ¿cómo...? ¡¿Me estás vacilando?! —exclamo, enfadada y eufórica a partes iguales—. ¡No te creo! ¡Demuéstramelo!

—O sea, que si un hombre cualquiera hubiera aparecido el otro día y te hubiera dicho que él era Harlempic le habrías creído, ¿y a mí me pides pruebas?

—Es que no...

—No ¿qué? ¿No me ves suficientemente molón ni artístico?

—Pero si eras tú, ¿por qué no me lo dijiste? ¿Mamá lo sabe?

Mi padre niega. Se nota que está disfrutando con este momento como un niño. Pero yo solo espero que en la guantera haya un desfibrilador.

—Es un secreto. Y me gustaría que siguiera siendo así. Todos necesitamos una porción de libertad para ser nosotros mismos, y esta es la mía —explica—. Di el dinero que tenía ahorrado de las campañas que me salen con ese perfil. Cuando empecé con las fotos, no creí que fueran a interesarle a nadie. Siempre me ha gustado la fotografía, ya lo sabes. Y colgar mis fotos en internet con el seudónimo de Harlempic es una manera de dar rienda suelta a mi afición, sin mezclarla con todo lo del canal.

Es mi padre quien habla. Le conozco desde que nací. Pero de pronto me parece alguien completamente distinto. El enfado de antes se está transformando en una admiración que me abrasa en el pecho. Es mi padre. Harlempic es mi padre. Y ha compartido conmigo su secreto.

—¿Me enseñarás? —le pregunto.

—Por supuesto —contesta, y me acaricia la cabeza con la mano—. Alguien tendrá que continuar con el legado cuando yo no tenga tiempo o me canse.

El resto del camino lo pasamos hablando sobre fotografía, sobre cómo se le ocurren los textos, sobre cómo se lleva la fama desde el anonimato. Siempre me he llevado bien con mi padre, no es como si ahora le quisiera más que antes de montarnos en el coche. Sencillamente, ahora tengo una razón más para estar orgullosa de él, para querer ser como él, para que él se sienta orgulloso de mí.

Cuando llegamos al aeropuerto, Héctor está ya allí, esperándome. Dejo las maletas con mi padre y corro a abrazarle y a besarle por última vez hasta que regrese. Más allá del tejado que nos protege, la lluvia cae con fuerza.

—Te voy a echar de menos —confiesa—. Y más ahora, con todo lo que me ha venido encima por la dichosa canción... ¿Seguro que no me admitirían allí si aparezco contigo? No hace falta que vaya a ninguna clase, es solo por escapar un tiempo de esta locura.

—Podríamos intentarlo, pero no te pega nada el papel de cobarde —le digo, divertida—. Además, tienes a los demás para que te echen una mano en lo que haga falta. Estarás bien.

Héctor suspira y asiente. Cuando me mira, vuelven a brillarle los ojos como siempre.

—¿Y tú? ¿Estás nerviosa?

—Lo justo para reaccionar si me equivoco —respondo—. Ahora sé que puedo con cualquier tormenta.

Él se ríe y me da un beso digno de ser rodado y recordado.

—Después de lo que hemos vivido, todo lo que venga será apenas una llovizna —dice—. Y sí, podremos con ella.

Agradecimientos

Muchas veces los escritores desconocemos el origen de nuestras historias. Un día, simplemente, aparecen en nuestra memoria como si fueran relatos olvidados que necesitamos volver a recordar. Algo parecido me sucedió con esta novela. *Prohibido creer en historias de amor* es el resultado de más de seis años de trabajo, de apuntes, borradores y muchas, muchas ideas limadas o descartadas. Un proyecto que nació una noche en la que, volviendo a casa de mis padres en San Lorenzo del Escorial, me detuve frente a los viejos cines Variedades, cerrados en 2007. Allí me puse a recordar las películas que había visto, la ilusión que me hacía cada semana descubrir los carteles que anunciaban los nuevos estrenos, lo impresionante que era la sala uno y lo pequeñas que eran la dos y la tres. Y decidí que algún día escribiría sobre él, o sobre unos cines inventados que también hubieran hecho felices a la gente.

Los multicines Nostalgia de esta novela, aunque no se ambientan en el mismo lugar, guardan un inmenso parecido al Variedades de mis recuerdos. Pero como una historia no se escribe con una sola idea y hubo varias versiones hasta dar con la que realmente quería contar, aprovecho estas últimas páginas para agradecer a cuantos me animaron a no rendirme.

A mis padres, que me enseñaron a apreciar el valor de las historias y me llevaron al cine Variedades cuando era un niño.

A mi hermana Marta, a Mónica y a Jorge, que me acompañaban

muchas veces para que fuéramos más de diez personas en la sala y se proyectara la película.

A Gemma Xiol, por no dejar nunca que me conforme.

A Rosa Samper, por transformar las debilidades de la novela en virtudes y por darme los mejores consejos cuando los necesito.

A María, por su inestimable ayuda, por ser una inagotable fuente de inspiración y porque sin ella esta historia habría sido muy, muy diferente.

A Manu, por dejarme destriparle todas las versiones de esta historia para saber su opinión, a fin de conseguir dar con la adecuada, y por invitarme a descubrir los entresijos de un cine.

A Lola, por una portada tan maravillosa, pero sobre todo por ser una gran lectora beta, y una mejor amiga. También por esas sesiones de pelis en las que descubrí el valor de los besos de tormenta.

A Nacho (St. Woods) por ponerle música a la canción de Héctor.

A Ana y Álex, por aquellos días en Valencia, donde comencé a escribir esta novela.

A M.ª Paz, Rafa y Lolín, por las semanas de verano e inspiración en la casona, donde la terminé.

A Ramón, por su paciencia y confianza en todo lo que hago.

A mis amigos *youtubers*, por dejarme aprender de ellos e inspirar las mejores anécdotas de esta historia.

A Victoria, por su inagotable entusiasmo y por ser una estupenda hada madrina.

A Fran, por sus hábiles comentarios al leer la primera versión.

A Vero, por recordarme que siempre hay cosas bonitas por las que luchar.

A todos los autores, cineastas y músicos que me han acompañado en este viaje sin saberlo.

A ti, que me lees, que haces tuyas estas historias y que no dejas que se olviden.

¡Descubre la canción de «Besos de tormenta»,
escrita e interpretada por St. Woods (@iamstwoods)!